中 小 学 生 课 外 阅 读 文 学 经 典

中国古代寓言故事

陈蒲清 编著

SPM 南方传媒 | 花城出版社

中国·广州

图书在版编目（CIP）数据

中国古代寓言故事 / 陈蒲清编著. -- 广州 : 花城出版社, 2016.1（2023.8重印）
（中小学生课外阅读文学经典）
ISBN 978-7-5360-7793-5

Ⅰ. ①中… Ⅱ. ①陈… Ⅲ. ①寓言－作品集－中国－古代 Ⅳ. ①I276.4

中国版本图书馆CIP数据核字(2015)第304361号

出 版 人：张 懿
责任编辑：李加联
特邀编辑：吴福顺
技术编辑：凌春梅 林佳莹
封面设计：张传营
制作总监：蒋 波
发行总监：田峰峥

书　　名 中国古代寓言故事
ZHONGGUO GUDAI YUYAN GUSHI
出版发行 花城出版社
（广州市环市东路水荫路 11 号）
经　　销 全国新华书店
印　　刷 唐山富达印务有限公司
（唐山市芦台经济开发区农业总公司三社区）
开　　本 880 毫米×1230 毫米 32 开
印　　张 11.75
字　　数 372,000 字
版　　次 2016 年 1 月第 1 版 2023 年 8 月第 3 次印刷
定　　价 29.80 元

如发现印装质量问题，请直接与印刷厂联系调换。
购书热线： 020－37604658 37602954
花城出版社网站： http://www.fcph.com.cn

导读

寓言是一种特殊的故事，故事中寄托着弦外之音，或蕴含深刻的道理，或讽刺不良的现象。寓言产生于人类由原始思维进入理性思维的时期，有了5000多年历史。它是人类文明进步的阶梯，又是人类各种精神成果（哲学、宗教、政治、教育等）的重要载体。在现代社会中，寓言仍然充满活力，最突出的功能有三个：启迪智慧，涵养品德，提高语言表达能力。因此，寓言是人们特别是青少年朋友的良师益友。

古代印度名著《五卷书》讲述其创作缘起说：有一个国王生了三个儿子，无论用什么方法教育他们，都不能让他们聪明，国王十分着急。这时来了一位智者，他对国王说："请陛下把王子交给我教育吧。"三个月以后，三个王子都被教育得十分聪明了。国王问智者采用的是什么巧妙手段。智者拿出一本书呈献给国王，这本书就是《五卷书》。从此以后，《五卷书》就成为印度教育儿童的教材。《五卷书》是什么书呢？《五卷书》就是寓言和童话故事书。阿拉伯人发现这个秘密后，就翻译了《五卷书》，并改编为阿拉伯的寓言集《卡里来与笛木乃》，作为培养青少年的工具。

曾经翻译《安徒生童话》的中国著名翻译家叶君健评价寓言说："由于它简单易记，它可以在孩子的脑海中长期定居下来，在他们逐步成长的过程中发挥塑造性格的作用。所以，寓言是一种不容忽视的文学品种。它的持久力比任何其他文学品种要强，在人的灵魂中所起的作用，也能从童年时代一直继续到人生的结束。"（《百家寓言选·序》）

中国、印度、希腊是世界寓言的发祥地，后来形成了世界三大寓言体系：以中国为中心的东亚寓言体系，以印度为起点的东南亚－中东寓言体系，以希腊和希伯来为源头的欧洲寓言体系。中国寓言源远流长，从未中断，高峰迭起，名家辈出，作品浩如烟海。所以，我们为了给青少年朋友介绍这位良师益友，就编了这本《中国古代寓言故事》。

《中国古代寓言故事》共精选寓言240多则，包括先秦寓言、两汉寓言、魏晋南北朝寓言、唐宋寓言、元明清寓言、中国各民族民间寓言。本书的特色是关注到中国各民族的民间寓言。民间寓言是各民族历代民众智慧的结晶，并且往往哺育作家寓言。中国有56个民族，每个民族都有历史悠久而流传到现代的民间寓言。编选中国寓言，如果只关注汉族作家的寓言，无疑是一个很大的缺陷。所以，本书关注中国各民族的民间寓言。可惜的是，民间寓言浩如烟海，限于篇幅，本书只能挑选出20多篇流传众口的精品。

青少年朋友们阅读时，不必局限于“导读”的提示，可自己根据寓言形象去挖掘寓意。文言文的疑难字词已在相应处注释音义，以便阅读。刚入门的读者可以只阅读白话文。有了一定基础再阅读文言文，进一步提高自己的文言文阅读能力。

目　录

先秦寓言

两汉寓言

魏晋南北朝寓言

唐宋寓言

元明清寓言

各民族民间寓言

附录：寓言常识问答八题

先秦寓言

击邻家子

《墨子》

打个比喻吧。有这样的一户人家，儿子横暴蛮横，不成材，所以父亲拿起竹条抽打教训他。这时，邻居的老头子也乘机跑来了，他举起木棍，痛打年轻人，并且说：“我打他，是符合他父亲的心意的。”邻居老头子那样做，难道不荒谬吗？

［导读］

墨子（约前480年—约前420年），名翟，是战国时代大思想家，墨家学派创始人。墨子是较早运用寓言说理的思想家，但是墨子寓言的形象不够丰满，风格比较简单朴素。《墨子》是墨翟及其弟子、后学的作品。全书71篇，今存53篇，系统宣传了“兼爱”“非攻”“尚贤”等政治主张。

这个故事出自《墨子》的《鲁问》篇。墨子反对战争，主张兼爱，他运用这则故事讽刺打出漂亮幌子而侵犯别人权利、干涉别国内政的人。

［附原文］

譬有人于此，其子强梁（强暴蛮横）不材，故其父笞（chī，用竹板打）之。其邻家之父，举木而击之曰：“吾击之也，顺于其父之志。”则岂不悖（bèi，荒谬，不合情理）哉？

——《墨子·鲁问》

拔苗助长

《孟子》

宋国有个庄稼人，他嫌自己的庄稼苗长得太慢。怎么办呢？他就一蔸一蔸地把禾苗拔高。拔完以后，疲惫不堪地回到家里，向家里人表述功劳说："我今天累坏了！我帮助禾苗长高了。"他的儿子赶紧跑去一看，田里的禾苗全都枯萎了。

[导读]

孟子（前 372 年—前 289 年），名轲，战国时代思想家，儒家学派的大师。《孟子》是孟轲跟弟子们共同编写的著作。全书七篇，每篇又分为上、下两篇，系统阐述了孟轲的"性善"、"王道"（仁政）等理论。孟子善于运用寓言和比喻说理，其寓言虽然数量不太多，但是形象丰满，意义深刻，风格犀利。

本篇寓言中愚人的特点是不懂得禾苗的生长规律，急于求成，结果适得其反。故事本来的寓意是修身养性必须循序渐进，不可能一蹴而就。我们分析故事，还可以广泛联想，获得其他的哲理启示。如：做任何事情，都必须循序渐进，不能急于求成；必须了解并遵循客观规律，违反规律必受惩罚。

这个故事构思夸张，风格幽默，语言简洁。成语"揠苗助长"来源于这个故事。

[附原文]

宋人有闵（mǐn，忧虑，担心）其苗之不长而揠（yà，拔）之者，芒芒（疲劳的样子）然归。谓其人曰：“今日病矣！余助苗长矣！”其子趋（快步走）而往视之，苗则槁（gǎo，枯）矣。

——《孟子·公孙丑上》

学习齐语

《孟子》

孟子对宋国的大夫戴不胜说：“如果楚国有位大夫，想叫他的儿子学习说齐国话，是应该派齐国人教他呢，还是应该派楚国人教他呢?”

戴不胜说：“应该派齐国人教他。”

孟子说：“如果让孩子居住在楚国，即使派一个齐国人教他说齐国话，却有许多楚国人说楚国话干扰他，哪怕天天打他，逼迫他学习，希望他说好齐国话，也是不可能的。如果把孩子带到齐国的街巷里居住几年，即使天天打他，要他说楚国话，也是不可能的了。”

[导读]

故事原意是说明，国王必须大量任用贤能的人，才能形成良好的政治环境，使国王推行良好的政治措施。但是，故事给人的启示并不局限于政治方面，人们在教育或其他方面，也都必须重视客观环境对人的影响。孟子的母亲为了教育儿童时代的孟子，曾经三次搬迁，是选择教育环境的著名例子。现代，人们往往把这则寓言运用在语言学方面，借以说明：学习语言，特别是学习外语，一定要创造适合的语言环境。

［附原文］

孟子谓戴不胜曰：“……有楚大夫于此，欲其子之齐语也，则使齐人傅（辅导）诸（‘之乎’的合音词。之，代词；乎，语气助词）？使楚人傅诸？”

曰：“使齐人傅之。”

曰：“一齐人傅之，众楚人咻（xiū，用方言干扰）之，虽日挞而求其齐也，不可得矣；引而置之庄岳（庄和岳，都是齐国的街巷名称）之间数年，虽日挞而求其楚，亦不可得矣。”

——《孟子·滕文公下》

每天偷鸡

《孟子》

现在有这样的一个人，他每天都偷邻居的鸡。有人劝告他说：“这不是有道德者的行为。”那个偷鸡的人说：“好吧，请允许我减少一点。每月偷一只鸡，等到明年再停止偷鸡。”

［导读］

故事本意是反对暴政，主张仁政，对于寻找借口而延长暴政的行为，作了辛辣的嘲讽。故事说明，不管是国家的政治还是个人的行为，只要不合正义，就应该迅速停止，迅速改正；不应该明知故犯，借故拖延。

[**附原文**]

今有人日攘（rǎng，偷）其邻之鸡者，或告之曰："是非君子之道。"曰："请损（减少）之，月攘一鸡，以待来年然后已（停止）。"

——《孟子·滕文公下》

乞食东郭

《孟子》

有个齐国人，他的家里有一个妻子，还有一个小老婆。那个齐人，每次出门去，就一定要酒醉肉饱才回家。他的妻子问："跟您在一起吃喝的是些什么人？"他说全是些有钱有势的人。他的妻子告诉他的小老婆说："我们的丈夫每次出去，就一定要吃饱酒肉才回来，问跟他一起吃喝的是些什么人，他说全是些有钱有势的人。但是，从来没有显贵的人到我们家里来。我想悄悄地看看丈夫究竟到了哪些地方。"

第二天一早，她就起了床，躲躲闪闪地跟在丈夫后面，看他到什么地方去。她发现，丈夫走遍了整个都城，却没有一个站着和他说话的人。最后，只见丈夫来到东门外的一处坟地，走到上坟的人那里乞讨残羹剩饭；没有吃饱，又东张西望，再找别的上坟人乞讨。这就是他吃饱喝足的方法啊！

齐人的妻子回到家里，把看到的情况告诉小老婆，说："丈夫是我们依仗着生活一辈子的人，现在他竟是这个样子！"于是就同那小老婆一道咒骂她们的丈夫，在院子里相对痛哭起来。而做丈夫的还不知道这回事，扬扬自得地从外面走进来，在妻妾面前骄傲地炫耀酒醉肉饱的神色。

［导读］

孟子看到某些人为了追求名利地位，不择手段，卑鄙下流，而又冠冕堂皇，故作姿态，炫耀自己。于是就写了这个寓言讽刺他们。寓言形象丰满，风格犀利，影响颇大。明朝戏剧家孙钟龄曾经根据这则寓言，创作了著名的讽刺寓言剧《东郭记》。

宋朝曾经有人故意批评孟子游说魏国、齐国，并且挑剔这则寓言与“日攘一鸡”寓言的情节，认为有漏洞。他们写诗说：“乞丐何曾有两妻？邻人那（哪）得许多鸡？当时尚有周天子，何事纷纷说魏齐?”读者怎么看呢?

［附原文］

齐人有一妻一妾而处室者。其良人（妻妾对丈夫的尊称）出，则必餍（yàn，吃饱）酒肉而后反（通“返”）。其妻问所与饮食者，则尽富贵也。其妻告其妾曰：“良人出，则必餍酒肉而后反；问其与饮食者，尽富贵也，而未尝有显者来。吾将瞷（jiàn，窥视）良人之所之（往，去到）也。”

蚤（同“早”）起，施（yí，同“迤”，迂回曲折的样子）从良人之所之，遍国（都城）中无与立谈者。卒之东郭墦（fán，坟地）间，之祭者，乞其余；不足，又顾（掉头张望）而之他。此其为餍足之道也。

其妻归，告其妾，曰：“良人者，所仰望而终身也，今若此!”与其妾讪（shàn，嘲笑责骂）其良人，而相泣于中庭。而良人未之知（“未之知”即“未知之”，是否定句宾语前置）也，施施从外来，骄其妻妾。

——《孟子·离娄下》

二人学棋

《孟子》

有个名叫秋的棋手，他是全国最会下棋的人。请弈秋教两个人下棋：其中一个人全神贯注，只听弈秋讲解；另一个人虽然在听，可是总是认为天鹅快要飞来了，一心想着弯弓搭箭去射它。后者虽然跟人家一道学习，学习效果却不如人家。

［导读］

故事说明了两个方面的道理：一、态度决定成败。学习或做事必须专心致志，不能三心二意。二、个人的努力比学习条件更重要。效果主要不是决定于条件，而是决定于自己的努力。

［附原文］

弈（yì，棋，棋手）秋，通国之善弈者也。使弈秋诲二人弈：其一人专心致志，惟弈秋之为听；一人虽听之，一心以为有鸿鹄（天鹅）将至，思援弓缴（zhuó，带有丝绳的箭）而射之。虽与之俱学，弗若之矣。

——《孟子·告子上》

大鹏与鹌鹑

《庄子》

在那遥远的北方，有块不毛之地，给它取名叫作“穷发”吧。穷发北面，有个无边无际的大海，叫作天池。天池里有一条大鱼，身子宽达几千里，没有人知道它有多长，它的名字叫鲲。鲲一变就成了鸟。鸟的名字叫鹏，背好像泰山，翅好像悬挂在天空的云块。大鹏鸟乘着旋转的狂风盘旋上飞，直到那九万里的高空，穿云破雾，背负青天，这才想向南飞，将要飞到南海去。

沼泽中有只小小的鹌鹑，看见大鹏在飞行，不以为然地笑笑说：“它将飞到哪里去呢？我跳跃飞腾，悠然向上，飞不过几丈高，又回到地面上，在蓬蒿丛中飞来飞去，自由自在，这也是极得意的飞行啊。它将飞到哪里去呢？”

[导读]

《庄子》是庄周及其后学所作。庄周（约前369年—约前286年），战国时期思想家，道家学派代表人物。他主张顺应自然、逍遥物外。《庄子》全书33篇，阐述庄周的主张，其中最突出的主张是“逍遥”（逍遥物外，精神自由）和“齐物”（把万事万物看得没有本质差别）。全书大量运用寓言说理，有寓言200多则。这些寓言情节生动，想象丰富，风格幽默。《庄子》还说：“寓言十九，藉外论之。”首次提出了“寓言”的概念，论述了寓言的特点与作用。

这个故事想象丰富，夸张大胆，对比强烈。故事中的大鹏与小鹌鹑看起来体型悬殊，形成鲜明的反差。但是，大鹏与鹌鹑的飞行都各适其性。所以，故事的本意是说明：万物各有特点，最高境界是要顺应自然，顺应自然就能精神自由，逍遥物外。后代人把这层意义概括为成语“鹏鷃逍遥”。

然而，故事的客观形象说明，目光短浅的人不能理解别人的远大志向。后代人大都使用其客观寓意，并经常使用“鹏程万里”“扶摇直上”等成语作为对别人的祝福。

[附原文]

穷发之北，有冥海者，天池也。有鱼焉，其广数千里，未有知其修者，其名为鲲。有鸟焉，其名为鹏，背若泰山，翼若垂天之云。抟（tuán，盘旋而飞）扶摇羊角（扶摇、羊角，都是暴风。自下而上的狂风叫扶摇；卷曲而上的旋风叫羊角）而上者九万里，绝（横绝，穿越）云气，负青天，然后图南，且适南冥也。斥（通“池”，小沼泽）鷃笑之曰：“彼且奚（xī，何，何处）适也？我腾跃而上，不过数仞（rèn，古代七尺或八尺为一仞）而下，翱翔蓬蒿之间，此亦飞之至也。而彼且奚适也？”

——《庄子·逍遥游》

庄周梦蝶

《庄子》

从前，庄周先生曾经做过一个梦。他梦见自己变成了蝴蝶，是一只翩翩飞舞的蝴蝶，那蝴蝶多么愉快、多么自由自在啊！这时，庄周根本不知道自己是庄周。一会儿，梦醒了，则是直挺挺躺在床上的庄周。到底是庄周做梦变成了蝴蝶呢，还是蝴蝶做梦变成了庄周呢？

[导读]

庄子运用这个故事，说明“齐物我”的理论：万物可以相互转化，融合为一体，物我界限消失，叫作“物化”。这个故事经常被人们运用。唐朝著名诗人李商隐《锦瑟》说：“庄生晓梦迷蝴蝶，望帝春心托杜鹃。”元朝戏剧家史九散人的杂剧《庄周梦》，就是根据这个故事编写的梦幻寓言剧。

[附原文]

昔者，庄周梦为胡蝶（即蝴蝶），栩栩（相当于“翩翩”）然胡蝶也。自喻（愉快）适志（自由自在）与！不知周也。俄然觉，则蘧蘧然（僵直的样子）周也。不知周之梦为胡蝶与，胡蝶之梦为周与？

——《庄子·齐物论》

庖丁解牛

《庄子》

有个名叫丁的厨师，给梁惠王分割一头牛。他手碰到的地方，肩靠到的地方，脚踩到的地方，膝抵到的地方，无不发出骨肉分离的声音。这声音噼里啪啦，好像回音一样清脆、响亮。厨师挥刀一刺，只听见哗啦一声响，骨肉一转眼就分开了。一切声响，没有什么不符合音乐节奏的地方。那姿势的优美，比得上宋国的著名舞蹈《桑林》舞；那声音的动听，仿佛是尧帝的乐曲《经首》。

梁惠王称赞说：“咦，多妙啊！你的技术怎么达到了这样神奇的境地呢?!”

厨师放下刀子回答说："我爱的是宰牛的规律，比一般的技术更进了一步呢。我刚从事宰牛时，只看见一头头囫囵的牛，不知什么地方才可以进刀；三年之后，呈现在我眼前的，已经不是一头头囫囵的牛了，牛身上的骨隙肉缝一望便知，对牛体了如指掌；到了现在，我是凭精神去接触牛体，而不是用眼睛去细看，五官的作用停止了，精神的作用施展出来。解牛时，顺着牛体的自然腠理，分开肌肉中的缝隙，通过骨节间的孔道，一切动作都按照牛体本来具有的情况进行。刀子连经络、筋腱都从没有轻轻碰过，那些大骨头更不用说了。现在，那些技术高明的厨师，一年换一把刀，是因为他们专用刀割肉；那些普通的厨师，一个月就要换一把刀，是因为他们用刀去砍折骨头；至于我的刀呢，已经用了十九年了，宰割了几千头牛，但刀口还好像刚刚在磨刀石上磨过一样锋利。要知道，牛的骨节是有空隙的，刀口却薄得几乎没有厚度。用几乎没有厚度的刀口，插入有空隙的牛体，宽宽绰绰，舞动刀子必有回旋的余地。因此，十九年过去了，刀口还好像刚刚从磨刀石上磨过一样。即使熟练到了这种地步，我也从不掉以轻心。每当遇到筋骨交错聚结的地方，见它难分难解，心里就警觉起来，两眼注视一处，动作放慢，刀子轻轻地移动。终于牛体哗地一下分开了，就像泥土一样堆在地上。我便提刀站立，环顾四周，慢步徘徊，心满意足，再把刀子好好地揩拭干净，小心地收藏起来。"

梁惠王说："妙啊！我听了丁厨师的话语，懂得了养生的大道理。"

[导读]

故事用牛体比喻社会，用牛体中的骨头、肌腱等比喻社会中的矛盾。其本意是宣传庄子的养生哲学：要顺应自然之道，避开一切社会矛盾，以保全个体的生命与精神自由。故事在客观上说明了：要办好事，一定要掌握规律；要掌握规律，一定要通过刻苦磨练。故事描写庖丁解牛的技巧，非常细致生动，并成功地运用了对比手法，既有纵向对比（庖丁掌握解牛本领的三个阶段之间的对比），又有横向对比（用良庖、族庖衬托庖丁）。

[附原文]

庖（páo，厨师）丁为文惠君解牛。手之所触，肩之所倚，足之所履，膝之所踦（jǐ，用力抵住），砉（xū，皮肉相离的声音）然，响（回音）然，奏刀騞（huō，形容东西破裂的声音）然，莫不中音，合于《桑林》之舞，乃中《经首》之会。

文惠君曰："嘻！善哉！技盖（通'何'，为什么）至此乎?!"

庖丁释（放下）刀对曰："臣之所好者，道也，进乎技矣。始，臣之解牛之时，所见无非牛者；三年之后，未尝见全牛也；方今之时，臣以神遇而不以目视，官知止而神欲行。依乎天理，批（分开）大郤（即'隙'，缝隙），导大窾（kuǎn，空隙），因其固然。技经肯綮（肯，是附在骨头上的肉。綮，音 qìng，是筋肉交结的地方）之未尝，而况大軱（gū，股部的大骨）乎？良庖岁更（gēng，更换）刀，割也；族庖月更刀，折也；今臣之刀十九年矣，所解数千牛矣，而刀刃（刀口）若新发于硎（xíng，磨刀石）。彼节者（骨节）有间（空隙），而刀刃者无厚；以无厚入有间，恢恢乎其于游刃必有余地矣。是以十九年而刀刃若新发于硎。虽然，每至于族（筋骨交错聚结的地方），吾见其难为，怵然为戒，视为止，行为迟，动刀甚微。謋（huò，牛体分开的响声）然已解，如土委（堆积）地。提刀而立，为之四顾，为之踌躇满志，善刀而藏之。"

文惠君曰："善哉！吾闻庖丁之言，得养生焉。"

——《庄子·养生主》

凿开七窍

《庄子》

南海的帝王名叫“倏”，北海的帝王名叫“忽”，中央的帝王叫作“浑沌”。

“倏”和“忽”，时常在“浑沌”管辖的地方相会，浑沌招待他们十分殷勤。“倏”与“忽”商量报答浑沌的恩德，他们说：“别人都有七窍，用以看外物、听声音、吃东西、呼吸空气，这个浑沌却独独没有，我们试着给他开凿出来吧。”

他们果真开凿起来，每天凿开一个孔道。凿了七天，七窍凿成了，浑沌也就死了。

[导读]

故事使用神话题材和象征手法，用“浑沌”象征自然无为的原始状态，用“倏”和“忽”象征变化迅速的人为状态。其原意是宣传自然无为的道家哲学，反对有为。道家认为，“有为”则破坏“无为”，破坏自然，造成混乱。故事在客观上告诉我们，世界上的各种事物都有其自然特性，人们必须尊重事物的特性，不可凿破混沌，好心办坏事，不可搞无效劳动。

[附原文]

南海之帝为倏（shū），北海之帝为忽，中央之帝为浑沌。

倏与忽，时相与遇于浑沌之地，浑沌待之甚善。倏与忽谋报浑沌之德，曰：“人皆有七窍（眼、耳、口、鼻七个孔道），以视、听、食、息（呼吸）。此独无有。尝试凿之。”

日凿一窍，七日而浑沌死。

——《庄子·应帝王》

东施效颦

《庄子》

春秋时越国著名的美女，叫作西施。她患了心口痛的疾病，双手捧着胸口，皱着眉头，在村里走过。同村的一个丑陋不堪的女人看见了，觉得西施那样子挺漂亮。回去后，也学着西施的模样，双手捧着胸口，皱着眉头，在村子里走来走去。村里的富人，见了这怪模怪样，紧紧地关着大门，不愿再出来。穷人见了这丑样子，带着老婆孩子离开她跑了。

那个丑女人，只看到西施皱眉的样子美，却不晓得西施皱眉为什么美。

[导读]

后代有人称那个丑女叫“东施”，把这个故事叫作“东施效颦”。故事最后点明寓意：美在本质，美在自然，不在于故意做作。故事还在客观上告诉我们：知其然而不知其所以然，从而盲目模仿，只会适得其反。

[附原文]

西施病心而颦（pín，皱着眉头）其里。其里之丑人见而美之，归亦捧心而颦其里。其里之富人见之，坚闭门而不出；贫人见之，挈

（qiè，携带）妻子而去（离开）之走。

彼知矉美，而不知矉之所以美。

——《庄子·天运》

望洋兴叹

《庄子》

秋天大水按照季节到来了，无数支流的水都灌进了黄河。河面十分宽阔，不论是河的两岸之间，还是河心的沙洲与高岸之间，隔水相望，分不清是牛还是马。这时呀，黄河的大神河伯愉快地自我陶醉起来，认为天下的美景，全都集中在自己身上了。

河伯顺着水势向东走去，到了北海。朝东一看，只见一片汪洋，无边无际。到这时，河伯才开始改变它那扬扬自得的神态，仰起头来对着名叫“若”的北海神无限感叹地说：“俗话说，‘有的人懂得了一点道理，便以为没有谁能比得上自己’，这话是批评我这种人的啊。而且，我曾经听到过，有人认为孔子的见闻学识不算多，伯夷的德行也不算崇高。以前我不信这话。现在我见到了你的广阔无边，才知道这话是真的啊。我如果不到你这里来，那就糟了。我将永远被道德高尚、学问渊博的人所耻笑了。”

［导读］

故事采用先扬后抑的手法。先写黄河秋汛，水面壮观，然后用无边的大海衬托黄河秋汛的渺小。先写河伯的踌躇满志，然后写它的沮丧自责。从而说明：事物具有相对性，天外有天。目空一切，盲目骄傲，是十分可笑的。这个故事是《庄子》中最有名的故事之一。它代表了《庄子》汪洋恣肆的风格特点，描写水面则境界开阔，描写河伯则形象传神。

［附原文］

秋水时（按时）至，百川灌河（黄河）。泾流之大，两涘（sì，水边，两涘即两岸）、渚（zhǔ，水中小洲）崖（yá，高岸）之间，不辩（通“辨”）牛马。于是焉，河伯（黄河的水神，相传叫冯夷）欣然自喜，以天下之美为尽在己。

顺流而东行，至于北海（即今“渤海”），东面而视，不见水端。于是焉，河伯始旋（转变）其面目。望洋（“望洋”是连绵词，仰着头迷惘直视的样子）向若（“若”是渤海的海神）而叹曰：“野语有之曰，‘闻道百以为莫己若’者，我之谓也。且夫，我尝闻少仲尼之闻而轻伯夷之义者，始吾弗信。今我睹子之难穷也。吾非至于子之门，则殆矣！吾长见笑于大方之家（大方之家是懂得大道理的人）。”

——《庄子·秋水》

浅井青蛙

《庄子》

您难道没有听说过那浅井之蛙的故事吗？

那浅井里的青蛙对东海里的大鳖说：“我真快乐啊！我出到井外，可以在井台四周随心所欲地跳跃；回到井里，就躺在井壁的砖洞里休息。有时跳到水里，水就泡到了我的胳肢窝，托住我的下巴，有时在软绵绵的泥上漫步，污泥就淹没了我的脚趾，漫过我的脚背。我向四周一看，那些小虫儿、小螃蟹、小蝌蚪，哪能比得上我啊！而且，我独占这一口井，屹立在这浅井之中，真是快乐到了极点啊！你何不经常来到咱井里参观参观呢？”

东海的大鳖听了，准备到井里去看看。谁知它左脚还没有进去，右腿就被井台的栏杆绊住了。于是犹豫起来，不得不退回来。它便向井蛙介绍东海的情况说：“那东海啊，即使用千里之遥，也不能够概括它的广阔；即使用千仞之高，也不能测量它的深度。大禹的时候，十年中有九年的洪水，但海水并没有因此而增加；商汤的时候，八年里有七年的干旱，海水也没有因此而减少。那无穷无尽的海水啊，不因时间的推移而变化，也不因雨水的多少而涨落。生活在这无边无际的东海里，才是最大的快乐呢！”

井蛙听了这席话，心里惊奇得突突地直跳，拘束不安，觉得自己实在太渺小了。

[导读]

这个故事对井蛙的描写十分形象而且传神，既写出了蛙的形象与习性特点，又折射出某类人物的性格特性。故事原意是讽刺名家代表人物公孙龙的，道家认为名家的观念狭隘可笑。故事的普遍意义是讽刺一切见闻狭隘而目光短浅、骄傲自大的人物。“坐井观天”“井底之蛙”等成语，就是来源于这个故事。

[附原文]

子独不闻乎坎井（浅井）之蛙乎？谓东海之鳖曰：“吾乐与！出，跳梁乎井干（井干是井四周的台地）之上；入，休乎缺甃（zhòu，以砖砌成的井壁）之崖。赴水则接腋（胳肢窝）持颐（yí，下颌，下巴），蹶（jué，踏）泥则没足灭跗（fū，脚背）。还虷（hán，即孑孓，蚊子的幼虫）、蟹与科斗（即蝌蚪），莫吾能若也。且夫，擅一壑（hè，本指很深的山谷，此处指浅井）之水，而跨跱（kuà zhì，叉开腿立着至），坎井之乐，此亦至矣！夫子奚不时来入观乎？”

东海之鳖左足未入，而右膝已絷（zhí，绊住）矣。于是逡巡而却（退）。告之海，曰：“夫千里之远不足以举其大，千仞之高不足以极其深。禹之时，十年九潦，而水弗为加益（增多）；汤之时，八年七旱，而崖不为加损（减少）。夫不为顷久推移，不以多少进退者，此亦东海之大乐也。”

于是，坎井之蛙闻之，适适（“适”读“惕”，“适适”形容心里惊奇的状态）然惊，规规然自失也。

——《庄子·秋水》

凤凰与猫头鹰

《庄子》

惠施在魏国做宰相，庄子去拜访他。有人对惠施说：“庄子来了，他想取代你做宰相。”惠子听了，慌了手脚，连忙下令，搜查庄子，在国都中搜查了整整三天三夜。庄子忽然出现在惠子面前，对他说：“南方有一种鸟，名叫凤凰，您知道吗？那高尚的凤凰呀，从南海动身，向北海飞去。一路上，它洁身自好，不是高高的梧桐，它不歇；不是干净的竹米，它不吃；不是香甜的泉水，它不喝。这时，有只猫头鹰，正好找到了一只腐烂了的老鼠。凤凰去拜访猫头鹰，猫头鹰以为凤凰是来抢它的死老鼠的，便仰起头，两眼直盯盯地瞪着凤凰，怪叫道：‘吓，吓！’今天，您想拿您魏国宰相的职位，来‘吓’我吗？”

[导读]

故事用猫头鹰爱吃腐烂的老鼠，比喻官僚们对权势的眷恋，并表现道家对功名富贵的鄙视。故事本来的具体讽刺对象是名家学派的代表惠施。但是，故事的客观意义具有普遍性。一切以己之心度人之腹的政客与庸人，都可以使人联想到这则寓言中的猫头鹰。唐朝著名诗人李商隐《安定城楼》说：“不知腐鼠成滋味，猜意鹓雏竟未休！”（“鹓雏”即“鹓鸟”）就是借本则寓言讽刺晚唐的官场。故事对猫头鹰的描写绘形绘声，风格辛辣而幽默。

[**附原文**]

惠子（惠施，名家学派代表人物）相梁，庄子往见之。或（有人）谓惠子曰：“庄子来，欲代子相。”于是惠子恐，搜于国中三日三夜。庄子往见之，曰：“南方有鸟，其名为鹓鶵（yuānchú，凤凰），子知之乎？夫鹓鶵发于南海而飞于北海，非梧桐不止，非练实不食，非醴泉不饮。于是，鸱（chī，猫头鹰）得腐鼠，鹓鶵过之，仰而视之，曰：‘吓！’今子欲以子之梁国而吓我邪？”

——《庄子·秋水》

呆若木鸡

《庄子》

有个名叫纪渻子的人，给国王驯养打架的公鸡。过了十天，国王问他：“鸡已经训练好了吗？”纪渻子回答说：“没有。它们虚骄之气正盛，常常挑衅生事。”又过了十天，国王再去问他，他说：“没有。它们听到一点声响，看到一点形影，还显得不冷静。”又过了十天，国王又问，他说：“还没有。它们还是东张西望，左顾右盼，盛气凌人。”又过了十天，当国王再问时，纪渻子便回答说：“差不多了。虽然有时还间或啼叫一两声，但再也不变化无常了。看起来，呆笨得好像木雕的鸡一样。它们沉着应战的精神已经全部具备了。”纪渻子将这些鸡拿去比赛，别的鸡没有敢应战的，见了它掉头便跑。

[**导读**]

道家认为，只有通过刻苦修炼，去掉浮躁虚骄的毛病，达到精神内敛集中，才能立于不败之地。后世人们用“木鸡养到”形容修养达到了很高的境界。另一个成语“呆若木鸡”也出于这个故事，但是，后代用来形容蠢笨，跟庄子原意相反。

[**附原文**]

纪渻（xǐng）子为王养斗鸡。十日而问：“鸡已乎？”曰：“未也。方虚憍（通‘骄’）骄而恃气。”十日又问。曰：“未也。犹应向（通‘响’，声响）景（即‘影’）。”十日又问。曰：“未也。犹疾视而盛气。”十日又问。曰：“几矣。鸡虽有鸣者，已无变矣。望之似木鸡矣。其德全矣。”异鸡无敢应者，反走矣。

——《庄子·达生》

大树与雁

《庄子》

庄子和学生在山中行走，看见一棵大树，枝叶茂盛，砍树的人在它旁边休息，却不砍它一根枝丫。庄子问那伐木的人：“为什么不砍这棵大树？”那人回答说：“这树没有什么用处。”庄子听了，对学生们说：“你们记住，因为没有用处，这棵树才能长得这么高大，活完它应该活的年岁。”

庄子他们从山里走出来，住在老朋友家里。老朋友很高兴，要家童杀鹅烹煮。家童请示说：“咱们那两只鹅，一只会叫，一只不会叫，请问杀哪一只?”主人说:“杀那只不会叫的吧!”

第二天,学生们向庄子问道:“昨天,山里的大树,因为没有用处,能尽享天年;后来,主人家的那只不会叫的鹅,却因为没有用处,而被处死。先生您说,要处在怎样的情况下才安全呢?”庄子笑着说:“我庄周将要处在那有用与无用之间。不过,处在有用与无用之间,还是一种人为的选择,不能顺乎自然。这样做,表面上似乎对了,实际上还是不对,还是不能从忧患中摆脱出来,还可能受到连累。只有做到心中遵循清静无为的道德,无所用心地在世上随波推移,才不会受连累。那就可以做到:既没有人称赞,也没有人毁谤。有时是龙,飞腾在天;有时是蛇,深藏于地。随着时间一道变化,无所追求;有时向上,有时向下,与万物协调相处,同周围浑然一体。这样,我就可以自由自在地按照‘道’生存活动,可以驾驭外界事物,而不被外物控制,那怎么还会受到外物的连累呢!”

[导读]

处于“有用”与“无用”之间,是庄子为了在动乱时代生存而提出的处世哲学。庄子本人也觉察到这种处世哲学的非现实性,于是只能回到精神逍遥的避难所。整个故事具有自嘲的幽默风格。故事在客观上反映出时代局势的险恶,也在客观上启示人们:要善于适应生存环境,灵活变化,争取主动,防止被动。

[附原文]

庄子行于山中,见大木枝叶茂盛,伐木者止其旁而不取也。问其故,曰:“无所可用。”庄子曰:“此木以不材,得终其天年(自然赋予的寿命)。”

夫子出于山,舍于故人之家。故人喜,命竖子(家童)杀雁(鹅是雁驯化而来的家禽,古时称鹅为“雁”或“舒雁”)而烹之。竖子请曰:“其一能鸣,其一不能鸣,请奚杀?”主人曰:“杀不能鸣者。”

明日,弟子问于庄子曰:“昨日山中之木以不材得终其天年;今主人之雁以不材死。先生将何处?”庄子笑曰:“周将处夫材与不材之间。材与不材之间,似之而非也,故未免乎累(连累,祸患)。若夫乘道德而浮游(无所用心地在世上随波推移)则不然。无誉无訾,一龙一蛇,与时俱化,而无肯专为;一上一下,以和为量(拿“和”作为标准,即与周围的事物不发生矛盾)。浮游乎万物之祖,物物(物物,即驾驭万物)而不物于物(物于物,即被万物驾驭),胡可得累邪!”

——《庄子·山木》

运斤成风

《庄子》

庄子给亲友送葬,从惠施的墓边经过。庄子感慨万分。他回过头来,对跟随的人说了下面的故事:

楚国的国都郢城,有一个泥水匠。他粉刷时,有一点白泥偶然飞溅在他的鼻尖上,那白泥又薄又小,薄得就好像苍蝇的翅膀一样。他请一个名叫石的木匠削掉他鼻尖上的白泥。石木匠迅速地挥动手中的大斧,快得好像一股旋风,随随便便地砍去,削尽了鼻尖上的白泥,却没有伤着鼻子;那郢人稳稳当当地站着,脸不变色心不跳。

宋元君知道这件事情以后,便把石木匠找去,对他说:“你试着做一次给我看看。”石木匠说:“小人的确是曾经为人削过鼻尖上的白泥。不过,现在不行了。小人的那个对手早已死了,再也不能找到那样的对手了。”

庄子讲完故事后说:“自从我的朋友惠施死了之后,我也没有对手了。现在,已经没有能够与我进行论辩的人了。”

[**导读**]

这个故事写得十分夸张，大概是从当时的杂技表演吸取了灵感。

故事的浅层寓意就是悼亡。惠施是名家学派代表人物，庄子是道家学派代表人物，他们观点不同，常常辩论，甚至互相讽刺。但是，这种彼此之间的争辩，促进了学术的进步。所以，惠子去世以后，庄子十分怀念这个朋友与对手。故事哲学意蕴深厚，其深层寓意是：任何事物都是相反而相成的，一切事物都是以对立面的存在作为自己存在的前提。

[**附原文**]

庄子送葬，过惠子之墓。顾谓从者曰：

郢（yǐng，楚国的都城）人垩（è，白色的泥土）慢（通“墁”，涂抹）其鼻端，若蝇翼。使匠石斫之。匠石运斤（斧头）成风，听（随意，信手）而斫之，尽垩而鼻不伤；郢人立不失容。宋元君闻之，召匠石曰：“尝试为寡人为之。”匠石曰：“臣则尝能斫之。虽然，臣之质（箭靶，引申为对手）死久矣。”

自夫子（那个人，此处指惠子）之死也，吾无以为质也，吾无与言之矣。

——《庄子·徐无鬼》

触蛮战争

《庄子》

有一只蜗牛，它的左角上有一个国家，叫作触国；它的右角上也有一个国家，叫作蛮国。这两个国家，为了争夺土地，经常彼此厮杀，直杀得尸横遍野，血流成河；追击败兵，至少要半个月，才肯收兵回国。

[**导读**]

庄子以一种藐视的态度来看待贪婪残暴、妄启战端的列国诸侯，把他们比作蜗牛触角上的好战的国王。故事想象丰富，其特点是从微观方面展开想象。后人用“蜗角虚名”与“蝇头微利”表示对追求名利者的讽刺。

[**附原文**]

有国于蜗之左角者，曰触氏；有国于蜗之右角者，曰蛮氏。时相与争地而战，伏尸数万；逐北（逐北，就是追赶被打败了的军队），旬有五日而后反。

——《庄子·则阳》

涸辙鲫鱼

《庄子》

庄子家里很穷，去找监河侯借粟。

监河侯说：“嗯！我将要从封地上得到不少租税，到时候，我再借给您一笔钱。可以吗？”

庄子十分愤怒，脸色忽地变了，对监河侯说：“昨天，我到您这儿来，走到半路上，忽然听到呼救的声音。我回过头仔细一看，原来在那干涸的车辙里，有一条鲫鱼在呼喊。我问它说：‘鲫鱼啊，你是干什么的呢?'鲫鱼回答说:'我,是东海里管波涛的臣子,不幸落到这车辙里。先生能有点儿水,救救我的命吗?'我说:'嗯!我将要到南方去,去游说吴国和越国的国王,劝他们引来长江的水,把你迎归大海。可以吗?'那鲫鱼听了,十分愤怒,忽地变了脸色,说:'我失掉了水,没有安身的地方,我快要渴死了。眼下,我只要得到一点儿水就能活下去了!先生竟然说出这样的空话,还不如趁早到干鱼店里去找我呢!'"

[导读]

故事的寓意:一是批评脱离实际、不合时宜的行为;二是讽刺为富不仁而故作慷慨的人物。后代用"涸辙之鲋"比喻处境穷困而急需帮助的人。

[附原文]

庄周家贫,故往贷粟于监河侯(管理黄河的大官)。

监河侯曰:"诺,我将得邑金(古代大官的封地叫'邑',在封地征收的税金叫'邑金'),将贷子三百金。可乎?"

庄子忿然作色曰:"周昨来,有中道而呼者。周顾视车辙(车轮在地上轧出的痕迹)中,有鲋(fù,鲫鱼)鱼焉。周问之曰:'鲋鱼来("来"是语气助词,不是动词),子何为者耶?'对曰:'我,东海之波臣也。君岂有斗升之水而活我哉?'周曰:'诺!我且南游吴、越之王,激西江(长江)之水而迎子。可乎?'鲋鱼忿然作色曰:'吾失我常与(常与,经常打交道的东西,指水),我无所处,吾得斗升之水然("然"做连词,相当于"而")活耳。君乃言此,曾不如早索(寻找)我于枯鱼之肆(店铺)!'"

——《庄子·外物》

巨大钓饵

《庄子》

任国有一个公子，做了个大钓钩，粗大的黑色钓绳，挂着五十头阉过的肥牛作为诱饵。任公子蹲在高高的会稽山头，把钓甩到东海里，天天钓，月月钓，整整一年过去了，没钓到一条鱼。过了好长一段时间，一条大鱼游来，一口吞下了钓饵。大鱼牵着巨大的钓钩，一头钻进水中，沉入水底。它奔腾跳跃，张翅摆脊，在海面上掀起了一层层好像山峰一样的雪浪。海水摇撼震荡，那惊涛骇浪像鬼哭神嚎，那无穷的威势使千里之外都感到害怕。

任公子捕捉到这条大鱼，把它剖开、晾干，分给大家吃。自浙河（即钱塘江）以东，到苍梧（在今广西）以北，没有谁不饱吃一顿的。

[导读]

故事说明：专心致志，持之以恒，肯花代价，肯下功夫，才能得到巨大的收获。那么，如果从鱼的角度思考，可以总结出什么教训呢？

[附原文]

任公子为大钓，巨缁（zī，黑绳），五十犗（jiè，阉割过的壮牛）以为饵。蹲乎会稽，投竿东海。旦旦而钓，期（jī）年不得鱼。已而，大鱼食之，牵巨钩錎（同“陷”）没而下，骛（wù，奔腾）扬而奋鬐（qí，鱼脊），白波若山，海水震荡，声侔（móu，相等）鬼神，惮赫（dànhè，畏惧）千里。

任公子得若鱼，离而腊（xī，晾干）之。自制（“制”“浙”音近）河以东，苍梧以北，莫不厌若鱼者。

——《庄子·外物》

神龟落网

《庄子》

宋国的君主宋元君半夜里做了一个梦，梦见一个人披头散发，探头探脑地从偏房门窥视。他对元君说："我是从宰路渊来的。我是清江的水神的使者，出使到河伯那里。贵国的渔民余且在路上捉到了我。"

宋元君醒来，叫人占了一卦。占卦人说："这是一只神龟。"元君问道："那么，渔民中有个余且吗？"手下的人说："有这么个人。"元君便说："你们叫余且来朝见。"

第二天，余且来了。元君问他："你打鱼获得了什么？"余且回答说："我网到了一只白龟，周长有五尺呢。"元君说："献上你的这只白龟。"白龟献上后，元君两次想杀掉它，又两次想养活它，心里犹豫不决。命人占卜决疑，占卜的结果说："杀掉这只白龟，用它的壳作为占卜工具，是吉利的。"于是，杀了这只龟，刳去它的肠肚，用它的龟壳做占卜工具。在龟壳上钻孔占卜，占卜了很多次，没有一次失误。

孔子说："这只神龟能托梦给元君，但不能逃出余且的网；它的智慧可以多次地判断吉凶，却不能避免杀身刳肠的灾祸。由此看来，聪明总有不足之处，智慧也总有照应不到的地方。即使有绝顶的智慧，也抵不过很多人的谋划啊。"

[导读]

故事的寓意就是作者借孔子之口所说的话："即使有绝顶的智慧，也抵不过很多人的谋划啊。"这个故事还影响到国外，如：13 世纪高丽王朝大诗人李奎报，就借鉴这个故事写作了著名的假传体寓言《清江使者玄夫传》。

［**附原文**］

宋元君夜半而梦人被发窥阿门（偏房门），曰：“予自宰路之渊，予为清江使河伯（黄河之神）之所。渔者余且（读jū）得予。”

元君觉。使人占之。曰：“此神龟也。”君曰：“渔者有余且乎?”左右曰：“有。”君曰：“令余且会朝。”

明日，余且朝。君曰：“渔何得?”对曰：“且之网得白龟焉，其圆五尺。”君曰：“献若之龟。”龟至。君再（两次）欲杀之，再欲活之，心疑。卜之，曰：“杀龟以卜，吉。”乃刳龟，七十二钻而无遗策（占卜）。

仲尼曰：“神龟能见梦于元君，而不能避余且之网；知能七十二钻无遗筴，不能避刳肠之患。如是，则知有所困，神有所不及也。虽有至知，万人谋之。”

——《庄子·外物》

畏影恶迹

《庄子》

有一个愚人，他害怕自己的影子，讨厌自己的脚印。于是，他飞快地跑着，想离开它们。他脚提得越多，脚印也就越多；他跑得越快，影子也跟得越紧。他还满以为自己跑慢了，就拼命加快，不肯休息片刻，终于耗尽力气死掉了。

这个人想甩掉影子，却不知道站在阴处；想消灭脚印，又不知道静止不动。真蠢得厉害啊。

[**导读**]

故事原意是讽刺儒家为挽救社会危机而凄惶奔走的行为，宣传道家的“无为”主张。它客观上启示人们：要消除某些问题，就必须正本清源。它还告诉人们：做任何事情，都必然留下印记，这是不可避免的。18世纪俄罗斯著名寓言诗人赫姆尼采尔的寓言诗《傻瓜和影子》，明显受到本篇的影响。

[**附原文**]

人有畏影恶迹而去（离开）之走者。举足愈数（shuò，多次，频繁）而迹愈多，走愈疾而影不离身。自以为尚迟，疾走不休，绝力而死。

不知处阴以休影，处静以息迹，愚亦甚矣。

——《庄子·渔父》

杞人忧天

《列子》

春秋时代，杞国有一个愚人。他担心天会塌下来、地会垮下去，自己无处安身，急得觉也睡不着，饭也吃不下。

另一个人则为他的担心而忧虑，就跑去开导他说：“天，是由气体聚积而成的，没有任何地方没有气体。你一举一动，一呼一吸，有时行走，有时止息，整天都生活在这组成天空的大气之中。为什么还担心天会塌下来呢?”

那个杞国人说："如果天果真是大气积成的，那日月星辰不是会掉下来吗？"

开导他的人说："日月星辰，也不过是有光亮的气体积成的。即使掉下来，也不会打伤什么。"

那杞国人又说："如果大地垮下去，将怎么办呢？"

开导他的人说："地，是由很多土块石块聚积起来的。这些土块石块充满了四方，没有什么地方没有它。你走动、跳跃，整天在地上作息，为什么还担心它会垮下去呢？"

那杞国人听了，好像放下千斤重担似的，异常高兴。开导他的人也放了心，很高兴。

[导读]

《列子》署名列御寇所作。列御寇是先秦道家重要人物，相传是庄子的前辈。但是，《列子》曾经散失，经过东晋时代人张湛的整理注释而再度问世，所以书中可能掺杂有后代的作品。不过，也不应该把《列子》完全看作是伪书。《列子》共八篇，寓言成分多，其寓言故事颇多科学幻想情节。《列子》与《庄子》都喜欢用寓言说理，而且风格颇为近似，故人们常常以"庄列"并称之。

"杞人忧天"是形容庸人自扰。列子贵虚，认为人应该顺应自然，反对徒劳地运用智慧。所以，忧天的杞人，利用天文知识劝解杞人的人，在列子看来，都是庸人自扰。后来，人们常用"杞人忧天"形容不必要的担心。但是，杞人如果不是消极地担忧，而是积极地探索，则是一种可贵的科学精神。开导杞人者所说的道理反映出当时一种比较先进的天文学说，即"浑天说"，这种学说无疑比原始的"盖天说"进了一步。

[附原文]

杞（qǐ，春秋时国名，其地在今河南杞县）国有人，忧天地崩坠，身亡（通"无"）所寄，废寝食者。

又有忧彼之所忧者，因往晓（晓谕，开导）之，曰："天，积气耳，亡处亡气。若（你）屈伸呼吸，终日在天中行止，奈何忧崩坠乎？"

其人曰："天果积气，日月星宿不当坠邪？"

晓之者曰："日月星宿，亦积气中之有光耀者。只使坠，亦不能有所中伤（损伤，伤害）。"

其人曰："奈地坏何？"

晓者曰："地，积块耳。充塞四虚，亡处亡块。若躇（chú，踏）、步（行走）、跐（cǐ，踩）、蹈（跳跃），终日在地上行止，奈何忧其坏？"

其人舍（放下）然大喜，晓之者亦舍然大喜。

——《列子·天瑞》

国氏善盗

《列子》

齐国有户姓国的人家，很有钱。宋国有户姓向的人家，很贫穷。姓向的人，特地从宋国跑到齐国，请求姓国的人把生财之道传授给他。姓国的人告诉他说："我善于偷盗。开始只偷了一年，就能自给；两年，就富足了；三年，就土地成片、粮食满仓了。从那时起，我便施舍财物，恩惠遍及乡里。"姓向的听了非常高兴。但是，他只听明白了偷盗致富的话，却没有明白偷盗致富的途径和方法。于是回去以后，就翻越人家的墙垣，凿开人家的房间，凡是眼睛能看到的，手能接触到的，没有什么不被他摸走。没过多久，便被人查出赃物，判了罪，没收了他原先聚积的财物。

姓向的人认为姓国的人欺骗了自己，便到齐国去责备姓国的。姓国的人问他："你是怎样偷的呢？"姓向的人叙述了他偷盗的情况。姓国的人说："唉！你错误地理解我那'善于偷盗'的话，竟然达到这样的地步啊！现在我仔细地告诉你吧。我听说，天有四季的变化，土地有富饶的出产。我偷的就是这天时和地利。雨水的降落，雾露的滋润，山林的特产，湖泽的养殖，我全都可以偷来，使我的庄稼长得很好，我的房屋建筑得很美。遇着陆地，我就偷取那飞禽走兽；遇着水泊，我就偷取那鱼虾龟鳖。这一切没有一样不是从自然界偷取来的。庄稼、土地、树木、禽兽、鱼鳖，都是大自然的产物，难道是我本来所有的吗？我偷取那天生的东西，是不会获罪的。但是，那金银玉石、珍珠宝贝、谷米布匹、钱财货物，都是别人积聚的，难道是天给你的吗？你去偷别人积聚的财物因而犯了罪，那又能埋怨谁呢？"

[导读]

人们应该像国氏那样，顺应自然，向自然索取；不应该像向氏那样，违背规范，企图不劳而获。故事还启发我们：向别人学习，不能一知半解，必须掌握精神实质。

[附原文]

齐之国氏大富，宋之向氏大贫。自宋之（前往）齐请其术。国氏告之曰："吾善为盗。始吾为盗也，一年而给，二年而足，三年大壤。自此以往，施及州闾（州、闾都是古代的行政区划单位）。"向氏大喜，喻（明白）其为盗之言，而不喻其为盗之道。遂逾（yú，越过）垣（yuán，墙）凿室，手目所及，亡（通"无"）不探也。未及时，以赃获罪，没其先居（积聚）之财。

向氏以国氏之谬（谬误，欺骗）己也，往而怨之。国氏曰："若为盗若何？"向氏言其状。国氏曰："嘻！若失为盗之道至此乎？今将告若矣。吾闻天有时，地有利。吾盗天地之时利：云雨之滂（pāng，大雨，可引申为浇灌）润，山泽之产育，以生吾禾，殖吾稼，筑吾垣，建吾舍；陆盗禽兽，水盗鱼鳖，亡非盗也。夫禾稼、土木、禽兽、鱼鳖，皆天之所生，岂吾之所有？然吾盗天而亡殃；夫金玉、珍宝、谷帛、财货，人之所聚，岂天之所与？若盗之而获罪，孰怨哉？”

——《列子·天瑞》

朝三暮四

《列子》

宋国有个养猴子的人，称为狙公。狙公喜爱猕猴，养了一大群。他能了解猕猴的心意，猕猴也懂得狙公的话语。狙公减少家中的口粮，用来满足猕猴的要求。不久，家里的口粮不够了，狙公想限制猕猴的食量，却又担心这些猕猴对自己不驯服。于是，先哄骗它们说：“以后给你们橡实吃，早上三粒，晚上四粒，够了吧？”这些猕猴都直立起来，发了怒。狙公马上改口说：“给你们橡实，早上四粒，晚上三粒，够了吧？”这时，所有的猕猴都趴在地上，显得十分高兴。

［导读］

“朝三暮四”与“朝四暮三”，数量是一样的，只是分配先后的变化，也就是说本质相同而只是形式变化而已，但猕猴们却一怒一喜。故事的本意是说：人们容易被表面手段所迷惑，在政治上尤其如此。在政治史上，统治者耍花招欺骗民众，是经常可以看到的现象。后代使用这个寓言时，改变了原来的寓意，只取数量的变化，故用“朝三暮四”讽刺反复无常的行为。《庄子·齐物论》也有这个故事。

［附原文］

宋有狙公者，爱狙（jū，猕猴）。养之成群，能解狙之意，狙亦得公之心。损（减少）其家口，充狙之欲。俄而匮（kuì，缺乏）焉，将限其食。恐众狙之不驯于己也，先诳（kuáng，哄骗）之曰："与若（你，你们）芧（xù，橡实），朝三而暮四，足乎？"众狙皆起而怒。俄而曰："与若芧，朝四而暮三，足乎？"众狙皆伏而喜。

——《列子·黄帝》

富翁与仆人

《列子》

周地有个姓尹的富翁，拼命地聚积财富。他下面奔走服役的人，起早摸黑地干活，从不休息。

有一个老仆人，筋力都用尽了，而富翁却唤他去做更多的事情。这老头子，白天里哼哼唧唧地干活，到晚上却昏昏沉沉地睡得很熟。他精神舒散，无拘无束，每夜都梦见自己做了国王，位于老百姓之上，管理一国的大事，在宫殿中游玩享乐，想怎样就怎样，谁也没有他愉快。醒来后仍旧是供人役使。有人安慰他太劳苦，他说："人活在世界上不过一百年，白天和夜晚各占一半。我白天做奴仆，辛苦是辛苦够了，但晚上做国王，快乐无比，我还怨什么呢？"

姓尹的富翁呢，心里整天谋划各种事情，思想完全集中到家业上，弄得精神和形体都疲惫不堪。到了夜晚，昏昏沉沉地睡下去，每夜都梦见做别人的仆人。奔走劳累，任何事情都要干。受骂、挨打，样样都得忍受。因此他睡眠时总是说胡话、呻吟、呼叫，直到天亮才得安静。他为此感到痛苦，便去询问他的朋友，看有什么好法子。朋友说："你的爵位足以使你荣耀，你的财富多得用不完，超过别人很远了。你夜晚做梦当仆人，是因为痛苦和安逸本来就是互相依存、互相转化的，这是正常的规律啊。你想醒着的时候与梦里都过好日子，难道能做得到吗？"他听了朋友的话，便放松了对仆人们的考核与限制，减少了自己的思想负担，疾病也跟着好了一点儿。

[导读]

富翁虽然富足，但是思虑过度，寝食不安，所以实际上很痛苦；老仆人虽然穷苦，但是随遇而安，从而获得快乐。故事的本意是宣传道家的“养神安形”的哲学，即主张乐天安命、不劳智慧。故事在客观上说明：奴役别人的人，是没有真正的快乐的。而且，在某种意义上说，快乐与痛苦是结伴而行的。

[附原文]

周（今河南洛阳一带，春秋时代是周的地盘）之尹氏，大治产。其下趣役（趣役，奔走服役。“趣”同“趋”）者，侵晨昏而弗息。

有老役夫，筋力竭矣，而使之弥（更加）勤。昼则呻呼而即事，夜则昏惫而熟寐。精神荒散，昔昔（同“夕夕”，每夜）梦为国君，居人民之上，总一国之事，游燕（游玩享乐）宫观（guàn，旧时帝王居住的高大建筑），恣意所欲，其乐无比。觉则复役。人有慰喻其勤者，役夫曰：“人生百年，昼夜各分。吾昼为仆虏，苦则苦矣；夜为人君，其乐无比。何所怨哉？”

尹氏心营世事，虑钟（集中）家业，心形俱疲。夜亦昏惫而寐。昔昔梦为人仆，趋走作役，无不为也；数骂（责骂，列举过错）、杖挞，无不至也。眠中啽呓（án yì，说梦话）呻呼，彻旦息焉。尹氏病之，以访其友。友曰：“若位足荣身，资财有余，胜人远矣！夜梦为仆，苦逸之复（回复，循环，转化），数之常也。若欲觉梦兼之，岂可得邪？”尹氏闻其友言，宽其役夫之程（限制，考核），减己思虑之事，疾并少间（稍微痊愈）。

——《列子·周穆王》

愚公移山

《列子》

太行、王屋两座大山，方圆七百里，高达万丈。它们本来在冀州的南面，河阳的北面。

大山的北面，住着一个老人，叫作愚公，年纪快九十了。他家的住所正对着这两座大山。他苦于大山挡路，出入十分迂曲艰难，就召集全家人商量说："我和你们尽一切力量来削平险阻，开出一条大路，直通豫州的南部，达到汉水的南面，行吗？"大家纷纷表示赞同。他的老伴提出了一个疑问，说："凭着你的这点力气，就是像魁父丘这样的小土包，你也啃不动了，又能够把太行、王屋这两座大山怎么样呢？再说，那些土块石头，你往哪里扔呢？"大家七嘴八舌地嚷着："把它们扔到渤海的边上、隐土的北面去！"愚公就带着三个能挑担的子孙，打石头，挖土块，用箢箕把土石运到渤海的边上。邻居京城家的寡妇有个孤儿，才换牙齿，也蹦蹦跳跳地跑来帮忙。他们挑土运石，从冬到夏，寒暑季节交换，才能来回一趟。

黄河湾上有个叫智叟的老头子，笑着劝阻愚公说："你怎么傻成这个样子了！你已经是风烛残年了，剩下这点儿气力，连山上的一草一木也难拔下，又怎么能够对付这满山遍岭的土块、石头呢？"愚公长叹了一口气，回答说："你的思想太闭塞了，已经闭塞到一窍不通的程度，还不如那寡妇跟小孩呢！你要知道，即使我死了，还有儿子在呀；儿子又添孙子，孙子再添儿子；儿子又有儿子，儿子又有孙子，子子孙孙是没有穷尽的呀。而这两座大山却不会再增高了，为什么还怕挖不平呢？"黄河湾上的智叟被驳得无话回答。

双手握蛇的山神听了愚公这些话，怕他挖山不止，就向天帝报告。天帝被愚公移山的诚意所感动，便派巨人族夸娥氏的两个儿子背走了这两座山，一座放在朔州东部，一座放在雍州南部。从这以后，从冀州的南部，直到汉水的南岸，再也没有大山挡路了。

［导读］

故事所使用的神话题材，反映出古代人民战胜困难、改造自然的精神。故事的原始寓意是：真诚的努力可以感天动地，使事物发生变化，小可以积累成大，大可以逐步削弱变小。但是，故事也反映了道家“绝圣弃智”的观念，认为愚蠢超过智慧。此外，我们从故事产生的背景分析，还可以看出它所反映出的是安土重迁的小农观念：愚公宁肯移走万丈高山，却不愿意离开家园，走向山外的精彩世界。

［附原文］

太行（山脉名，在河北与山西交界处）、王屋（山名，在山西阳城县西南）二山，方七百里，高万仞（rèn，古代以七尺或八尺为一仞）。本（本来，这里用来作为神话虚构的依据）在冀州（包括现在河北、山西、河南北部、辽宁西部等地区）之南，河阳（古河阳在今河南孟县西部）之北。

北山愚公者，年且九十，面山而居。惩（苦于）山北之塞，出入之迂也。聚室而谋曰：“吾与汝毕力平险，指通豫（古地名，包括现在河南省等地区）南，达于汉阴（汉水的南面。古时地理命名的习惯，山的北面或水的南面叫作阴），可乎？”杂然相许。其妻献疑曰：“以君之力，曾不能损魁父之丘（丘是小山。魁父山在河南陈留县境内），如太行、王屋何？且焉（何，何处）置土石？”杂曰：“投诸渤海之尾，隐土（神话传说中东北方的一个地名）之北。”遂率子孙荷担者三夫，叩石垦壤，箕畚运于渤海之尾。邻人京城氏（复姓）之孀妻（shuāngqī，寡妇）有遗男，始龀（chèn，换乳牙），跳往助之。寒暑易节，始一反焉。

河曲（黄河湾）智叟笑而止之曰：“甚矣，汝之不惠（通“慧”，聪明）！以残年余力，曾不能毁山之一毛，其如土石何？”北山愚公长息曰："汝心之固（闭塞不通），固不可彻（通达），曾不若孀妻弱子！虽我之死，有子存焉；子又生孙，孙又生子；子又有子，子又有孙；子子孙孙无穷匮（kuì，穷尽）也。而山不加增，何苦而不平？"河曲智叟亡（通"无"）以应。

操蛇之神（古代神话中的山神，双手握着蛇）闻之，惧其不已也，告之于帝。帝感其诚，命夸娥氏（神话中的大力神）二子负二山，一厝（cuò，通"措"，安置）朔（朔州，即今山西省）东，一厝雍（雍州，今山西、陕西、甘肃地域）南。自此，冀之南，汉之阴，无陇断（山脉阻隔）焉。

——《列子·汤问》

小儿辩日

《列子》

孔子到东方去游说，看见两个小孩子激烈地争辩着。孔子问他们辩论什么。

一个小孩说："我认为，太阳刚刚出山时，离我们近；到了中午，就离我们远了。"另一个小孩认为太阳刚出来时离人远，中午时离人近。

一个说："太阳刚出来时，大得像车上的伞盖；到了中午，就只有盘子、钵子那样大了。这不正是远的显得小、近的显得大吗？"另一个却说："太阳刚出来时，空气清清凉凉的；到了中午，热得好像把手伸到热水里一样。这不正是近的使人觉得热、远的使人觉得清凉吗？"

孔子不能判断谁是谁非。两个小孩子嘲笑他说："谁说你博学多才呢！"

[**导读**]

故事以当时无法解释的光学、天文现象为素材，说明学海无涯，任何人不可能掌握全部的知识，儒家的圣人也不例外。现代科学认为：早晨或傍晚看太阳比中午大，是由于跟近处景物对比而形成的错觉；中午人们感觉太阳比较热，主要是阳光直射所致，距离相对比早晚近些。

[**附原文**]

孔子东游，见两小儿辩斗。问其故。

一儿曰："我以（认为）日始出时去人近，而日中时远也。"一儿以日初出远，而日中时近也。

一儿曰："日初出大如车盖（古时车子上遮蔽阳光与雨水的伞盖），及（达到）日中，则如盘盂（yú，钵子）。此不为远者小而近者大乎？"一儿曰："日初出沧沧凉凉，及其日中如探汤（热水或开水）。此不为近者热而远者凉乎？"

孔子不能决也。两小儿笑曰："孰为（通'谓'）汝多知乎？"

——《列子·汤问》

薛谭学讴

《列子》

薛谭向歌唱家秦青学习唱歌。还没有学完秦青的全部技术，便自以为学到手了，于是要辞别秦青回家。

秦青也不劝阻他，而在郊外的大路上摆酒给他送行。秦青打着节拍，唱出悲伤的送别歌曲。那歌声在树林中萦绕，树林也仿佛被振动了；那歌声优美嘹亮，响彻天空，连云彩也好像在伫立静听。

薛谭这才省悟过来，向秦青道歉，请求回到师傅身边继续学习。从此，薛谭一辈子也不敢提起回家的事了。

[导读]

故事主要说明：学无止境，决不可浅尝辄止。故事也可以说明：身教重于言教。故事反映了我国尊师重教的传统，但是，“终身不敢言归”，也反映出学生不能超越老师的保守观念。

[附原文]

薛谭学讴（ōu，没有伴奏的唱歌）于秦青。未穷青之技，自谓尽之，遂辞归。

秦青弗止，饯（jiàn，设酒食送行）于郊衢（qú，大路）。抚节悲歌，声振林木，响遏（è，阻止住）行云。

薛谭乃谢（谢罪，检查过错）求反（通“返”），终身不敢言归。

——《列子·汤问》

高山流水

《列子》

伯牙很会弹琴，钟子期很会听琴。伯牙鼓琴时，思想关注高山，钟子期一听便说：“弹得好啊，琴声中所描绘的是一座好像泰山一样巍峨的高山！”伯牙鼓琴时，心里想着流水，钟子期便说：“弹得好啊，琴声中所描绘的是一条浩浩荡荡的长江大河！”伯牙弹琴时不管想什么，钟子期都一定能体会到。

有一次，伯牙在泰山的北面游玩，忽然碰上暴雨，只好停在悬岩下躲雨。心里感到寂寞，便拿起琴来弹。开始弹成《霖雨》曲，接着又弹出了《崩山》调。他每每奏这两支曲子，钟子期便能完全说出他当时的情趣。伯牙于是放下琴，感叹地说："您的听琴能力真是好到了极点啊！您用心体悟琴音中的一切，就跟我心里想的一模一样。我怎能在琴声中隐匿自己的一切呢？"

[导读]

音乐是心灵的窗口，演奏者把内心的感受通过乐曲传达出来，高明的审音者则可以通过乐曲了解演奏者的内心世界。故事的寓意是：心心相印的知音者，是非常难得的。所以，《吕氏春秋·本味》说："钟子期死，伯牙破琴绝弦，终身不复鼓琴"。后代用"高山流水"，比喻知音难得，也比喻技巧的出神入化。

[附原文]

伯牙（古代音乐家，相传他姓俞）善鼓琴，钟子期善听。伯牙鼓琴，志在登高山，钟子期曰："善哉，峨峨（高耸的样子）兮若泰山！"志在流水，钟子期曰："善哉，洋洋（宽广的样子）兮若江河！"伯牙所念，钟子期必得之。

伯牙游于泰山之阴，卒逢暴雨，止于岩下，心悲，乃援琴而鼓之。初为《霖雨》之操（琴曲），更造《崩山》之音。曲每奏，钟子期辄穷其趣。伯牙乃舍琴而叹曰："善哉，善哉，子之听夫！志想象犹吾心也。吾于何逃声哉？"

——《列子·汤问》

偃师造人

《列子》

周穆王喜欢到处游玩。他到西方游历，越过了昆仑山，快到太阳落下的地方弇山，才返回来。他还没有回到国都，路上碰到一个进献工艺的匠人，名叫偃师。穆王接见了他，问他说："你有什么才能啊?"偃师回答说："我，听凭您测验。不过，我已经造了一件东西，希望大王先看看。"穆王说："好，明天带了它一道来吧，我与你一起观看。"

第二天，偃师来拜见穆王。穆王接见他时，看见他身旁另有一个人，便问他说："跟你一起来的是什么人?"偃师回答说："这便是我制造的能够表演技艺的人。"穆王很惊奇地看着这个假人，他走路、弯腰、仰头，都好像一个真人。好灵巧啊！轻轻摇一摇他的下巴，他便唱起来，歌声很合旋律；拨弄一下手，他便舞蹈起来，舞蹈很合节拍。千变万化，你想让他干什么他便可以干什么。穆王以为是一个真人，与他宠爱的盛姬、侍从一起观看表演。表演快结束时，这个假人竟然转动眼珠向穆王的侍妾传情，企图勾引她们。穆王大怒，认为偃师欺骗了自己，要马上惩罚偃师。偃师害怕极了，只好立刻拆散这个假人，一件件地指给穆王看。原来都是用皮革、木头、树胶、生漆等黏合成的，并且着上了白、黑、红、青等颜色。穆王仔细地观察着那假人体内的肝、胆、心、肺、脾、肾、肠、胃，体表的筋络、骨头、四肢、关节、皮肤、毛发、牙齿。这一切都是人造的，但样样齐全，样样逼真。把这些东西装配起来，又恢复了刚刚看到他时的样子。穆王命令摘掉他的心，便不能说话；摘掉他的肝，便不能看东西；摘掉他的肾，便不能走路。

穆王这时才相信偃师，高兴地赞叹说："人的技巧，竟然能够跟造化一切的自然相比，取得同等的功效啊！”

[导读]

天外有天，任何能工巧匠都不应该自满，任何人都不可以囿于成见；人力也可以巧夺天工。

《列子》寓言故事颇多科学幻想成分，本篇与《杞人忧天》《小儿辩日》《扁鹊换心》等是其中的代表。本篇故事想象丰富，描写细腻传神，是我国最早的机器人故事。认为《列子》是魏晋时代伪作的学者，说本篇受到佛教故事的启发。

[附原文]

周穆王（西周王朝的第五代国王。他喜欢游历。后人曾作《穆天子传》记述他的游历故事，但大都属于神话传说）西巡狩，越昆仑，不（同“未”）至弇山（“弇”音 yǎn，弇山是传说中太阳落下的地方），反还。未及中国，道有献工人名偃师，穆王荐（接见）之。问曰：“若有何能？”偃师曰：“臣唯命所试。然臣已有所造，愿王先观之。”穆王曰：“日（异日，这里指明天）以俱来，吾与若俱观之。”

翌日（“翌”音 yì，翌日，第二天），偃师谒见王。王荐之，曰：“若与偕来者何人邪？”对曰：“臣之所造能倡者（能表演各种技艺的人）。”穆王惊视之。趣（同“趋”）步、俯仰，信人也。巧夫！顉（qīn，按动，摇动）其颐（yí，下巴），则歌合律；捧其手，则舞应节。千变万化，惟意所适。王以为实人也。与盛姬（穆王宠幸的美人）、内御（侍奉帝王的亲近随从）并观之。技将终，倡者瞬其目而招王之左右侍妾。王大怒，立欲诛偃师。偃师大慑（shè，恐惧），立剖散倡者以示王，皆傅会革、木、胶、漆、白、黑、丹、青之所为。王谛（dì，仔细）料（料理，推敲）之：内则肝、胆、心、肺、脾、肾、肠、胃，外则筋骨、支节、皮毛、齿发，皆假物也，而无不毕具者。合会复如初见。王试废其心，则口不能言；废其肝，则目不能视；废其肾，则足不能步。

穆王始悦而叹曰：“人之巧，乃可与造化者（创造化育一切的力量）同功乎?”

——《列子·汤问》

纪昌学射

《列子》

甘蝇，是古代的一位射箭能手。他一拉弓，野兽就应声而倒，飞鸟就顷刻落下。甘蝇的学生叫飞卫，跟着甘蝇学射箭，技巧超过了老师。一个叫纪昌的人，又请求跟飞卫学习射箭。

飞卫说：“你要先学会不眨眼，这才可以谈得上学射箭。”

纪昌回到家里，仰面躺到他妻子的织布机下面，两眼直盯着踏脚板。这样坚持了两年，即使锥子的尖端刺到眼眶边，他也不眨眼。他把这情况告诉了飞卫。

飞卫说：“还没练到家呢。一定要锻炼好眼力才行。要做到：看小东西像看大东西，看隐约的东西好像看明显的东西。到那个时候，你来告诉我。”

纪昌便用牦牛尾上的一根细毛，系上一个虱子，悬挂在窗口上，朝着南面，目不转睛地望着它。十天之内，那虱子显得渐渐大了；坚持了三年，那虱子大得仿佛像车轮。再看其他东西，简直全都是巨大的山丘了。于是，他就使用燕地牛角所装饰的强弓，搭上北方蓬竹所造成的利箭，来射那虱子，那箭恰好穿过虱子的中心，而悬挂虱子的牛尾细毛却没有射断。他把这情况告诉飞卫。

飞卫听了，高兴得跳起来，拍着胸脯，说：“射箭的奥妙，你已经掌握了啊!”

［导读］

学习本领，必须持之以恒，打好基础；学习本领，老师的指导是外部条件，关键是通过自己的刻苦努力而融会贯通。

［附原文］

甘蝇，古之善射者。彀弓（“彀”音 gòu，张满弓弩叫“彀弓”）而兽伏鸟下。弟子名飞卫，学射于甘蝇而巧过其师。纪昌者，又学射于飞卫。

飞卫曰：“尔先学不瞬（shùn，眨眼），而后可以言射矣。”

纪昌归，偃卧（仰卧）其妻之机下，以目承牵挺（织布机的踏脚板）。二年之后，虽锥末（锥子的尖端）倒眦（zì，眼角）而不瞬也。以告飞卫。

飞卫曰：“未也。必学视而后可。视小如大，视微如著，而后告我。”

昌以牦（指牦牛尾上很细的毛）悬虱于牖（yǒu，窗口），南面而望之。旬日之间，浸（渐渐）大也；三年之后，如车轮焉。以睹余物，皆丘山也。乃以燕角之弧、朔蓬之簳（gǎn）射之，贯虱之心，而悬不绝。以告飞卫。

飞卫高蹈（跳跃）拊（拍打）膺（胸脯）曰：“汝得之矣！”

——《列子·汤问》

九方皋相马

《列子》

秦穆公对相马能手伯乐说："您的年纪很大了啊！在您的家族里，有谁能继承您去寻找千里马吗？"伯乐回答说："一般的好马，特征明显，可以从外表上、筋骨上看出来。那名扬天下的千里马，它与一般的好马差不多，它的特点却是若有若无，若隐若现，很难捉摸。它奔跑起来，又轻又快，使人看不到飞扬的尘土，寻不着地上的蹄印。我的儿子们都是才能低下的人。好马的特征，我可以明确地告诉他们；千里马的特征，只可意会，不可言传，他们无法掌握。不过，在那曾经和我一起运输砍柴的人当中，有一个叫九方皋的人。他的相马技术，并不比我低。请您召见他吧。"穆公便召见了九方皋，叫他到各地去寻找千里马。

九方皋去了三个月，返回来报告说："已经找到了一匹千里马，眼下正在沙丘那个地方。"穆公问他："什么样的马呢？"九方皋回答说："一匹黄色的母马。"穆公派人去取，却是一匹黑色的公马。穆公很不高兴，便把伯乐喊来，对他说："真不中用啊，您所推荐的那个相马的人！他连马的毛色与雌雄都分辨不出来，又怎么能认识马的好坏呢？"伯乐长长赞叹一声，说："他相马的技术，竟然高超得达到这种地步了吗？这就是他超过我千万倍以至于无法估量的地方啊！九方皋所看到的，是那千里马的天然的精神和机能。他抓住了特征，丢掉了皮毛；看到了本质，抛弃了表象。他看到了那应该看到的东西，不去注意那不该注意的东西；他审察了那应该审察的东西，遗弃了那不应该审察的东西。九方皋相马的方法，比那宝贵的千里马更宝贵啊！"人们把那马牵到秦穆公和伯乐面前一看，果然是天下少有的千里马。

［导读］

故事阐述道家的遗形取神的观念。人们做任何事情，必须有所舍弃，才能有所专注；必须不受非本质因素的干扰，才能抓住本质。故事也反映了我国古代传统思维方式的特点，重视悟性与整体把握，而忽视形式逻辑的推理。我国古代的文学艺术大都受到这种“遗形取神”观念的影响，忽略形似，追求神似。有一首讲绘画的诗说：“意足不求颜色似，前生相马九方皋。”

［附原文］

秦穆公（春秋时代秦国著名君主，春秋五霸之一）谓伯乐（相马能手。据说，他本名孙阳。伯乐是天上的星宿名，主管天马；孙阳善于相马，故名伯乐）曰：“子之年长矣，子姓有可使求马者乎?”伯乐对曰：“良马可形容（形体容颜等外貌）、筋骨相也；天下之马者若灭若没，若亡（wú，通‘无’）若失，若此者绝尘（奔跑起来没有尘土飞扬）弭辙（不留下脚印）。臣之子皆下才也，可告以良马，不可告以天下之马也。臣有所与共担缠（一本作‘担纆’，意义不明，疑有脱误）薪菜（或作‘薪采’，即砍柴）者，有九方皋（人名。九方，复姓。《淮南子》作‘九方堙’）。此其于马，非臣之下也。请见之。”穆公见之，使行求马。

三月而反报，曰：“已得之矣，在沙丘。”穆公曰：“何马也?”对曰：“牝（pìn，雌性）而黄。”使人往取之，牡（mǔ，雄性）而骊（lí，黑色）。穆公不说（通“悦”，高兴），召伯乐而谓之曰：“败矣，子所使求马者！色物牝牡，尚弗能知，又何马之能知也?”伯乐喟然太息曰：“一至于此乎？是乃其所以千万臣而无数（shǔ，计算）者也。若皋之所观，天机也。得其精而忘其粗；在（关注）其内而忘其外。见其所见，不见其所不见；视其所视，而遗其所不视。若皋之相者，乃有贵乎马者也！”马至，果天下之马也。

——《列子·说符》

多歧亡羊

《列子》

杨子的邻居跑掉了一只羊。那邻居已经发动了他的家属亲朋去追赶，又来请杨子的家童去帮着追。

杨子说："咦！只跑掉了一只羊，为什么要这么多人追赶？"邻居说："这一带有很多岔路啊。"

等到寻找羊的人们都返回来了，杨子问道："羊找到了吗？"大家回答说："羊跑掉了。"杨子说："怎么跑掉的？"大家又回答说："岔路之中又有岔路，我们不知道羊跑到哪里去了，只得回来了。"

杨子听了很不愉快，神色骤变，半晌不说话，整天不欢笑。他的学生觉得很奇怪，问道："羊不过是一种不值钱的牲口，又不是先生自己的牲口。跑掉一只羊，先生却这样闷闷不乐，是什么原因呢？"杨子沉默不语。学生们不懂得杨子的用意。

[导读]

故事的原意是说明：纷纭复杂的情况，纷繁众多的学说，最容易让人迷失方向。杨朱由丢失羊而想到这一切，所以沉默忧愁。故事可以启示我们：人们必须专一执着，不能三心二意。

[附原文]

杨子（即杨朱，战国时哲学家，宣扬"拔一毛而利天下不为"的利己养生哲学）之邻人亡（走失）羊。既率其党（家属亲族），又请杨子之竖（家童）追之。

杨子曰："嘻！亡一羊，何追者之众？"邻人曰："多歧（qí，分岔）路。”

既反（返回），问：“获羊乎？”曰：“亡之矣。”曰：“奚（xī，何，为什么）亡之？”曰：“歧路之中又有歧焉，吾不知所之，所以反也。”

杨子戚（忧伤）然变容，不言者移时（一个时辰，约相当于两个小时），不笑者竟日（终日，一整天）。门人怪之，请曰：“羊贱畜，又非夫子之有，而损（减少）言笑者，何哉？”杨子不答。门人不获所命（含意，用意）。

——《列子·说符》

失斧疑邻

《列子》

有个人，丢失了一把斧头，怀疑是他邻人的儿子偷了。他仔细观察那邻人的儿子，走路好像是偷了斧头的样子，表情好像是偷了斧头的样子，说话也好像是偷了斧头的样子。他越看越像，连那人的一举一动、一喜一忧，竟没有一样不像是偷了他的斧头的样子。

不久，这个丢失斧头的人，挖开家里的地窖，发现了斧头。以后，他再看那邻人的儿子，一举一动，一言一笑，就一点儿也不像是偷了斧头的了。

［导读］

故事批评了没有根据而疑神疑鬼的行为，并揭示出一种重要的心理现象：人们只要戴上有色眼镜看世界，就必然产生错觉。

[附原文]

人有亡（丢失）鈇（fū，这里指斧头）者，意（怀疑，猜测）其邻人之子。视其行步，窃鈇也；颜色，窃鈇也；言语，窃鈇也；动作、态度，无为而不窃鈇也。

俄而，抇（jué，同“掘”）其谷（通“窖”，地窖）而得其鈇。他日，复见其邻人之子，动作、态度，无似窃鈇者。

——《列子·说符》

齐人抓金

《列子》

从前，有一个齐国人，他一心只想得到金子。一天清早，他赶忙穿好衣服，戴好帽子，向街上匆匆走去，直奔那卖金商人的住所，抓了金子就走。差役们当场把他捉住了。审问他说：“很多人都在这里，你公开抓别人的金子，为什么?”那齐人回答说：“我一心只想金子，我抓取金子的时候，两眼只看到金子，根本没看到人啊。”

[导读]

故事形象地说明了利令智昏的道理。人一旦被贪婪的欲望迷了心窍，丧失理智，就什么蠢事情、坏事情都干得出来。

[附原文]

昔齐人有欲金者。清旦衣冠而之市，适（前往）鬻（yù，卖）金者之所，因攫（jué，抓取）其金而去（离开）。吏捕得之，问曰："人皆在焉，子攫人之金，何？"对曰："取金之时，不见人，徒（空，只）见金。"

——《列子·说符》

谦卑过度

《尹文子》

齐国有个黄公，特别自谦。黄公有两个女儿，本来都是天姿国色。黄公因为她们长得漂亮，常常用谦逊的词儿来贬低她们，说是长得很丑。于是，黄公女儿丑陋的名声，远远传开。因而，她们超过了结婚年龄，竟没有一个来下聘礼提婚的人。

卫国有个光棍，年纪大了，便冒冒失失地去娶了黄公的长女。一看，原来是国色。后来他便对人说："黄公喜欢谦虚，故意贬低女儿的容貌。现在看来，她的妹妹也一定很漂亮。"于是大家都争着下礼订婚。她的妹妹也果然是国色。

黄公女儿漂亮是真的，丑陋是假的。卫国光棍的做法，就叫作违名得实。

[导读]

《尹文子》，相传是战国时代名家学派代表人物尹文的著作。主要内容是多角度地探讨"名"（名称）与"实"（实际事物）的复杂关系。今本分《大道》上下两篇，可能有魏晋时代人伪托的成分。其中的寓言很精粹，能够从不同的角度，深刻阐述名称与实际的复杂关系。

本则故事所讲的是"违名而得实"的道理。卫国的光棍，能够突破名声的局限，所以获得了实际的利益，从正面说明"违名而得实"；

黄公谦虚过头，以致名声妨害了实际，从反面说明“违名而得实”。

［附原文］

齐有黄公者，好谦卑。有二女，皆国色（一国中最美的人）。以其美也，常谦辞毁（贬损，贬低）之，以为丑恶。丑恶之名远布，年过而一国无聘（下聘礼订婚）者。

卫有鳏夫（guānfū，无妻的男子），失时，冒娶之，果国色。然后曰：“黄公好谦，故毁其子（古代儿子与女儿都可以称‘子’）。不姝美（孙诒让认为，根据上下文，应如宋本，‘不姝美’应为‘姝必美’）。”于是争礼之。亦国色也。

国色，实也；丑恶，名也。此违名而得实矣。

——《尹文子·大道上》

野鸡与凤

《尹文子》

楚国有人挑着一只山鸡。有个过路人问他说：“这是什么鸟啊?”挑着山鸡的人骗他说：“凤凰。”这个路人说：“我只听说有凤凰，今天恰好见到了。你愿意卖掉它吗?”挑着山鸡的人说：“愿意。”路人给十金，他还不卖；添了一倍价，他便卖了。

这个楚国人买了山鸡，准备要献给楚王。谁知过了一夜，那山鸡便死了。这人顾不上痛惜金钱，只可惜不能将鸟献给楚王。人们把这件事传开了，都相信是只真凤凰。人们赞赏他想献凤凰的一片忠心，于是报告了楚王。楚王被他的忠心感动，召见了他，给了一笔很厚重的赏赐，超过了买鸟价钱的十倍。

[**导读**]

故事说明“非虽常非，有时而必行”的道理。即在某种条件下，虚假的名声也可以获得实际的利益。故事还赞扬了诚心与专注。

[**附原文**]

楚人有担山雉（zhì，野鸡）者。路人问曰：“何鸟也？”担雉者欺之曰：“凤凰也。”路人曰：“我闻有凤凰，今直（通‘值’，恰好碰上）见之。汝贩（交换，卖掉）之乎？”曰：“然。”请买十金，弗与；请加倍，乃与之。

将欲献楚王，经宿（xiǔ，一夜）而鸟死。路人不遑（不暇，来不及）惜金，惟恨（遗憾）不得以献楚王。国人传之，咸以为真凤凰。贵欲以献之，遂闻（奏闻，报告）楚王。楚王感其欲献于己，召而厚赐之，过于买鸟之金十倍。

——《尹文子·大道上》

取名不当

《尹文子》

有个住在大路旁的老人，给他的童仆起了个名字叫“善搏”（会打架），给他的狗也起了一个名字，叫“善噬”（会咬人）。因此，客人们三年都不到他家探访，因为怕被他的童仆打，怕被他的狗咬啊。

老人觉得十分奇怪，便问宾客们为什么没有人到家里来。大家便把真实原因告诉了他。于是，老人便将童仆和狗更换了名字，客人们于是重新上门拜访。

[导读]

故事强调对待名称要慎重。一方面通过老人命名的教训，说明不可“因名妨实”；一方面通过宾客们的表现，说明不可“因名废实”。

[附原文]

康衢（qú，四通八达的大路）长者，字僮曰“善搏（搏斗，打架）”，字犬曰“善噬（shì，咬）”。宾客不过（guō，探望，访问）其门者三年。

长者怪而问之，乃实对。于是改之，宾客往复。

——《尹文子·大道下》

蒙鸠结巢

《荀子》

南方有一种鸟，名叫蒙鸠。它用发丝把羽毛编织起来，做成鸟巢，又把鸟巢结在芦苇花上。忽然，大风吹来，折断了芦苇，打破了鸟蛋，里面的雏鸟也摔死了。蒙鸠之所以遭到这样的不幸，并不是由于鸟巢筑得不完善，而是由于鸟巢系结的地方不牢固而造成这种情况啊。

[导读]

《荀子》，荀况著。荀况（前 313 年—前 238 年），战国末期思想家，儒家大师。《荀子》今存 32 篇，崇礼重法，喜欢采用整齐句式和比喻手法，风格浑厚。书中寓言不多。

故事的原意是说：人们应该慎重地选择立身之道，把学习儒家的圣贤之道作为立身的根本。故事启示我们：选择的方向不准确，基础不牢固，一切努力都是枉然。

[附原文]

南方有鸟焉，名曰蒙鸠（又名鷦鷯）。以羽为巢，而编之以发，系之苇苕（tiáo，苇苕即苇花）。风至苕折，卵破子死。巢非不完也，所系者然也。

——《荀子·劝学》

智子疑邻

《韩非子》

宋国有一户财主。有一次，天下大雨，他家的院墙被冲出了缺口。他的儿子说："不筑好院墙，一定会遭偷窃。"邻居家的老人也这么说。晚上，财主家里果然被贼偷去了很多财物。这时，财主全家都称赞儿子聪明，却怀疑偷东西的就是邻居家的那位老人。

[导读]

韩非（约前280年—前233年），出身于韩国贵族，是先秦法家思想的集大成者。他主张君主集权，因时变法，利用"法""术""势"驾驭臣民。所著《韩非子》共55篇，全面体现了韩非的思想。全书有寓言近400则，是韩非理论的重要载体。《韩非子》寓言，大部分集中在《储说》《说林》与《喻老》等篇章中。特别是《内储说》二篇与《外储说》四篇，共集中运用200多则寓言，从33个方面阐述其理论主张，规模宏伟，组织严密。《韩非子》寓言说理明晰，描写简洁，风格峻峭。

本则故事以平日常见的现象，类比向君主进言献策的政治行为。韩非说："非知之难也，处之则难也。"即自已掌握正确的见解并不困难，但是要说服别人，却是非常困难的。如果不了解对方的真实意图，就往往遭受怀疑。如果对方是君主，那么，甚至就会遭受杀身之祸。故事一方面是说明进言之难，一方面是批评了听言者因人而异的成见。

2003 年高考作文题材料就是本则寓言，题目要求说："直到今天，我们仍然可以在现实生活中听到类似故事；但是，也常见到许多不同甚至相反的情况。我们在认识事物和处理问题的时候，感情上的亲疏远近和对事物认知的正误深浅有没有关系呢？是什么关系呢？请就'感情亲疏和对事物的认知'这个话题写一篇文章。"

《韩非子·说林下》有一则故事，跟本则故事比较，情节与寓意都相同。但是，那则故事的主人公是"郑人之子"，情节不够集中。那则故事大概是本则故事的原始素材。有心创作寓言的读者，也许可以通过比较而学习寓言写作的经验。

［附原文］

宋有富人。天雨墙坏。其子曰："不筑，必将有盗。"其邻人之父（fǔ，对老年人的尊敬称呼）亦云（说）。暮而果大亡其财。其家甚智（意动用法，认为有智慧）其子，而疑邻人之父。

——《韩非子·说难》

和氏献璧

《韩非子》

楚国人卞和在楚国的山中，得到一块没有剖开的玉石。于是，就捧着它去献给楚厉王。厉王叫玉匠鉴别它。玉匠说：“这是一块石头。”厉王认为卞和是欺骗自己，就叫人砍断了他的左脚。

厉王去世，武王登位。卞和又捧着玉璞去献给武王。武王又叫玉匠来鉴别它。玉匠又说：“这是一块石头。”武王也认为卞和是欺骗自己，就叫人砍断了他的右脚。

武王死后，文王即位。卞和便抱着他的玉璞在楚山脚下痛哭起来，哭了三天三夜，眼泪流尽了，接着流出了鲜血。

文王听到这个消息，就派人去询问缘故。派去的人说：“天下被判刑砍脚的人很多啊，你怎么哭得这样悲伤呢?”卞和回答说：“我并不是为被砍断了脚而悲伤啊，我痛心的是：珍贵的玉石却被评定为普通的石头，老实忠诚的人却被说成是骗子。这就是我悲伤的原因啊!”

文王于是叫玉匠处理那块玉石，果然剖出一块珍贵的宝玉，于是取名叫作“和氏璧”。

[导读]

故事风格悲愤，寄托了韩非对法术之士悲惨遭遇的同情与对其忠诚的歌颂，“玉”就是他们所主张的法术的象征。故事在客观上告诉人们：在专制社会中，先进的人士很难得到当权者的认同，所以往往遭受冷遇或迫害。“和氏璧”后来成为珍奇宝物、杰出人才的代名词。

[按] 文中的厉王、武王、文王，《后汉书·孔融传》引用作“武王、文王、成王”，比较正确。据《史记·楚世家》，楚国无“厉王”。

武王是楚王蚡冒之弟，杀死其侄而自立为王，文王是武王之子，成王是文王之子。

［附原文］

楚人和氏（《艺文类聚》等引作“卞和”）得玉璞（没有开凿的玉石）楚山中，奉而献之厉王。厉王使玉人（玉匠，朝廷管理玉的官吏）相（xiàng，鉴别）之。玉人曰：“石也。”王以和为诳（kuáng，欺骗），而刖（yuè，断足刑罚）其左足。

及厉王薨（hōng，古代诸侯死亡叫“薨”），武王即位。和又奉其璞而献之武王。武王使玉人相之。又曰：“石也。”王又以和为诳，而刖其右足。

武王薨，文王即位。和乃抱其璞而哭于楚山之下，三日三夜，泣（眼泪）尽而继之以血。

王闻之，使人问其故，曰：“天下之刖者多矣，子奚哭之悲也？”和曰：“吾非悲刖也，悲夫宝玉而题（品评，标名）之以石，贞士（正直忠诚的人）而名之以诳。此吾所以悲也。”

王乃使玉人理（治玉，加工玉石）其璞而得宝焉。遂命曰“和氏之璧”。

——《韩非子·和氏》

讳疾忌医

《韩非子》

名医扁鹊拜见蔡国的君主蔡桓公，站着仔细观察了好久，于是说：“君王有毛病，在表皮部位。如果不治，怕会越来越重。”桓侯说：“我什么病也没有。”等扁鹊出去以后，桓侯对着他左右的大臣，讥笑扁鹊说："医生呀，总是喜欢医治那没有病的人，用来邀功请赏。"

过了十天，扁鹊又见到了蔡桓公，说："君王的病已进入到肌肉里面了。如果不治，怕会越来越深。"桓侯默不作声。扁鹊走后，桓侯又不高兴。

又过了十天，扁鹊再一次见到了蔡桓公，说："君王的病已进入肠胃，如果不治，怕会越来越厉害啊。"桓侯又不理睬。扁鹊走后，桓侯更加不高兴。

再过十天，扁鹊一见桓侯，转身就跑。桓侯感到很奇怪，故意派人去问扁鹊。扁鹊说："如果病在表皮，热敷一下，就可以治疗；在肌肉里面，可用针灸治疗；在肠胃里面，可服药剂治疗。如果病已经进入骨髓深处，那是司命之神所管的了，医药就毫无办法了。现在君主的病已深入骨髓，我因此无话可说了。"

过了五天，桓侯全身疼痛，派人去寻找扁鹊，而扁鹊早已逃到秦国去了。桓侯终于病死了。

[导读]

《老子》说："图难于其易，为大于其细。"任何祸患都起于微小，聪明的人应该在祸患刚萌芽时就及时地采取措施。故事层层推进，用词十分准确，塑造了一个讳疾忌医者的形象，用以说明《老子》中的抽象哲理，故篇名《喻老》。

[附原文]

扁鹊（春秋时代名医，相传姓秦，名越人，是中医经典著作《难经》的作者。因他医术高明，所以人们就用传说中的上古名医扁鹊的名字来称呼他）见蔡桓公，立有间。扁鹊曰："君有疾（轻度的病在古代叫'疾'）在腠理（còulǐ，表皮），不治将恐深。"桓侯曰："寡人无疾。"扁鹊出，桓侯曰："医之好治不病以为功！"居（停留，经过）十日，扁鹊复见，曰："君之病（古代把加重了的疾病叫'病'）在肌肤，不治将益深。"桓侯不应。扁鹊出，桓侯又不悦。居十日，扁鹊复见，曰：“君之病在肠胃，不治将益深。”桓侯又不应。扁鹊出，桓侯又不悦。居十日，扁鹊望桓侯而还（音 xuán，同“旋”，转向）走。桓侯故使人问之，扁鹊曰：“疾在腠理，汤熨（wèi，用药物热敷）之所及也；在肌肤，针石（石头针，上古使用石针治病）之所及也；在肠胃，火齐（火煎的药汤。‘齐’音 jì，通‘剂’，药剂）之所及也；在骨髓，司命（传说中掌管生死的神）之所属（管辖），无奈何也。今在骨髓，臣是以无请也。”居五日，桓侯体痛，使人索（寻找）扁鹊，已逃秦矣。桓侯遂死。

——《韩非子·喻老》

大蛇与小蛇

《韩非子》

湖泽干枯了，那里的两条蛇准备迁走。小蛇对大蛇说：“如果您在前面走，我在后面跟，那么，人们就认为只不过是过路的普通蛇罢了。一定会有人杀死您。不如互相紧挨在一起，您背着我行走。这样，人们会认为我是神灵，从而大加敬畏！”于是，互相紧挨在一起，大蛇背着小蛇从容地越过大路。人们果然都避开它们，说：“这是神灵啊！”

［导读］

法家是主张玩弄权术的。韩非认为：在尔虞我诈的社会里，必须玩弄权术。大蛇装成小蛇的侍从，正如在特殊情况下，大人物化装成小人物的下级，可以蒙蔽对手。《韩非子》寓言主要运用人物故事（特别是历史人物故事），只有两则比较典型的拟人化故事，本则是其中之一。

［附原文］

泽涸（hé，水枯竭），蛇将徙。有小蛇谓大蛇曰：“子行而我随之，人以为蛇之行者耳，必有杀子。不如相衔负我以行，人以我为神君也。”乃相衔负以越公道（大路）。人皆避之，曰：“神君也。”

——《韩非子·说林上》

老马识途

《韩非子》

齐国的大臣管仲、隰朋，跟随齐桓公去攻打孤竹国。

他们春去冬归，迷了道路。管仲说：“老马识途啊，我们可以利用它的智慧。”于是让老马带路，跟着它前进，于是找到了路。

人马在山里行走，找不到水。隰朋说：“蚂蚁冬天住在山南，夏天住在山北。如果蚁冢高达一寸，它下面七八尺的地方就会有水。”于是派人找到蚁冢，挖下去七八尺，终于得到了水。

［导读］

故事说明：经验和知识是可贵的。1. 人们要善于向有经验者学习。2. 不耻下问，善于观察思考者，往往可以找到解决困难的办法。

［附原文］

管仲、隰（xí）朋，从于桓公而伐孤竹（国名，在今河北省东部卢龙一带）。

春往冬返，迷惑失道。管仲曰："老马之智可用也。"乃放老马而随之，遂得道。

行山中无水，隰朋曰："蚁冬居山之阳（山的南面叫阳），夏居山之阴（山的北面叫阴）。蚁壤（蚁冢）一寸，而仞（七八尺）有水。"乃掘地，遂得水。

——《韩非子·说林上》

不死之药

《韩非子》

有人向楚王敬献长生不死的药。守门官拿着药到王宫里去。

王宫中有个善于射箭的卫士看见了，问道："这药是可以吃的吗？"守门官回答说："是可以吃的。"这个卫士就一把抢过来吃了。

楚王十分愤怒，派人要杀掉这个卫士。

卫士求人劝楚王说："小人问守门官可不可以吃，他说：'可以吃。'所以我就吃了它。我有什么罪呢？是守门官有罪啊！再说，客人献给您不死之药，我吃后，大王却把我杀死了，这是送死的药啊！这说明客人欺骗大王呀！杀死我这无罪的臣子，就等于明明白白地告诉人们：别人欺骗了您这个贤明的君主。倒不如饶恕了我。"

楚王只好不杀那个卫士。

［**导读**］

卫士采用了两个手段：一是利用"可食"的歧义，把守门官说的"能够吃"（没有毒害），曲解为"允许吃"；二是运用"二难推理"的办法，使楚王明白——杀死卫士，就证明不死之药是一个骗局，同时证明自己是一个愚蠢的受骗者。卫士使用这样的论辩方法，既揭露了“不死之药”的骗局，又保全了自己的生命。《战国策·楚策四》也有同样的故事。

［附原文］

有献不死之药于荆王者，谒者（yè zhě，负责传达的官吏，即守门官）操之以入。

中射之士（善于射箭的警卫）问曰：“可食乎？”曰：“可。”因夺而食之。

王大怒，使人杀中射之士。

中射之士使人说（shuì，劝说）王曰：“臣问谒者，曰：‘可食。’臣故食之。是臣无罪，而罪在谒者也。且客献不死之药，臣食之，而王杀臣，是死药也，是客欺王也。夫杀无罪之臣，而明人之欺王也，不如释臣。”

王乃不杀。

——《韩非子·说林上》

拔杨容易栽杨难

《韩非子》

著名的游说家陈轸，到了魏国。他颇受到魏王的器重。惠子当时担任魏国的宰相，对陈轸说：“你一定要善于侍奉魏王左右亲近的人。你看那杨树，横插着能活，倒插着能活，截取一段插着也能活，它的生命力多强啊！但是，即使有十个人插它，只要有一个人拔它，那就不会有活的杨树了。用十个人的力量，栽种容易成活的东西，却抵不上一个人的破坏。这是为什么呢？是因为栽种困难而毁坏却十分容易啊。你虽然善于在魏王面前树立自己的威信，可是想败坏你的人却很多。你如果不善于结交魏王左右的人，就一定危险。”

[导读]

故事本意是说明，官场中往往相互倾轧，如果没有关系，立足是不容易的。故事客观上说明，破坏容易而建树困难。1981 年的高考作文题目《读〈毁树容易种树难〉》，就是要考生取其客观意义，联系实际，进行发挥。比如：我们应该爱护环境，无论自然环境还是政治环境。

[附原文]

陈轸（战国时代著名的游说家）贵于魏王。惠子（惠施，名家学派的代表人物，当时担任魏国的宰相）曰：“必善事左右。夫杨，横树（栽种）之即生，倒树之即生，折而树之又生。然使十人树之而一人拔之，则毋生杨。至以十人之众，树易生之物，而不胜一人者，何也？树之难而去之易也。子虽工自树于王，而欲去子者众，子必危矣。”

——《韩非子·说林上》

三人成虎

《韩非子》

魏国的大臣庞恭，跟随魏太子一道，到赵国的首都邯郸做人质。

临行时，庞恭对魏王说：“现在有一个人说街道里有老虎，君王相信吗？”魏王说：“我不相信。”庞恭说：“有两个人说街道里有老虎，君王相信吗？”魏王说：“我有点怀疑。”庞恭说：“有三个人说街道里有老虎，君王相信吗?”魏王说：“寡人这下可要相信了。”庞恭说：“街道里明明没有虎，可是说有老虎的人一多，就让您相信果真有老虎了。现在，邯郸离魏国比从王宫到街道要远得多，非议我的人也一定超过三个。对于他们的非议，希望大王明察。”

后来，庞恭从邯郸返回魏国，魏王果真听信了谗言，没有召见他。

[导读]

谗言与谣言一样，多次重复就能混淆视听。故事的目的是告诫君主必须实地考察、明察是非，只有这样，才能辨别真伪，分清忠奸。

[附原文]

庞恭与太子质（抵押，作为“人质”。战国时代，两国建立某种关系，往往以贵族子弟作为人质）于邯郸，谓魏王曰：“今一人言市有虎，王信之乎?”曰：“不信。”“二人言市有虎，王信之乎?”曰：“不信（《战国策·魏策二》，把‘不信’作‘寡人疑矣’，能够反映心理逐渐变化的过程，更妥)。”“三人言市有虎，王信之乎?”王曰：“寡人信之。”庞恭曰：“夫市之无虎也明矣，然而三人言而成虎。今邯郸之去魏也远于市，议臣者过于三人，愿王察之。”庞恭从邯郸反，竟不得见。

——《韩非子·内储说上》

滥竽充数

《韩非子》

齐国的君主宣王爱好音乐，他每次叫乐工吹竽，一定要有几百人合奏。南郭先生冒充吹竽能手，请求为宣王吹竽。宣王很高兴，发给他与其他数百乐工一样的工薪。

齐宣王死了，儿子闵王即位。闵王喜欢听独奏。南郭先生只得偷偷地溜走了。

[导读]

故事说明，必须认真地逐个考察，才能辨别人才的真假。故事也可以说明，机构臃肿、人浮于事的危害。后人用“南郭先生”“滥竽充数”形容没有真实本领而靠蒙骗混日子的人物。“滥竽”就是胡乱地吹奏竽。

[附原文]

齐宣王使人吹竽（yú，古乐器，样子像现在的笙），必三百人。南郭（复姓）处士（没有做官的人）请为王吹竽，宣王说（通“悦”）之，廪食（lǐn shí，享受官府发给的粮食，即薪俸）以（通“与”）数百人。

宣王死，湣（mǐn）王立（即位）。好一一听之，处士逃。

——《韩非子·内储说上》

买椟还珠

《韩非子》

楚国有个人，前往郑国，出卖他的宝珠。他为了卖个好价钱，就用名贵的木兰做了一个盒子，用香喷喷的桂皮、花椒熏烤它，用光闪闪的珠玉镶嵌它，用漂亮的玫瑰石装饰它，用翡翠羽毛衬垫它。有个郑国人来买他的东西，却只买了他那漂亮的盒子，退还给他那珍贵的宝珠。

这个楚国人啊，可以说是善于出卖盒子，却不能说善于出卖宝珠啊。

[导读]

故事的批评矛头指向两个方面：一方面批评舍本逐末的人，他们就好像卖珠的楚人；另一方面批评有眼无珠的人，他们就好像买下盒子的郑人。故事的原意是告诫各国诸侯不要听信游说之士的表面漂亮华丽的言辞，防止“以文害用”。今天，我们阅读整个故事，可以多方面展开联想。比如：在市场上，既有过度的包装，也有无识别力而受骗的顾客；在人才招聘录用中，有的单位只看表面指标，忽视真才实学。

[附原文]

楚人有卖其珠于郑者。为木兰（又叫紫玉兰，是上等木材）之柜（匣子），薰以桂椒，缀以珠玉，饰以玫瑰（一种红色的宝石），辑（jí，衬垫）以翡翠（翡翠鸟的绿色漂亮的羽毛）。郑人买其椟（dú，匣子）而还其珠。

此可谓善卖椟矣，未可谓善鬻（yù，出卖）珠也。

——《韩非子·外储说左上》

画什么最容易

《韩非子》

有一个替齐王画画的客人，齐王问他："什么东西最难画？"客人回答说："狗马最难。"又问："什么最容易画？"客人回答说："鬼怪最容易。"狗和马，是人们熟悉的东西，早晚完全出现在人们的眼前，不能画错一点点，所以难画；鬼怪是没有具体形状的东西，不能完全显现在眼前，谁也没见过，所以最容易画。

[导读]

故事用绘画说明：能够接受事实的印证与检验，才是最难做到的，也才是有用的。一切不能通过事实检验的东西，就像胡乱画出来的鬼魅。

[附原文]

客有为齐王画者，齐王问曰："画孰（什么）最难者？"曰："犬马最难。""孰易者？"曰："鬼魅最易。"夫犬马，人所知也，旦暮罄（穷尽，指完全显现在面前）于前，不可类之，故难。鬼魅，无形者，不罄于前，故易之也。

——《韩非子·外储说左上》

郢书燕说

《韩非子》

楚国首都郢城有人写封信送给燕国的宰相。他写信的时候，恰好是晚上，蜡烛的火光不亮，他对拿烛的人说："举烛（把烛举高些）。"他一边说，一边在信上误写上"举烛"两个字。"举烛"，本来不是写信的内容。

燕国宰相收了信，读到"举烛"二字，高兴地解释说："举烛嘛，是推崇光明的意思。推崇光明嘛，就是要举贤授能，大胆任用。"燕相把这层意思报告燕王。燕王大喜，照此办理，国家大治。

国家治倒是治好了，但这却不是郢人写信的原意。

[导读]

韩非的讽刺矛头是针对当时治学的人，特别是儒家学者。韩非认为，他们对古代典籍，大多穿凿附会，妄加解释，就好像这位燕相解说郢书一样。但是，法家完全否定对古代经验的借鉴，并把灵活借鉴与实际效果对立起来，是错误的。

[附原文]

郢人有遗（wèi，送）燕相国书（书信）者。夜书（书写），火不明，因谓持烛者曰"举烛"，而误书"举烛"。举烛，非书意也。燕相受书而说之，曰："举烛者，尚明也，尚明也者，举贤而任之。"燕相白（禀告）王，王大悦，国以治。

治则治矣，非书意也。

——《韩非子·外储说左上》

郑人买鞋

《韩非子》

郑国有个人将要购买一双鞋子。他事先按照脚的大小，量了一个尺码，放在座位上。他到集市上去的时候，却忘记了带它。等到他选好了一双新鞋子，这才发现自己没有带尺码。这个人于是说："啊呀，我忘记拿尺码了。"于是掉转头就往家里去拿。等他再回到市上时，集市已经散了，他终于没有买到鞋子。有人问他："你为什么不用自己的脚试试鞋子的大小呢？"他回答说："我宁可相信尺码，而不要相信自己的脚啊！"

[导读]

故事用脚比喻现实生活，用鞋码比喻从历史经验总结出来的理论。作者的本意是讽刺盲目信古的儒家学派与墨家学派。故事给我们的启发是：人们如果僵化地对待历史经验与理论成果，脱离客观实际，那么经验与理论就成为束缚人们思想的教条，成为阻碍社会进步的绊脚石。

[附原文]

郑人有且（将要）置（添置，购买）履（lǚ，鞋子）者，先自度其足而置（放置）之其坐（通"座"，座位）。至之市而忘操之。已得履，乃曰："吾忘持度（dù，量好的尺码）。"反归取之。及反，市罢，遂不得履。人曰："何不试之以足？"曰："宁信度，无自信也。"

——《韩非子·外储说左上》

狗猛酒酸

《韩非子》

宋国有个卖酒的人。他量酒的工具十分公平，对待客人十分周到，造的酒很醇美，酒旗挂得高高的。可是，他店里的酒越积越多，总是卖不出去，以致发了酸。他感到奇怪，于是去询问同住一里巷的老年人杨倩。杨倩说："你的狗太凶恶了吧？"卖酒的说："为什么狗凶恶，酒就卖不出去呢？"那老头说："人家怕狗啊。如果有人叫他的小孩子揣着钱带着酒壶来买酒，你的狗迎上去就咬，还有谁敢来买你的酒呢？这就是你的酒变酸并且始终卖不出去的原因。"

[导读]

作者说完故事后总结寓意说："国家也有恶狗啊。有才干的人，怀抱着治理国家的本领，想得到贤明君主的采用，但是，那些守旧的大臣就好像恶狗一样扑上去咬他。这就是君主受蒙蔽、被胁迫，而有才干的人得不到重用的原因啊！"如何用人，是关系事业兴衰成败的关键。任何时代，任何单位，当权者都要清除妨碍人才发挥作用的各种障碍。

这则故事也见于《晏子春秋》的《内篇·问上》。

[附原文]

宋人有酤酒者（卖酒）。升概（"升"是古代的量器，"概"是推平量器的木棍，"升概"在这里指量酒）甚平，遇客（接待）甚谨，为酒甚美，县（通"悬"）帜甚高。著（通"贮"，积聚）然不售

（卖出手），酒酸。怪其故，问其所知闾（lǚ，里巷）长者杨倩。倩曰："汝狗猛邪？"曰："狗酒何故而不售？"曰："人畏焉。或令孺子（小孩子）怀钱挈（qiè，携带）壶瓮（瓦壶）而往酤（买酒），而狗迓（yà，迎接）而龁（hé，咬）之，此酒所以酸而不售也。"

——《韩非子·外储说右上》

社鼠为患

《韩非子》

齐桓公问大臣管仲说："治理国家最可怕的是什么？"管仲回答说："最可怕的是寄居在祭祀土神的祠庙中的老鼠。"桓公说："为什么最怕土神庙中的老鼠呢？"管仲回答说："您见过修建土神祠庙的情形吗？人们竖起木头，在木头上涂抹泥土。谁知老鼠钻了进去，打一个洞，寄住在那里。想用烟熏跑那老鼠，却担心烧着了作为土神祠标志的木头；想灌水淹死那老鼠，又担心涂在木头上的泥土会塌下来。这就是土地庙的老鼠始终捕捉不到的缘故。"

［导读］

故事用寄居在神祠中的老鼠，比喻生活在君主身边的得势小人。他们危害百姓，蒙蔽君主，但是人们要除掉他们，则害怕引起君主的不安，投鼠忌器，无从着手。这则故事也见于《晏子春秋》的《内篇·问上》。

［附原文］

桓公问管仲："治国最奚（什么，疑问代词'奚'作宾语前置）

患?”对曰：“最患社鼠（土神庙中的老鼠。古代，每二十五家立一个社，祭祀土神，‘社’相当于后代的土地庙）矣。”公曰：“何患社鼠哉?”对曰：“君亦见夫为社者乎？树木而涂（涂上泥巴，古代立社方法是，竖立粗大的木或一束木，木上涂一层泥巴）之。鼠穿其间，掘穴托其中。熏之则恐焚木，灌之则恐涂（所涂上的泥巴）阤（zhì，崩塌）。此社鼠之所以不得也。”

——《韩非子·外储说右上》

自相矛盾

《韩非子》

楚国有个商人，他既卖长矛又卖盾牌。他夸耀自己卖的盾牌说：“我的盾非常坚硬，没有什么武器能够刺穿它。”同时，又夸耀自己卖的长矛说：“我的矛非常锋利，无论什么东西都能刺穿。”有人问他说：“用您的矛刺您的盾，会怎么样呢?”那个人无话回答。

[导读]

韩非子的原意是揭露儒家学说中的矛盾。韩非子认为，儒家既说尧是最明察的圣人，又说舜是最能用道德感化人群的圣人，这是互相矛盾的。《韩非子》的《难势》篇也讲了这个“自相矛盾”的故事，认为“重势”与“尊贤”是矛盾的。儒家重视“贤”，即主张提拔任用贤德的人；法家重视“势”，“势”就是有利的地位与权势，并且反对重贤。法家认为，任用贤德的人与君主大权独揽是矛盾的。这个故事影响深远，哲学与逻辑学中流行的“矛盾”一词，来源于此。但是，故事的观点是失之偏颇的。

[**附原文**]

楚人有鬻（yù，出卖）楯（同“盾”，盾牌）与矛者，誉之曰：“吾楯之坚，物莫能陷（刺入，刺穿）也。”又誉其矛曰：“吾矛之利，于物无不陷也。”或曰：“以子之矛陷子之楯，何如？”其人弗能应也。

——《韩非子·难一》

守株待兔

《韩非子》

宋国有个人在田里耕作。田里有个树桩。忽然，一只兔子迅速奔跑过来，恰好撞在树桩上，碰断了脖子，就死了。从此以后，他便放下农具，守在树桩边，希望再捡到兔子。兔子再也没有捡到，而他自己却被全宋国人所耻笑。

[**导读**]

《五蠹》是韩非的代表作品，主张因时变法。故事的原意是讽刺儒家宣传学习先王，不了解时代形势的变化，“欲以先王之政，治当世之民”。故事的客观寓意是：1.人们的思想，人们的措施，都必须与时俱进；2.不可把偶然当成必然；3.不可贪图不劳而获。

[**附原文**]

宋人有耕者，田中有株（树桩），兔走（奔跑）触株，折颈而死。因释（放弃）其耒（lěi，耕田用的农具）而守株，冀（希望）复得兔。兔不可复得，而身为宋国笑。

——《韩非子·五蠹》

追逐臭味

《吕氏春秋》

有个人身上散发着奇臭，他的父母、兄弟、妻妾、朋友，没有谁能够跟他住在一块。他自己十分苦恼，只得搬到海边上去住。谁知在那海边上却有个奇怪的人，偏偏喜爱他这怪臭，日日夜夜跟着他，一刻也不能离开他。

[导读]

《吕氏春秋》，吕不韦组织门客所编著。吕不韦（？—前235年），战国末年卫国人，本是在赵国做生意的大商人，后来担任秦国的宰相。《吕氏春秋》全书分为十二纪、八览、六论，共有160篇。《吕氏春秋》是杂家的巨著，思想以道家、儒家为主，又吸收名家、法家、墨家、农家、阴阳家的学说。全书各篇大都采用故事作为说理的工具，共有故事200多则。

本则故事用生理怪癖类比社会现象，说明“物以类聚，人以群分”的哲学道理。后人从这个故事概括出成语“逐臭之夫”，比喻有变态爱好的人，或比喻追求低级趣味的人。

[附原文]

人有大臭者，其亲戚（亲属，这里指父母）、兄弟、妻妾、知识（相知、相识的人），无能与居者。自苦而居海上。海上人有说（通

“悦”，喜爱）其臭者，昼夜随之而弗能去。

——《吕氏春秋·遇合》

循表夜涉

《吕氏春秋》

楚国人要偷袭宋国，派人先在澭河里设立行军的标志。澭河突然暴涨，楚国人不知道。他们还是顺着原来的标志，趁着黑夜蹚水过河。结果被淹死的有一千多人，军队大惊，呼叫喧哗，好像城市里倒塌了房屋一样。

先前，他们设立标志的时候，是可以沿着标志蹚水过河的。现在水势大变，河水已越涨越大了，楚国人还顺着原来的标志渡河，这就是他们失败的原因。

[导读]

故事以水情的变化，比喻时代的变化，批评不了解时代变化而死守老教条的人。

[附原文]

荆（楚国的别称）人欲袭宋，使人先表（标记，这里作动词用，设立标记）澭（yōng）水。澭水暴益（古“溢”字，涨水），荆人弗知。循表而夜涉（徒步渡水），溺死者千有余人，军惊而（“而”通“若”，好像）坏都舍。

向其先表之时，可导也。今水已变而益多矣，荆人尚犹循表而导之，此其所以败也。

——《吕氏春秋·察今》

刻舟求剑

《吕氏春秋》

楚国有个人，乘船渡长江，他身上佩带的剑从船上掉进了水里。他急忙在船边刻个记号，说："这是我的剑掉下去的地方。"等船靠岸以后，他便按照他刻着记号的地方，进入水中寻找他失掉的那把剑。

船已前进了，但是剑没有动。这样寻剑，不是太糊涂了吗？运用那种陈旧法律治理国家的举动，跟这个楚国人的举动相同。

[导读]

故事以船的前进比喻时代的前进，讽刺固守主观经验而不顾客观实际变化的人。

[附原文]

楚人有涉江（长江）者，其剑自舟中坠于水。遽（急速，立即）契（通"锲"，刻）其舟，曰："是（这，这里）吾剑之所从坠。"舟止，从（顺着，依照）其所契者入水求之。

舟已行矣，而剑不行。求剑若此，不亦惑乎？以此故法为其国，与此同。

——《吕氏春秋·察今》

伐树请薪

《吕氏春秋》

从前，有个老头儿，与人相邻而居。他邻居的房屋旁，有棵枯萎的梧桐树。老头儿告诉邻居说："这株梧桐树不吉利。"那邻居听了，马上砍了梧桐树。这时，老头儿就请求邻居把这棵树送给他做柴火。那邻居很不高兴，对别人说："这老家伙的居心竟然险恶到这种地步啊！我怎能继续跟他做邻居呢？"

这说明，那人见识闭塞、浅薄。邻居老头儿求不求那棵梧桐树做柴火，这并不能证明邻居老头儿评论那梧桐树好坏的用心。

[导读]

"宥"，就是局限，就是因局限而产生的成见。我们可以从两个方面分析故事的寓意。一是从梧桐树的主人分析，正如作者所说的，他既缺乏主见，又容易产生偏见。二是从邻居老头儿分析，他先提意见砍树，马上又求树做柴烧，不知道避嫌疑，知其一却不知其二，也是一种教训。

[附原文]

邻父（fǔ，对老年人的尊称）有与人邻者，有枯梧树。其邻之父言梧树之不善也，邻人遽（立刻，急忙）伐之。邻父因请以为薪。其人不说（通"悦"），曰："邻者若此其险也，岂可为之邻哉?!"

此有所宥也。夫请以为薪与弗请，此不可以疑梧树之善与不善也。

——《吕氏春秋·去宥》

不解之解

《吕氏春秋》

鲁国有一个乡下百姓，送给宋国君主元王用绳子结成的两个疙瘩。元王向全国发布命令，希望聪明的人都来解开这个疙瘩。来的人络绎不绝，可是没有谁能够解得开。宋国的著名辩士倪说的一个弟子要求去解。结果，解开了一个，却无法解开另一个。这弟子并且说："并不是这个绳疙瘩可解而我解不开，而是它本来就是解不开的。"

元王叫人拿倪说弟子的答案去问鲁国的那个乡下人。那个乡下人说道："的确是这样，有个绳疙瘩本来就不可解。这个疙瘩是我亲手打的，当然知道它本来就解不开。现在，倪说的弟子并没有参与打疙瘩，却同样知道它本来是解不开的。这说明他的智慧超过了我。"

像倪说的弟子那样的人，能用"不能解"以解答那本来就不可解的问题。

[导读]

作者赞扬能用"不能解"来回答问题的人。世界上本来就存在不能或不需要解答的伪命题，对这类问题有三种态度：一是强不知以为知，胡乱解答，二是回避而不解答，三是明确指出无法解答。第一种态度最坏，第三种态度非学识高深者不能做到。不少学者总结研究学问的经验说："说有易，说无难。"故事可以形象地证明这个道理。

[附原文]

鲁鄙人（村野的人）遗（wèi，赠送）宋元王闭（用绳子打成的疙瘩）。元王号令于国，有巧者皆来解闭。人莫之能解（即“莫能解之”，否定句宾语前置）。兒（同“倪”，姓）说之弟子请往解之。乃能解其一，不能解其一，且曰：“非可解而我不能解也，固不可解也。”

问之鲁鄙人。鄙人曰：“然，固不可解也。我为之而知其固不可解也，今不为而知其固不可解也，是巧于我。”

故如兒说之弟子者，以“不解”解之也！

——《吕氏春秋·君守》

一鸣惊人

《吕氏春秋》

楚庄王即王位已经三年，可是不管理政治大事，而喜欢猜“哑谜”。

他的大臣成公贾，看到这种情况，便进王宫去规劝他。楚庄王说：“我禁止规劝的人，现在您为什么来规劝呢?”成公贾回答说：“我不敢来规劝您，只是想跟您猜猜哑谜。”庄王说：“你为什么不给我设一个哑谜呢?”成公贾便设了一个哑谜说：“有一只鸟停在南方的山上，三年不动、不飞、不叫。这是一只什么样的鸟?”楚庄王猜中了，回答说：“这只鸟停在南方的山上，它三年不动，是用来坚定自己的思想和意志；它三年不飞，是用来丰满自己的羽翼；它三年不叫，是用来观察人们的表现。这只鸟虽然没有飞，可是一飞就会冲天；虽然没有叫，可是一叫就会使人害怕。你出去吧！我已经了解你的用意了。”

第二天早朝，楚庄王一下就提拔了五个应该提拔的人才，一下便罢免了十个应该罢免的官吏。各个臣子都非常高兴，楚国的民众也互相庆贺。

［导读］

后代的人们用“一鸣惊人”这个成语，说明某人某事，经过长期积累，厚积薄发，一旦表现出来，就不同凡响。成公贾的进谏说明，能够抓住对方特点而启发诱导，才有成效。

［附原文］

荆庄王（即楚庄王，春秋五霸之一）立三年，不听而好讔（yǐn，用譬喻等方法来曲折地描写或说明事理。类似后代的谜语）。

成公贾入谏（劝阻上级）。王曰：“不谷（犹言‘不善’，古代诸侯谦称）禁谏者，今子谏何故?”对曰：“臣非敢谏也，愿与君王讔也。”王曰：“胡不设不谷矣?”对曰：“有鸟止于南方之阜（fù，土山），三年不动、不飞、不鸣。是何鸟也?”王射（针对，猜测）之曰：“有鸟止于南方之阜，其三年不动，将以定志意也；其不飞，将以长羽翼也；其不鸣，将以览民则也。是鸟虽无飞，飞将冲天；虽无鸣，鸣将骇人。贾出矣！不谷知之矣。”

明日朝，所进者五人，所退者十人。群臣大悦，荆国之众相贺也。

——《吕氏春秋·重言》

掣　肘

《吕氏春秋》

孔子的弟子宓子贱，准备去治理鲁国的亶父那个地方。他担心鲁君听信谗言，使自己不能实行自己的政治主张。于是，宓子贱在向鲁君告辞时，要求鲁君派了两个亲近的官吏，同他一道到了亶父。

全城的官吏都来拜贺。宓子贱叫那同来的两个官员登记。他们提起笔来书写，宓子贱却在一旁常常故意去牵动他们的手臂。结果，两个人都写得很不好。宓子贱便对他们大发脾气。这两人十分恼火，便向宓子贱告辞，请求回去。宓子贱说："你们的字写得很不好，你们赶快回去吧！"

两个官吏回去后，向鲁君报告说："宓子贱不让我们好好工作。"鲁君问道："是什么情况？"他们回答说："宓子贱叫我们写字，却又时常摇动我们的手臂；我们的字写坏了，他又冲着我们大发脾气。满城的官吏，望着他们新来的长官那模样，都不禁哑然失笑。这就是我们不得不向他告辞，而离开那里的原因。"

鲁君深深地叹息说："你们怎么知道宓子贱的深意呢！他是有意借这件事来规劝我的过失啊！我常常干扰宓子，使他不能实行自己的政治主张，这样的现象一定为数不少了。要没有你们两人拿这件事提醒我，我几乎要犯更大的错误呢！"

于是，鲁君便派遣他的亲信到亶父去，转告宓子贱说："从今以后，亶父就算不是我管辖的地方了，全部交给你了。只要是有益于亶父的事情，你就自己决定去办吧！每过五年，向我简要地报告一次就行了。"

宓子很诚恳地接受了鲁君的委托，终于在那里实践了他的政治主张。

[导读]

上级的过多干预，会束缚下级施展才能，使下级无法把事情办好。人们常用"掣肘"形容有意干扰旁人的工作。

[附原文]

宓（fú）子贱治亶父（dǎn fù）。恐鲁君之听谗人而令己不得行其术也，将辞而行，请近吏二人于鲁君，与之俱至于亶父。

邑吏皆朝。宓子贱令二人书。吏方将书，宓子贱从旁时掣（chè，拉）摇其肘（zhǒu，胳膊弯，上臂与前臂交接的地方）。吏书之不善，则宓子贱为之怒。吏甚患之，辞而请归。宓子贱曰："子之书甚不善，子勉归矣。"

二吏归报于君，曰："宓子不可为书。"君曰："何故？"吏对曰："宓子使臣书，而时掣摇臣之肘，书恶而有（通'又'）甚怒。吏皆笑宓子。此臣所以辞而去也。"

鲁君太息而叹曰："宓子以此谏寡人之不肖也，寡人之乱（干扰）宓子而令宓子不得行其术，必数（shuò，屡次，多次）有之矣。微（没有）二人，寡人几（jī，将近，几乎）过。"遂发所爱而令之亶父，告宓子曰："自今以来，亶父非寡人之有也，子之有也。有便于亶父者，子决为之矣，五岁而言其要。"

宓子敬诺，乃得行其术于亶父。

——《吕氏春秋·具备》

穿井得一人

《吕氏春秋》

宋国有一户姓丁的人家，家里没有井，每天出外打水，经常要派一个人留在外面。后来，他家凿了一口井，用不着再派人出去取水了，便告诉别人说："我家挖了一口井，得了一个人。"

有人听到这消息，立即把它传出去了，说："丁家开井，挖出了一个人。"很快，全国各地都在谈论着这件事。这事情最终传到了宋国国君的耳朵里。国君觉得很奇怪，便派人到丁家去查问。

那个姓丁的回答道："我是说挖井后等于多出了一个人的劳力，不是说在井中挖出了一个人呀！"

［导读］

故事批判了社会盲从心理。流言决不可信，道听途说，添油加醋，只会离事实越来越远。作者写作时，利用了语言中的歧义现象：“得一人”，有“得一人之使”与“得一人于井中”的歧义。

［附原文］

宋之丁氏，家无井，而出溉（浇水）汲（jí，从井里打水），常一人居外。及其家穿井，告人曰：“吾穿井得一人。”

有闻而传之者：“丁氏穿井得一人。”国人道之，闻之于宋君。宋君令人问之于丁氏。

丁氏对曰：“得一人之使，非得一人于井中也。”

——《吕氏春秋·察传》

掩耳盗钟

《吕氏春秋》

晋国的大贵族范氏，逃亡到国外以后，有个老百姓在范家发现了一口钟。他想背着跑，但钟又大又重，无法背动。他于是想用木槌把它敲碎，一敲，那钟发出很大的“况况”声。他担心别人听到钟声跑来从自己手里抢走它，赶紧用手捂住自己的耳朵。

这个人担心别人听见，是可以理解的；但是，他害怕自己听见，就荒谬了！

[导读]

人贵自知，不可自欺欺人。因为，客观存在是不能抹杀的，自欺并不能达到欺人的效果。后来，“掩耳盗钟”演变为成语“掩耳盗铃”。

[附原文]

范氏（春秋时晋国六卿之一。范氏家族当时掌权的范武子，因为迎立公子雍，被当权大臣赵盾所拒，就逃亡到了秦国）之亡也，百姓有得钟（古代乐器）者。欲负而走，则钟大不可负。以椎（木槌）毁之，钟况然有音。恐人闻之而夺己也，遽（急忙）掩其耳。

恶人闻之，可也；恶己自闻之，悖矣！

——《吕氏春秋·自知》

以半为全

《吕氏春秋》

有个鲁国人，名叫公孙绰，他对别人说道：“我能叫死人复活。”别人问他是什么法子。他回答说：“我本来就能治好半身瘫痪的病。现在，如果加倍下药，就能使死人复活了。”

世上有些东西本来只能作小用，不能作大用；只能解决部分问题，不能解决全部问题啊。

[导读]

这则故事出自《别类》篇。故事揭露了某些夸夸其谈者的嘴脸，并进而说明了一个深刻的哲学道理：偏与全、质与量，是有分别的；决不可把本质不同的事物混为一谈。

[附原文]

鲁人有公孙绰者，告人曰："我能起死人（使死人复活）。"人问其故。对曰："我固（本来）能治偏枯（半身瘫痪）。今吾倍所以为偏枯之药，则可以起死人矣。"

物固有可以为小，不可以为大；可以为半，不可以为全者也。

——《吕氏春秋·别类》

百发百中

《战国策》

楚国有位将军，名叫养由基，很会射箭。他站在距离柳叶一百步远的地方射柳叶，每发射一百次，必定射中一百次。围观的人都拍手叫好。

有个过路人说："射技的确很好，可以接受射击的教育了。"

养由基说："大家都认为我射箭的技术很高明，您却说可以接受射击教育。您为什么不代我射射柳叶呢？"

那人回答说："我不能够教您左手怎样挽弓，右手怎样搭箭。但是，我懂得一个道理：百步射柳，百发百中，却不知道在射得最好的时候停息下来。那么，过一会儿，筋疲力尽，端弓不正，发箭偏斜，只要一发射不中，就前功尽弃了。”

［导读］

《战国策》，是战国时代史书，主要是记载纵横家（游说之士）的言行。西汉学者刘向根据战国时代的记载整理此书，按照东周、西周、秦、齐、楚、赵、魏、韩、燕、宋、卫、中山等12个国家排列，共33卷。《战国策》有许多精美的寓言，这些寓言是游说之士游说当权者的重要工具，在内政、外交方面都取得了巨大的效果。

秦国派名将白起进攻魏国，威胁到西周国。于是，著名游说家苏厉为西周君游说白起，劝白起不要再为秦国立功，而应该保持自己的战功与名声。可见故事的具体寓意是宣传官场中的持满之术。故事的客观意义大大超过主观意图，给人们以哲理启发：做事应该有张有弛，不可不留余地，不可被旁人的赞扬声冲昏头脑。

［附原文］

楚有养由基（春秋时代楚国将军，射箭能手。他发箭力量大，可以穿透七层牛皮；命中准，可以射中百步远的杨树叶子）者，善射。去（离开，距离）柳叶者百步而射之，百发百中。左右皆曰善。

有一人过曰：“善射，可教射也矣。”

养由基曰：“人皆善，子乃曰可教射。子何不代我射之也？”

客曰：“我不能教子支左屈右（左手抬弓，右手弯曲而拉弓搭箭）。射柳叶者，百发百中，而不已（通‘以’，在）善息（停止）。少焉，气力倦，弓拨矢钩，一发不中，前功尽矣。”

——《战国策·西周策》

管庄子刺虎

《战国策》

有两只老虎，为了争吃人肉正在拼死拼活地厮打。勇士管庄子想去刺杀它们。

管与连忙阻止他说：“老虎，是凶猛的野兽；人肉，是老虎最美好的食物。现在，那两只老虎为了抢夺人肉而疯狂搏斗，弱小的定会被咬死，强大的也定会被咬伤。等到死的死了，伤的伤了，你再去刺杀，那就能一举刺死两虎。你没有付出刺杀一只老虎的劳苦，却能得到杀死两只老虎的美名。”

[导读]

楚国与齐国打仗，秦国想帮助齐国，游说家陈轸对秦王讲了这个故事，要秦国等候时机，齐国被打败以后再出兵救齐伐楚。故事从客观上告诉人们，把握时机，利用矛盾，才能事半功倍，一举两得。

[附原文]

有两虎诤（通“争”）人而斗者，管庄子将刺之。

管与止之曰：“虎者，戾虫（凶暴的野兽。戾，暴戾；虫，动物，老虎俗称大虫）；人者，甘（甜美）饵（食物）也。今两虎诤人而斗，小者必死，大者必伤。子待伤虎而刺之，则是一举而兼两虎也。无刺一虎之劳，而有刺两虎之名。”

——《战国策·秦策二》

曾参杀人

《战国策》

从前，曾参曾经住在费地。费地有一个和曾参同名同姓的人杀了人。有人跑来告诉曾参的母亲说："你儿子曾参杀了人。"曾母回答说："我的儿子不会杀人。"她一边说，一边照常织布。没有多久，又有一个人跑来对她说："曾参真杀了人。"曾母仍然很镇静，还是像原来那样织着布。过了一会儿，第三个人又跑来告诉她说："曾参的确杀了人。"这时，曾母害怕起来，连忙丢了梭子，越墙逃跑了。

曾参的品德那么好，他母亲又是那样信任他，可是碰到很多人向她提供不确实的情况时，就连慈母对儿子也不能确信不疑了。

[导读]

这是甘茂向秦武王说的故事，劝秦王不要听信左右的怀疑意见。作者精心选择主角以组织故事情节，说最信任自己儿子的母亲，在流言的再三作用下，竟然怀疑自己品德最好的儿子。这样写，就可以有力地说明寓意：众口铄金，流言可怕。

[附原文]

昔者，曾子（孔子的学生曾参，当时被人认为是品德好的典型）处费（古读 mì，在今山东费县西南）。费人有与曾子同名族者而杀人。人告曾子母曰："曾参杀人。"曾子之母曰："吾子不杀人。"织自若（自如，像原来的样子）。有顷焉，人又曰："曾参杀人。"其母尚织自若也。顷之，一人又告之曰："曾参杀人。"其母惧，投（丢弃）杼

（zhù，织布的梭子）逾墙而走。

夫以曾参之贤与母之信也，而三人疑之，则慈母不能信也。

——《战国策·秦策二》

玉璞与鼠肉

《战国策》

没有加工的玉，郑国人叫“璞”；没有晾干的鼠肉，东周国的人叫“朴”。

有一天，一个洛阳人怀里揣着没有晾干的鼠肉，拜访一个郑国商人，对他说：“你想买朴吗?”郑国商人回答说：“我正要买璞。”洛阳人连忙把朴从怀里拿出来。郑商一看，原来是没有晾干的鼠肉，只得连连道歉，不肯收买。

[导读]

故事利用方言分歧现象，说明“循名责实”的道理。告诉人们不可以为名称所迷惑，必须突破名称而寻求事物的真相。战国时代，郑国在今郑州、新郑一带，周在今洛阳一带，距离很近而语言不同，反映了当时方言分歧比较普遍。

[附原文]

郑人谓玉未理（加工玉石叫“理”）者“璞”（蕴藏有玉的石头，或未雕琢的玉），周（战国时代的东周国，都城在今洛阳）人谓鼠未腊（xī，晾干）者“朴”。

周人怀朴过郑贾（gǔ，大商人），曰：“欲买朴乎?”郑贾曰：“欲之。”出其朴。视之，乃鼠也。因谢不取。

——《战国策·秦策三》

窥镜知蔽

《战国策》

齐国的相国邹忌，身高八尺多，形体与外貌非常漂亮。一天早晨，他穿好衣服，戴好帽子，一边照着镜子，一边问他的妻子："我跟城北徐公相比，哪一个漂亮？"他的妻子说："您非常漂亮，徐公哪能比得上您呢！"当时，城北徐公，是齐国最有名的美男子。邹忌不相信自己比徐公美，又问他的小老婆："我和徐公相比，哪一个漂亮？"小老婆说："徐公怎么能比得上您呢！"第二天，有个客人来拜访邹忌。邹忌陪他坐着，攀谈了一会儿，问客人说："我与徐公相比，哪一个漂亮？"客人回答说："徐公不如您漂亮啊。"又过了一天，徐公来了，邹忌仔细地打量着徐公，自认为比不上徐公。事后，又对着镜子仔细地看自己，更觉得自己远远不及徐公。傍晚，邹忌睡在床上反复思量，终于猛然醒悟："我的妻子赞美我，是因为偏爱我；小老婆赞美我，是因为害怕我；客人也赞美我，是因为想求得我的帮助啊！"

[导读]

故事以私事类比国事，以妻、妾、客类比君主的群臣、妃妾、左右人员，说明君主不要受蒙蔽，国家才能政治清明。故事的普遍启示意义是：人要有自知之明，不能被旁人出于不同动机的夸耀所蒙蔽。

[**附原文**]

邹忌（齐国大臣，善鼓琴，曾为齐威王的相，封为成侯）修八尺（周制一尺只相当后代的七寸，约合0.23米）有余，而形貌昳（yì）丽。朝（zhāo，早晨）服衣冠，窥镜，谓其妻曰："我孰与（'孰与'表示选择关系）城北徐公美？"其妻曰："君美甚，徐公何能及君也！"城北徐公，齐国之美丽者也。忌不自信，而复问其妾曰："吾孰与城北徐公美？"妾曰："徐公何能及君也！"旦日，客从外来，与坐谈，问之客曰："吾与徐公孰美？"客曰："徐公不若君之美也。"明日，徐公来，孰视（仔细看，"孰"通"熟"）之，自以为不如。窥镜而自视，又弗如远甚。暮寝而思之，曰："吾妻之美我者，私（偏私，偏爱）我也；妾之美我者，畏我也；客之美我者，欲有求于我也。"

——《战国策·齐策一》

画蛇添足

《战国策》

楚国有个贵族举行祭祀，赏赐给门客们一壶酒。这些门客彼此商议说："几个人喝一壶酒，不够；一个人喝它，有余。不如各自在地上画一条蛇，先画好的就喝这壶酒。"

有一个门客最先画完，拿过酒来准备喝下。他却左手端着酒壶，右手继续画蛇，说："我还能给蛇添上脚呢！"他还没有画完，另一个人的蛇已经画好了。那人一把夺过那壶酒，说："蛇本来没有脚，你怎么能够给它添上脚呢？"说罢，一气喝了那壶酒。

画蛇添脚的人，终于失掉了他应该得到的那壶酒。

[**导读**]

楚国派大臣昭阳君带领军队进攻齐国，齐国于是派游说家陈轸去游说昭阳君。陈轸向昭阳君讲了这个故事后说：你的功勋和官爵都无以复加了，再立功等于画蛇添足，而且会给自己带来危险，因为“战无不胜而不知止者，身且死”。

故事在客观上阐明了深刻的哲学道理：添枝加叶，就会离开真相；真理过了头，就成为谬误；做事情过了分，就走向反面。

[**附原文**]

楚有祠（祭祀）者，赐其舍人（贵族家里的门客）卮（zhī，古代喝酒的器皿）酒。舍人相谓曰：“数人饮之不足，一人饮之有余。请画地为蛇，先成者饮酒。”

一人蛇先成，引（拿，取）酒且（将）饮之。乃左手持卮，右手画蛇，曰：“吾能为之足。”未成，一人之蛇成，夺其卮曰：“蛇固无足，子安能为之足？”遂饮其酒。

为蛇足者，终亡（失掉）其酒。

——《战国策·齐策二》

土偶和桃梗

《战国策》

泥巴揉成的泥人与桃树枝干雕刻的木人，互相对话。

桃人对泥人说：“你原是淄河西岸的泥土，被揉成了泥人。八月一到，大雨哗哗而下，淄水陡然上涨，你就会被泡成一团糟了。”

泥人说：“并不如你说的那样。我本来就是淄河西岸的泥土，即使被水冲得面目全非，变成了土，我也不过是再回到西岸去罢了。今天，你本来是东岸的桃树枝干，被雕成了人。一到八月，降下大雨，淄河上涨，滚滚滔滔，把你冲走，那你就将随波逐流，漂漂荡荡，不知将要漂流到什么地方去呢?”

[导读]

齐国的孟尝君要到秦国去担任宰相，门客们用这个故事劝阻他。故事说明，脱离自己的固有的基础，将经受不起风险，遭致失败的命运。故事也说明，没有根底的人是可悲的。孟尝君听了这则故事，就取消了这次的计划。但是，后来还是到秦国去担任宰相，结果被秦国软禁，亏门客们精密设计，甚至使用鸡鸣狗盗的手段，才逃离秦国，回到祖国。这更加证明了寓言所说的道理。

[附原文]

有土偶人（泥人）与桃梗（用桃树枝干刻成的人）相与语。

桃梗谓土偶人曰：“子西岸之土也，挻（一本作‘埏’，音 shān，揉的意思）子以为人。至岁八月，降雨下，淄水（河流名，在山东省境内，流入海）至，则汝残矣!”

土偶曰：“不然！吾西岸之土也，土则复西岸（一本作‘吾残则复西岸’）耳。今子东国之桃梗也，刻削子以为人。降雨下，淄水至，流子而去，则子漂漂者将何如耳?”

——《战国策·齐策三》

狐假虎威

《战国策》

老虎在山林中寻找各种野兽吃，抓到了一只狐狸。

狐狸说："你是不敢吃我的！我是天帝派来统率百兽的。今天你要是吃了我，就违抗了天帝的命令。要是你认为我的话不可靠，那么，我就在前面走，你跟在我的后头，到山林里去走一趟，看看野兽们见了我有敢不逃跑的吗？"

老虎认为它说得对。因此，就跟在狐狸后面一块走。野兽们见到了它们，都拼命地逃跑。老虎不知道这些野兽是害怕自己才逃跑的，还以为它们是害怕狐狸呢。

[导读]

楚宣王在位时，将军昭奚恤善于打仗，中原各国都害怕他。江乙对昭奚恤不满，于是向楚宣王说了这个故事，并且挑明寓意说："北方各国害怕将军昭奚恤，实际上是害怕大王，昭奚恤是利用了大王的力量。"可见这个故事原来是用于官场的倾轧。但是，这个故事成功地塑造了狐狸与老虎这两个寓言形象。狐狸既具有狐狸的动物特性，又酷似借别人权势而招摇撞骗的卑劣小人；老虎既具有老虎的动物特性，又酷似愚蠢而容易受骗的当权人物。所以，后代的人们广泛运用这则讽刺寓言。

[附原文]

虎求百兽而食之，得狐。

狐曰："子无敢食我也！天帝使我长（zhǎng，担任首领。名词用作动词）百兽。今子食我，是逆天帝命也。子以（认为）我为不信，吾为子先行，子随我后，观百兽之见我而敢不走乎？"

虎以为然，故遂与之行。兽见之皆走。虎不知兽畏己而走也，以为畏狐也。

——《战国策·楚策一》

惊弓之鸟

《战国策》

从前，有个射箭能手，名叫更羸。有一天，他和魏王一起，站在一个高台下面。更羸抬头看见鸟儿在天空飞翔，便对魏王说："我只要为大王拉一下空弓，就会有飞鸟应声落下。"魏王说："射箭的技术竟可高达这种地步吗？"更羸回答说："可以。"

过了一会儿，一只雁从东方飞来。更羸对空虚发一弓，大雁翻身掉下。魏王惊奇地说："多好的技术啊！怎么果真达到了这种地步呢?!"更羸解释说："这是一只箭疮没有复原的雁。"魏王问："先生怎么知道它受了伤呢？"更羸回答说："它飞得慢，叫得悲。飞得慢，正说明旧伤发痛；叫声悲，正说明离群已久。它旧伤未好，余悸犹在，所以一听到弓响，便拼命高飞，以致旧伤口又开裂发痛，摔落下来。"

[导读]

这则故事本来的寓意是：不可任用打了败仗的人带领军队。打了败仗的将军就好像这受伤的鸟，心有余悸，经受不起外界的风吹草动。我们还可以从更羸的举动分析出另外一个方面的寓意：长期实践，细致观察，就可把握规律，事半功倍。

[附原文]

异日（昔日，从前）者，更羸（léi）与魏王处京（高）台之下。仰见飞鸟，更羸谓魏王曰："臣为王引弓虚发（拉弓而不发箭）而下鸟。"魏王曰："然则射可至此乎？"更羸曰："可。"

有间，雁从东方来。更羸以虚发而下之。魏王曰："然则射可至此乎？"更羸曰："此孽（同"蘖"，本指植物被砍伐以后重新发出的嫩枝幼芽，这里引申为创伤没有复原的鸟）也。"王曰："先生何以知之？"对曰："其飞徐而鸣悲。飞徐者，故疮（旧伤）痛也；鸣悲者，久失群也。故疮未息（平息，痊愈）而惊心未去也。闻弦音，引（举翼）而高飞，故疮陨（yǔn，坠落）也。"

——《战国策·楚策四》

骥遇伯乐

《战国策》

有一匹千里马年龄老了，它拉着盐车，要上太行山。它非常吃力，蹄子伸得长长的，膝盖骨老是打跪，尾巴上粘满了粪便，皮肤也溃烂了，口里白沫四溅，不停地洒在地上，浑身上下，白汗淋漓。到了半山腰上，进一步退两步，怎么也拖不动那盐车。

正在这时，相马能手伯乐打这儿经过。他发现这马，连忙下车，抚摸着它，痛哭起来，立即脱下自己身上的衣服，给它盖上。

千里马感慨万千，时而低头喷气，时而抬头长鸣，声音一直传到天空，就好像敲击金石发出的声音，清脆高亢。这是为什么呢？就是因为它遇见了伯乐这样的知己啊！

［导读］

知己难得。很多杰出人才，因为没有被人发现，而遭受摧残，这是封建专制社会常常发生的悲剧。所以，用千里马的遭遇比喻人才的遭遇，成为中国寓言与中国文学的传统母题。

［附原文］

夫骥（千里马）之齿（因牛马每岁生一齿，故以齿计算牛马的年龄）至矣，服盐车而上大行（即“太行”，太行山；或说“大行”就是大路）。蹄申（同“伸”）膝折（弯曲），尾湛（jiān，浸泡）胕（同“肤”）溃，漉汁（本指渗出来的液体，这里指马口鼻中流出来的白沫）洒地，白汗交流。中阪（bǎn，山坡）迁延，负辕不能上。

伯乐（春秋时代相马能手）遭（遇）之，下车攀（牵挽，抚摸）而哭之，解纻（zhù，麻布）衣以幂（mì，覆盖）之。

骥于是俯而喷，仰而鸣，声达于天，若出金石声者，何也？彼见伯乐之知己也。

——《战国策·楚策四》

南辕北辙

《战国策》

魏王要攻打赵国的都城邯郸。魏国大臣季梁听到这个消息，马上从半路上返回首都。他连衣上的褶纹也来不及弄平，头上的尘土也来不及掸掉，就去拜见魏王。他说：

“刚才我来的时候，看见一个人，在大路上正驾着车子往北赶。他告诉我说：‘我要到楚国去。’我说：‘你要到楚国去，为什么往北走呢?’他却说：‘我的马好。’我说：‘马虽然好，可这不是往楚国去的路啊。’他再说：‘我的路费很多。’我说：‘路费虽然多，可这毕竟不是到楚国去的路啊。’他又说：‘我的车夫本领好。’其实这几个条件越好，离楚国就会越远呢！现在大王一举一动都想着成为霸主，实行王道，得到天下人的拥护。但是您仗着国势强大、军队精锐，就想攻打邯郸，以求扩充领土，抬高声望。只怕大王这种行动越频繁，离称霸天下的愿望就会越远了。这正好像那个人要到楚国去却驾车往北走一样啊！”

[导读]

寓言的直接寓意是劝阻魏王攻赵。作者采用三次复沓的手法，展现出目的、方向、条件三者之间的关系，从而启示人们：做任何事情，都必须有正确的方向，使实际努力为实现既定目的服务，决不可背道而驰。否则，条件越好，就更加事与愿违。后世把这个故事概括为成语“南辕北辙”。

[附原文]

魏王欲攻邯郸。季梁闻之，中道而反（同“返”），衣焦（指衣服上的褶皱）不申（通“伸”，伸展），头尘不去，往见王曰：

“今者臣来，见人于大行（háng，四通八达的路），方北面（面向北方）而持其驾，告臣曰：‘我欲之（前往）楚。’臣曰：‘君之楚，将奚为北面?’曰：‘吾马良。’臣曰：‘马虽良，此非楚之路也。’曰：‘吾用多。’臣曰：‘用虽多，此非楚之路也。’曰：‘吾御者善。’此数者愈善，而离楚愈远耳。今王动欲成霸王，举欲信于天下；恃王国之大，兵之精锐，而攻邯郸，以广地尊名。王之动愈数（频繁，屡次），而离王愈远耳，犹至楚而北行也。”

——《战国策·魏策四》

千金买骨

《战国策》

古时候有一个做国君的人，愿意用一千金买一匹千里马。他派人买了三年，却没有买到一匹千里马。

一个宦官对国君说："请让我去买吧！"国君派遣他出去。这个宦官花了三个月的时间，果真找到了一匹千里马。可惜马已经死了，他就用五百金买了那马的头颅，高高兴兴地返回来向国君报告。国君听了，大发雷霆，斥责他说："我要的是活马，死马有什么用处呢？更何况还花了五百金呢！"宦官回答说："买死马尚且肯付出五百金，更何况是活马呢！这消息一传开去，普天下一定认为大王真心买马。那么，千里马就会到来了。"

不出宦官所料，不到一周年的时间，上门来卖的千里马就有好几匹。

[导读]

燕昭王为了复兴燕国，出榜招贤。郭隗前来应聘，向燕昭王讲了这个故事，然后说："希望大王先任用我这个不特别突出的人才，那么，其他杰出人才就会知道大王求贤的诚意，前来应聘。"故事说明，真心爱惜人才，就要表现出诚意，并敢于付出高昂的代价。只有这样，才能取得效果，得到真正的人才。

[附原文]

古之君人，有以千金求千里马者，三年不能得。

涓人（君主的近侍，即宦官之类）言于君曰："请求之。"君遣之。三月得千里马，马已死，买其首五百金，反以报君。君大怒曰："所求者生马（活马），安事（何用）死马而捐（抛弃）五百金？"涓人对曰："死马且买之五百金，况生马乎？天下必以王为能市（购买）马，马今至矣！"

于是，不能期（jī）年，千里之马至者三。

——《战国策·燕策一》

一顾十倍

《战国策》

有一个人，要卖掉一匹骏马。他牵着马，站在集市上，一连三个早晨，人们没有谁能够认出那是一匹骏马。于是，他去见伯乐，说："我有一匹骏马，要卖掉，可是在集市上接连卖了三个早晨，连问价的人都没有。我希望您到集市上去，绕着我的马仔细看一看，离开时又回过头来瞧一瞧。我将送给您辛苦一天的代价。"

伯乐答应了，来到市面上，绕着那马认真地看了看，离开时又回过头来瞧了瞧。于是，马的身价一下就提高了十倍。

[导读]

故事主要说明，有才能的人必须要有名人的发现、引荐。故事形象地证明了名人效应。官场、商场、文化界、学术界，都有名人效应。

[附原文]

人有卖骏马者，比（接连）三旦立市，人莫之知。往见伯乐，曰："臣有骏马，欲卖之，比三旦立于市，人莫与言。愿子还（通'环'）而视之，去（离开）而顾（回头看）之。臣请献一朝之贾(jià，通"价"，价值)。"

伯乐乃还而视之，去而顾之。一旦而马价十倍。

——《战国策·燕策二》

鹬蚌相争

《战国策》

一只河蚌从水里出来，正张开壳在河滩上晒太阳。一只水鸟飞来，一下就啄住了河蚌的肉。河蚌连忙将壳合拢来，紧紧地夹住了水鸟的长嘴。

水鸟说："你今天不张开，明天不张开，就有死蚌了！"

河蚌也对水鸟说："你今天不抽出，明天不抽出，就有死鸟了！"

它们两个谁也不肯放掉谁。一位打鱼的人就把它们一起捉去了。

[导读]

著名纵横家苏代（苏秦的弟弟），为了劝阻赵王攻打燕国，就向赵王说了这个寓言故事。赵攻打燕，就好像鹬蚌相争，强大的秦国就会坐收渔翁之利。故事说服了赵王，取得了效果，避免了一场即将发生的战争。这证明了寓言的威力。这篇故事的寓意还具有永恒性，人们应该牢记，在双方相持不下的时候，要防止强大的第三者。

当代曾经有人在动物园中发现，鹬蚌相争而死在一起。这说明寓言故事的情节，也往往有生活依据，作家应注意从生活中发现故事素材。

［附原文］

蚌方出曝（pù，晒太阳），而鹬（yù，水鸟名，长嘴灰背，喜吃小鱼）啄其肉。蚌合而钳（夹住）其喙（鸟嘴）。

鹬曰："今日不雨，明日不雨（'雨'一本作'两'，'两'就是张开），即有死蚌。"

蚌亦谓鹬曰："今日不出，明日不出，即有死鹬。"

两者不肯相舍（舍弃），渔者得而并禽（通"擒"）之。

——《战国策·燕策二》

老子问疾

《慎子》

老子的老师商容病重。老子请教说："先生没有什么教导要告诉弟子吗？"商容张开口，问道："我的舌头还存在吗？"老子回答说："存在。"商容又问："我的牙齿还存在吗？"回答说："没有了。"商容说："你明白其中的道理了吗？"老子说："这不是说，刚强的东西丧失了，而柔弱的东西可以存在吗？"商容说："天下的事理完全包括在其中了。"

［导读］

《慎子》相传是慎到所作。慎到（约前395年—前315），是道家的一个派别的代表人物。他主张重"势"，"势"就是有利的地位与权力，这个观点被法家韩非子所吸收。原书42篇，今仅存7篇。

本篇故事阐述道家"柔弱胜刚强"的哲学，近取诸身，显得形象而贴切。

［附原文］

商容（传说是商朝贵族，道家创始人老子的老师。《说苑》作“常枞”）有疾。老子曰：“先生无遗教以告弟子乎?”……商容张口曰：“吾舌存乎?”曰：“存。”“吾齿存乎?”曰：“亡。”“知之乎?”老子曰：“非谓其刚亡而弱存乎?”容曰：“天下事尽矣。”

——《慎子》

谁最善医

《鹖冠子》

名医扁鹊拜见魏国君主文侯。魏文侯问他说：“你们兄弟三人，谁的医术最高明?”扁鹊说：“大哥最高明，二哥次之，我最差。”魏文侯说：“你可以说给我听听吗?”扁鹊说：“大哥看病只要看人的神色，病还没有表现出来，就给人除掉了。所以，他的名声没有传出家庭范围之外。二哥可以从皮肤的细微征兆判断疾病，及时治疗好。所以，他的名声没有传出邻里的范围之外。像我扁鹊却不同，别人发了病，我就用针刺血脉的穴位，或者开猛烈的药物，或者开刀动手术。所以，我的名声传播到诸侯各国。”

［导读］

《鹖冠子》相传是鹖冠子的作品。鹖冠子，姓名失传，常戴鹖冠，故称“鹖冠子”，是一个道家人物。《鹖冠子》今本十九篇，怀疑是后代的伪作。

本则故事说明：最高明的办法是防患于未然；同时说明，最高明者往往不被普通人理解。

[附原文]

魏文侯问曰："子昆弟（兄弟）三人，其孰最善医？"鹊曰："长兄最善，中兄次之，扁鹊最为下。"魏文侯曰："可得闻耶？"扁鹊说："长兄于病视神，未有形而除之，故名不出于家；中兄治病，其在毫毛，故名不出于闾（邻里，古代二十五家为一闾）；若扁鹊者，镵（chán，刺）血脉，投毒药（药性猛烈的药物），副（读 pì，剖开）肌肤间，而名出闻于诸侯。"

——《鹖冠子·世贤》

弓矢相合

《胡非子》

有个人说："我的弓太好了，可惜没有供它用的箭。"

另一个人说："我的箭太好了，可惜没有发射它的弓。"

后羿是古代最会射箭的英雄，听了他们的议论，对他们说："没有弓，怎么能把箭放出去？没有箭，又怎么能射中目标？"于是，叫他两人将弓与箭合在一起，再教他们射箭。

[导读]

《胡非子》相传胡非作。胡非，是墨翟弟子。原书三卷，已佚。《太平御览》保存了此书的两则佚文。这则故事说明：无论是物件，还是人才，只有相互配合，才能发挥作用。

［附原文］

一人曰："吾弓良，无所用矢。"

一人曰："吾矢善，无所用弓。"

羿（神话传说中的射日英雄）闻之，曰："非弓何以往矢（把箭发射出去）；非矢何以中的（箭靶）？"令合弓矢，而教之射。

——《太平御览·兵部·弓》

买鸩注江

《尸子》

巫马其替楚王出使到巴国。他在途中，看见有人挑了一担用鸩鸟羽毛泡制的毒酒，便问那人说："这有什么用？"那人回答说："这是用来毒人的。"巫马其听了，便请求买下这担酒。他的钱不够，又加上他的车和马。买到了酒以后，他便把它全部倾注到长江中去了。

［导读］

《尸子》相传是商鞅的门客尸佼所作，政治观点属于杂家。原书20篇，已佚。《玉函山房辑佚书》，辑录了此书的佚文。

本则故事赞扬巫马其有为公众谋利除害的公益心。故事的寓意是：发现了祸患，就要尽力把它消灭在萌芽时刻。

［附原文］

驸马其（旧注指出，"驸马其"应为"巫马其"。先秦有好几部著作都提到“巫马其”）为荆王使于巴（古国名，在今属重庆市、鄂西一带）。见担鸩（zhèn，一种毒酒。传说有一种鸟叫鸩，喜食蛇；其羽毛紫绿色，羽毛泡过的酒，能毒死人）者，问之：“是何以？”曰：“所以鸩人也。”于是，请买之，金不足，又益（增加）之车马。已得之，尽注之于江。

——《尸子》

燕石珍藏

《阙子》

宋国有个愚人在梧台东面得到了一块外形好像玉的燕石。回家后，珍藏起来，认为是天下至宝。后来，周地来了一个客商，请求观看。那个愚人便斋戒了七天，穿上礼服，戴上礼帽，杀公牛举行祭祀，然后才打开宝贝。那宝贝外面套了十层皮匣子，又裹了十层橘红色的丝巾。商人一看，掩住嘴巴发笑说：“这是燕石啊。它跟砖头、瓦片没有什么区别。”愚人大怒，说：“这真是商人的话语，巫汉的用心啊！”从此以后，他收藏得更严密了，防守得更谨慎了。

[导读]

《阙子》是战国时代纵横家阙氏的著作。《玉函山房辑佚书》，辑录了其部分佚文。阙子，其人生平不详。

缺乏见识，又不听内行的意见，就会自以为是，把没有价值的东西当成宝贝。后代人把这个故事概括为成语“燕石珍藏”，往往从两个方面使用，一是讽刺缺乏见识的人，一是谦虚地称呼自己的成果或所爱惜的东西。

[**附原文**]

宋之愚人，得燕石（外形好像玉的石头）梧台（在今山东临淄西北）之东。归而藏之，以为大宝。周（今洛阳一带）客闻而观之。主人父斋七日，端（礼服）冕（礼帽）之衣，衅（杀牲口举行祭祀）之以特（公牛）牲（做祭品）。革匮（通“柜”，柜子）十重，缇（tí，橘红色）巾十袭（重叠）。客见之，俯而掩口，卢胡（又作“胡卢”，发自喉间的笑声）而笑，曰：“此燕石也。与瓦甓（pì，砖头）不殊（差别）。”主人父怒曰：“商贾之言，竖匠（巫汉，神汉）之心！”藏之愈固，守之弥谨。

——《阙子》

中州蜗牛

《於陵子》

中州有一只蜗牛，它将要奋起，追求自己的行为价值。它想东到泰山，但是，计算路程要走三千多年。它又想南到长江、汉水，但是，计算路程也要走三千多年。于是，蜗牛计算了一下自己的寿命，不过就在早晚一天之内。于是，它十分悲愤，终于枯死在杂草丛里，受到蝼蚁们的耻笑。

[**导读**]

《於陵子》（“於”读 wū），相传是战国时代齐国的隐士（隐居在於陵）陈仲子所作。今本十二篇，清朝诗人王士祯推断有明朝人的伪作。

本则故事主要讽刺好高骛远、不切实际而且行动迟疑的人物。它给人们的启示是：应该根据主客观条件，适时调整自己的心态，适时采取力所能及的行动。

[附原文]

中州（中原地区）之蜗，将起而责（求，追求）其是非。欲东至泰山，会程（计算路程）三千余岁；欲南至江、汉，亦会程三千余岁。因自量其齿（年龄，寿命），则不过旦暮之间。于是，悲愤莫胜（shēng，穷尽），而枯于蓬蒿之上，为蝼蚁所笑。

——《於陵子》

曲高和寡

《楚辞》

有一位外地人，在楚国首都郢城唱歌。他开始唱的是通俗歌曲《下里巴人》，城中跟着帮腔的人有几千人；他接着唱的是中等歌曲《阳阿薤露》，城中跟着帮腔的还有几百人；当他唱起高级歌曲《阳春白雪》时，帮腔的却不到几十人。最后，他使出最高的唱歌本领，五音协调，旋律婉转，既有感情而又富于变化，帮腔的人就只有几个了。

这说明，那歌曲越高级，应和的人便越少。

[导读]

“楚辞”，是产生在南方楚国的诗歌体式，后来又发展出“骚体赋”。“楚辞”的代表作家是战国时代的伟大诗人屈原及其弟子宋玉。东汉王逸编注了第一本楚辞集，叫作《楚辞章句》。本篇是《宋玉对楚王问》中说的一个故事。

故事说明，高深的道理开始很难被大家接受，杰出的人物开始很难被大家理解。这就是所谓“曲高和寡”。“阳春白雪”“下里巴人”，也成了后代经常使用的成语，分别代表高雅和通俗的东西。

[编者注]《宋玉对楚王问》首见于《文选》，本篇节选自该文。《古文观止》将此文作者定为“楚辞”，而其实《楚辞章句》中未见此文。当代学者黄坤尧认为，“以目前的数据来说，《古文观止》的表达方式并不恰当，应将作者订为宋玉才是”。

[附原文]

客有歌于郢（yǐng）中者。其始曰《下里巴人》，国中属（zhǔ，连接，跟从）而和者数千人；其为《阳阿薤露》，国中属而和者数百人；其《阳春白雪》，国中属而和者不过数十人。引商刻羽，杂以流徵（zhǐ。古代以“宫”“商”“角”“徵”“羽”为五音。引，声音拖长，婉转；刻，深刻细腻，富有感情；杂，夹杂，变化），国中属而和者，不过数人而已。

是其曲弥高，其和弥寡。

——《宋玉对楚王问》

两汉寓言

指鹿为马

陆　贾

秦二世在位时，有一天赵高驾着一头鹿跟随秦二世出行。二世说："丞相为什么用鹿驾车？"赵高对二世说："这是一匹马。"二世笑着说："丞相，你弄错了。把鹿当成了马。"赵高说："陛下如果认为我说得不对，希望你问问群臣。"二世问左右的官员们到底是鹿还是马。有一半人说是鹿，有一半人竟说是马。事后，赵高就惩处了说是鹿的人。当时，秦二世竟然不相信自己的眼睛，而按照奸臣的说法行事。

[导读]

陆贾，西汉初年著名政治活动家，善于辞令。他跟随刘邦建立汉王朝，建国后两度出使南越，说服南越王归附汉朝。后来参加诛灭诸吕，拥立汉文帝。他应刘邦的要求而作《新语》，全书十二篇，主要是总结汉朝以前的各个王朝兴亡的历史经验与教训，建议汉王朝统治者实行仁政，寻求长治久安之道。

这则故事是根据历史故事改编的。《史记·秦始皇本纪》记载这则故事说，赵高想篡夺帝位而担心群臣不服，就"以鹿为马"试探群臣，事后"阴中诸言鹿者以法"，消灭不屈从自己的官僚。作者把这个历史故事改编成寓言，讽刺小人当权、颠倒黑白的政治现象，总结大权旁落的经验教训。作者点明寓意说："群邪所抑，以直为曲；视之不察，以白为黑。"

[附原文]

秦二世之时，赵高驾鹿而从行。王曰："丞相何为驾鹿?"高曰："马也。"王曰："丞相误也，以鹿为马。"高曰："陛下以臣言不然，愿问群臣。"臣半言鹿，半言马。当此之时，秦王不能自信其目，而从邪臣之说。

——《新语·辨惑》

请火释疑

韩 婴

里弄中有一位机智的老妈妈。有一天，跟老妈妈相好的邻居家的儿媳妇，被婆婆怀疑偷了家里的肉，婆婆赶走了她。这媳妇心里很不平，向老妈妈诉说。老妈妈听了，劝她说："你只管安心地走，我有办法马上叫你婆婆请你回家。"说罢，便捆了一把乱麻到那媳妇家去借火，并对婆婆说："我家的狗，因为争吃不知从哪里叼来的一块肉，相咬死了一只，借个火回去料理一下。"婆婆听了，明白真相，便马上派人去追赶媳妇，请她回来。

[导读]

韩婴，汉文帝时任博士，汉景帝时任常山王太傅。他精通《诗经》，著有《韩诗内传》与《韩诗外传》，《韩诗内传》已经失传。《韩诗外传》，是一本援引历史故事以解释《诗经》有关诗句的著作。今本十卷，保存了许多意义深刻的故事。

这篇故事说明，抓住问题的症结，又讲究策略，就可以得心应手地解决问题。

［附原文］

里（古时居民聚居的单位，二十五家为一里）母相善妇，见（表示被动）疑盗肉，其姑（婆婆）去之。恨而告于里母。里母曰：“安行，今令姑呼汝。”即束缊（yùn，乱麻）请火去妇之家，曰：“吾犬争肉相杀，请火治之。”姑乃直（明白真相），使人追去妇，还之。

——《韩诗外传》卷七

跛盲互助

《淮南子》

一个跛子与一个瞎子居住在一起。有一天，敌军入侵到了这里。跛子就给瞎子指路，瞎子就背着跛子逃跑。两人都躲过了灾难。这是由于各自发挥了所长。如果反过来，叫瞎子指路，叫跛子奔跑，那就丧失了各自的所长。

［导读］

《淮南子》是淮南王刘安组织门客苏非、李尚、伍被等所编著的理论著作。刘安（前179年—前122年），是汉文帝之弟刘长的长子，袭父亲爵位为淮南王。他爱好文学，曾经奉汉武帝旨意写作《离骚传》。后来被人告发谋反，下狱自杀。《淮南子》今本21篇，以黄老学说为主体，又杂采儒、墨、名、法各家学说。书中说理时大量运用寓言与神话传说。

人们要相互配合，发挥各自的专长，取长补短，互惠互利。这就是社会学中的互补原则。这个故事至今仍然在汉族与蒙古族民间广泛流传，并且很早就传入欧洲，大概是13世纪蒙古军队西征时传入欧洲的。如：18世纪德国寓言奠基作家盖勒特的《寓言故事集》中就有同类故事。

[附原文]

寇难至，躄（bì，跛脚）者告盲者，盲者负而走（跑）。两人皆活。得其所能也。故使盲者语，使躄者走，失其所也。

——《淮南子·说山训》

塞翁失马

《淮南子》

靠近边塞的居民中，有个精通道术的老翁。有一天，他家里的马无故地跑到北方去了，人们都去安慰他。那家的老翁说："这件事情为什么就不能快速地变成一件好事呢？"过了几个月，那马带了一匹北方的骏马回来。人们都来恭贺他。老翁却说："这件事情为什么就不能快速地变成一件祸事呢？"他家里有了许多好马，他的儿子喜欢骑马，有一次从马上跌下来，折断了大腿。人们又都来慰问他。老翁又说："这件事情为什么就不能快速地变成一件好事呢？"过了一年，北方的外族带兵大举侵入边塞地区。青壮年都拿起武器跟敌人作战；靠近边塞的人民，牺牲的达十分之九。老翁的儿子却只因为跌断了大腿，没有参加战争，父子得以保全。

[导读]

《老子》说："祸兮福之所倚，福兮祸之所伏。"这个故事形象地说明了对立的事物可以互相转化的道理。不过，塞翁只是消极等待事物的转化，不是积极为转化创造条件。这是小农经济的产物，也反映出道家思想的消极面。后代人们总结这个故事的寓意说："塞翁失马，焉知非福？塞翁得马，焉知非祸？"

[附原文]

近塞（sài，边塞，边境）上之人，有善术（道术，术数）者。马无故亡入胡（古代对北方和西方少数民族的泛称），人皆吊（安慰遭遇不幸的人）之。其父曰："此何遽（快速）不为福乎？"居数月，其马将（带领）胡骏马而归。人皆贺之。其父曰："此何遽不为祸乎？"家富良马，其子好骑，堕而折髀（bì，大腿）。人皆吊之。其父曰："此何遽不为福乎？"居一年，胡人大入塞，丁壮者引弦而战，近塞之人，死者十九。此独以跛之故，父子相保。

——《淮南子·人间训》

喜鹊做窝

《淮南子》

有一只喜鹊，它预先就感觉到今年大风很多。于是，它就离开高大的树木，迁徙到矮小的树枝上做窝。喜鹊做好窝以后，大人经过那里，就捉窝里的雏鸟；小孩经过那里，就掏出窝里的鸟蛋。

这是只知道预防遥远的灾难而忘记了眼前的祸害。

[导读]

考虑问题要全面，不可顾此失彼；丧失了目前，就谈不上长远。

[附原文]

夫鹊，先识岁之多风也，去高木，而巢扶枝（旁出的位置比较矮的枝条）。大人过之，则探鷇（kòu，待母哺食的幼鸟）；婴儿过之，则挑其卵。

知备远难而忘近患。

——《淮南子·人间训》

田子方见老马

《淮南子》

田子方在路上看到一匹老马，心里深有感慨地叹息了一声。他问车夫说："这是一匹什么马？"车夫回答说："这原是公家喂养的一匹马，因为年老体衰，不中用了，所以拉出来准备卖掉它。"田子方说道："它年轻的时候，人们贪图它的力气；它老了，人们就抛弃它。这是有仁德的人所不愿做的。"于是用五匹丝绸把它赎了回去。

老病的军人们听到这件事，都衷心地归服田子方。

[导读]

故事用马比喻人才与功臣，主张爱惜人才，爱惜有功劳的人；反对摧残人才、迫害功臣，反对卸磨杀驴式的政治行为。故事反映了封建朝廷对于有功之臣往往刻薄寡恩。越王勾践对待文种，汉高祖对待韩信，汉景帝对待周亚夫，都是如此。封建帝王刻薄寡恩，可共富贵却不可共患难，这是君主独裁制度的必然产物。

[附原文]

田子方（战国时代人，传说是魏文侯之师）见老马于途，喟（kuì，叹息）然有志焉。以问其御（驾驶车马的人）曰："此何马也?"其御曰："此故公家畜也。老罢（pí，同'疲'，衰弱无力）而不为用，出而鬻（yù，卖）之。"田子方曰："少而贪其力，老而弃其身，仁者弗为也。"束帛（帛是丝织物的总称，五匹为一束）以赎之。罢武（老病军人）闻之，知所归心矣。

——《淮南子·人间训》

猪蹄禳田

司马迁

齐威王八年（前349年），楚国大举调兵侵犯齐国。齐威王派淳于髡前往赵国求救兵，带的礼物有一百斤黄金，十辆车，每辆车配四匹马。淳于髡抬头向天大笑，连系帽子的带子全都笑断了。齐威王说："淳于先生，你认为礼物少了吗?"淳于髡说："我怎么敢说少呢?"齐威王说："那么你为什么要大笑呢?"

淳于髡说："今天，我从东方来这里时，看见路旁有一个人向神祈祷丰收。他仅仅拿着一只猪蹄子，端着一碗酒，敬献给神。口里祈祷说：'我希望，神让我那贫瘠的山土能收满笼粮食，那低洼的田地能收满车粮食。我希望各种谷物都茂盛成熟，家里的粮食堆得满满的。'我见他敬献出来的东西这么少，而想要得到的东西却那么多，所以笑他。”

齐威王听了，于是增加了一千镒黄金、十双白璧、一百辆车，每辆车配四匹马。淳于髡带着这些礼物，辞别齐威王，到了赵国。赵王马上借给他十万精兵，一千乘蒙着皮革的战车。楚国知道后，趁着黑夜撤离了部队。

[导读]

司马迁（前 145 年—前 87 年），伟大史学家。所著《史记》是我国第一部纪传体通史，记事上起五帝时代，下迄汉武帝时代，是后代正史的典范。全书 130 卷，主要采用纪传体，以人物为纲，塑造了一批栩栩如生的历史人物，而且笔端富有感情。鲁迅赞扬《史记》是“史家之绝唱，无韵之离骚”。

故事说明，办事不能心存侥幸，必须付出代价，而且所付出的代价必须跟所要达到的目的相适应。俗话说：“舍不得金弹子，打不下凤凰来。”

[附原文]

威王（齐威王，公元前 356 年至前 321 年在位）八年，楚大发兵加（侵凌，凌犯）齐。齐王使淳于髡（齐国有名的幽默家。淳于是复姓，髡，音 kūn）之赵请救兵。赍（jī，携带礼物）金百斤，车马十驷（四匹马配一辆车，叫一驷）。淳于髡仰天大笑，冠缨（系帽子的带子）索（尽、全部）绝。王曰：“先生少之乎？”髡曰：“何敢？”王曰：“笑岂有说乎？”

髡曰：“今者臣从东方来，见道旁有禳田（种田时向神祈祷丰收）者。操一豚蹄，酒一盂，祝曰：‘瓯窭（ōu lóu，狭小的高地）满篝（gōu，笼，装粮食的竹器），污邪（低洼的田地）满车；五谷蕃（fán，茂盛）熟，穰穰（ráng，谷物丰盛的样子）满家。’臣见其所持者狭而所欲者奢，故笑之。”

于是齐威王乃益赍黄金千溢（同“镒”，古代重量单位，合二十两，一说合二十四两），白璧十双，车马百驷。髡辞而行，至赵。赵王与之精兵十万，革车千乘。楚闻之，夜引兵而去。

——《史记·滑稽列传》

反穿皮衣

刘　向

有一天，魏文侯出外巡游。他在路上看见一个人反穿着一件羊皮统子。当时人们穿羊皮的习惯是把羊毛露在外面，而这个人却把皮板露在外面。他肩上掮着柴草。文侯问他："你为什么反穿着羊皮衣来背柴草呢？"那个人回答说："我很爱惜这身衣服上的羊毛，怕它被柴草磨坏了。"文侯说："你不知道吗？如果羊皮衣里层的皮板磨坏了，那羊毛就没有依附的东西了。"

［导读］

刘向（前77年—前6年），西汉末年学者。成帝时代任光禄大夫，负责校阅古籍，写成我国第一部图书分类目录《别录》。其著作有《新序》《说苑》《列女传》等。《新序》10卷，共收集170多个历史故事，以寄托劝诫意义。《说苑》全书分20个门类，共有400多个劝诫故事。《新序》《说苑》中的故事大都采自古籍的记载，但是，其中有些故事被赋予了新的寓意。

"皮之不存，毛将焉附？"故事运用关于穿衣方式的浅近通俗的对话，说明了根本比局部更加重要的道理。

[附原文]

魏文侯（战国时代魏国的开国君主）出游，见路人反裘（翻穿皮衣）而负刍（chú，喂牲口的草）。文侯曰：“胡为反裘而负刍？”对曰：“臣爱其毛。”文侯曰：“若不知其里（里层的皮板）尽而毛无所恃（依靠，依附）邪？”

——《新序·杂事二》

叶公好龙

刘　向

叶公子高，非常喜欢龙。他在衣带钩上画着龙，在酒器上刻着龙，房屋卧室凡是雕画花纹的地方全都刻着或画着龙。天上的真龙听到这件事，就降落到叶公的住所，把头伸进窗户里，把尾巴拖到厅堂上。叶公看见了真龙，掉头就跑，脸部变色，惊恐万状，不能自主。

这说明，叶公并不是喜爱真龙，而是喜爱那好像是龙却不是龙的东西啊。

[导读]

孔子的弟子子张，用这个故事讽刺鲁哀公不爱惜真正的人才。鲁哀公声称自己礼贤下士，子张讲完故事后批评他说：“君非好士也，好夫似士而非士者也。”这就是原来的寓意。成语“叶公好龙”“五色无主”都来源于这个故事。

宋朝编的类书《太平御览》曾经收录这则故事，并注明是出于战国时代思想家申不害的著作《申子》。《申子》今已失传，《新序》可能是采用了《申子》的故事。

[附原文]

叶公子高（楚国贵族，姓沈，名诸梁，字子高，封于叶，即现在河南省叶县，故称叶公），好龙。钩（衣带钩，衣服上的一种装饰品）以写（刻画）龙，凿（“凿”通“爵”，盛酒的器皿）以写龙，屋室雕文以写龙。于是天龙闻而下之，窥头于牖（yǒu，窗户），施（yì，延长，拖）尾于堂。叶公见之，弃而还（“还”通“旋”，掉转，回过头来）走，失其魂魄，五色无主。

是叶公非好龙也，好夫似龙而非龙者也。

——《新序·杂事五》

螳螂捕蝉

刘 向

吴王要攻打楚国，并警告他的大臣们说：“有敢于劝阻的，我就处死他。”

吴王的门客中有一个年轻人，想去劝阻但又不敢。于是，他怀里带着弹弓，在吴王的后园里徘徊，露水沾湿了他的衣服。就像这样一连过了三个早晨。吴王对他说：“你过来吧，何苦让露水把衣服沾湿成这个样子呢？”年轻人回答说：“这个园子里有一棵树，树上有一只蝉。蝉呢，高高在上，悠闲地叫着，自由自在地喝着露水，却不知道有只螳螂在它身后呢；那螳螂呢，把身子完全贴在隐秘的地方，只想去捉蝉，却不知道有一只黄雀在它的旁边呢；那黄雀，伸长脖子想啄螳螂，却不知道在它下面有人拿着弹弓呢。这三个动物都力求得到它们眼前的利益，却不管它们身后隐伏着的祸患啊。”

吴王说："好啊！"就不再攻打楚国了。

［导读］

有一句成语："螳螂捕蝉，岂知黄雀在后？"就是来源于这个故事。它讽刺被眼前利益蒙蔽而不顾及后患的人。

［附原文］

吴王欲伐荆（楚国的别称），告其左右曰："敢有谏者死。"

舍人有少孺子者（少年人），欲谏不敢。则怀操弹于后园，露沾其衣，如是者三旦。吴王曰："子来，何苦沾衣如此？"对曰："园中有树，其上有蝉。蝉高居悲鸣饮露，不知螳螂在其后也；螳螂委身曲附（把身子贴在隐秘的地方）欲取蝉，而不知黄雀在其旁也；黄雀延颈欲啄螳螂，而不知弹丸在其下也。此三者皆务欲得其前利，而不顾其后之有患也。"

吴王曰："善哉。"乃罢其兵。

——《说苑·正谏》

白龙鱼服

刘　向

天帝的坐骑白龙降落到清冷渊里，变化成一条鱼。渔夫豫且射中了它的眼睛。白龙回到天上，向天帝控诉。

天帝问它说："当时，你在哪里？你的形状怎样？"白龙回答说："我降落在清冷渊里，变化成一条鱼。"天帝说："鱼，本来是渔夫所射击追捕的东西。如果是这样，豫且有什么罪过呢？"

[导读]

故事一方面说明，大人物要持重，不可轻率地失掉自己的身份；另一方面说明，不知者不为罪。

[附原文]

白龙下清泠（音 líng）之渊，化为鱼。渔者豫且（宋国的一个渔夫）射中其目。白龙上诉天帝。

天帝曰："当是之时，若（你）安置而形（你的形状）?"白龙对曰："我下清泠之渊，化为鱼。"天帝曰："鱼，固渔者之所射也。若是，豫且何罪?"

——《说苑·正谏》

猫头鹰东徙

刘　向

猫头鹰遇见了斑鸠。斑鸠问它："您将飞到哪儿去呀?"猫头鹰说："我将迁徙到东方去住。"斑鸠说："为什么呢?"猫头鹰说："这里的人都讨厌我的叫声，所以我想搬到东方去。"斑鸠说："您如果能够改变自己的叫声，那就可以了。如果不能改变叫声，搬到东方后，那边的人还是会讨厌您的叫声的。"

[导读]

故事利用猫头鹰不美妙的叫声与民间讨厌猫头鹰叫声的风俗，通过简洁的对话，塑造了一个成功的寓言形象。这个形象启示人们：应该正视并改正自己的缺陷，而不要只责怪环境与周围的群众。

[附原文]

枭（xiāo，猫头鹰）逢鸠。鸠曰："子将安之（即'之安'，疑问代词作宾语前置）?"枭曰："我将东徙。"鸠曰："何故?"枭曰："乡人皆恶（wù，讨厌）我鸣，以故东徙。"鸠曰："子能更（gēng，改换）鸣，可矣。不能更鸣，东徙犹恶子之声。"

——《说苑·谈丛》

羊蒙虎皮

扬　雄

有一只羊，它蒙着老虎皮，外表像老虎。但是，它看见草便高兴，看到豺狼便颤抖起来，忘记了自己披着的皮是一张虎皮呢。

[导读]

扬雄（公元前53年—公元18年），西汉末年哲学家、语言学家、文学家。《法言》13卷，阐述扬雄的哲学思想，体例上模仿《论语》。

这个故事讽刺徒有虚名而缺乏本领的人，说明外表的改装不能改变事物的本质。

[附原文]

羊质（质地，身体）而虎皮。见草而悦，见豺狼而战（颤抖），忘其皮之虎也。

——《法言·吾子》

牛与夔

桓　谭

有户姓声的人家，家里养了一头牛。一天夜里，这头牛逃跑出来，遇到了只有一只脚的神兽夔。

牛停下来，向夔询问道："我有四只脚，却动作不灵便。您只有一只脚，却跳跃得十分轻便。为什么这样呢?"夔说："因为我只有一只脚，所以能够超过你。"

[导读]

桓谭（公元前23年—公元56年），东汉初年的著名思想家。他所著的《新论》已经散佚，后人收辑的残本中保留了十来则寓言故事。

本篇故事说明：专一往往胜过不专一。

[附原文]

声氏之牛，夜亡（逃跑）而遇夔（kuí，神话中的神兽。传说黄帝抓到这种兽，形状像牛，苍色无角，独脚而善于奔跑，眼光如日月，声音如雷霆；后来，神话演变为传说，夔演变成人，担任舜帝的主管音乐的大臣）。

止而问焉："我有四足，动而不善。子一足，而超踊，何以然?"夔说："以吾一足，王（'王'通'旺'，旺盛，超越）于子矣。"

——《新论》

邯郸学步

班　固

从前，有一个人听说邯郸人的步伐很美，于是，他到邯郸去学习走路的步伐。结果，他连邯郸人走路的大概样子也没有学到，反而把自己原来的步伐也忘记了。最后，他只好爬着回家乡去。

[导读]

班固（32 年—92 年），东汉初年的著名历史学家。所著《汉书》，是我国第一部断代史，分 100 篇，记述西汉王朝的历史事件与人物。《史记》《汉书》《后汉书》《三国志》并称为“四史”，是古代正史的典范。

故事说明，丢弃自己固有的东西，盲目模仿别人，生搬硬套，不会有好的结果。

[附原文]

昔有学步于邯郸者，曾未得其仿佛（大概的模样），又复失其故步。遂匍匐（púfú，趴在地下爬行）而归耳。

——《汉书·叙传上》

曲突徙薪

班　固

我听说过，有一个客人去探访朋友。他看到朋友家里炉灶上的烟囱砌得太直，旁边又堆着柴草。他便对主人说："你要把烟囱改成弯曲的形式，并且把柴草堆搬移得远些。不然的话，将会引起火灾。"主人听了默不作声。

不久，主人家的房子果然着了火，邻居都赶来抢救，幸而把火扑灭了。于是主人杀牛备酒，酬谢他的邻居。救火时被烧伤的人都坐在上席，其余的人也按出力的大小依次入座。主人却没有邀请那个建议他改灶搬柴的客人。

这时，有人对主人说："如果你听了那位客人的话，不但不要破费牛酒，房子也不会引起火灾。今天，你论功请客，怎么可以忘记那位劝你改灶搬柴的朋友呢？难道提出预防意见的人没有功劳，只有救火受伤的人才能当上宾吗？"主人听了，这才醒悟，去请了那位客人。

[导读]

霍光是汉武帝的托孤大臣，先后辅佐昭帝、宣帝。他逝世以后，家里的人骄横不法，终于导致家族的覆灭。在霍家败露前，曾经有人劝告汉宣帝要关心霍家的情况，及时采取挽救措施。宣帝没有采取措施，霍家也没有收敛，终于招致覆灭的命运。这个故事，就是类比这个政治事件的。故事启示人们：防患于未然，比事后采取行动重要；人们不可忽视筹划之功，只重视筋骨之劳。后人把这个故事概括为成语"曲突徙薪"。

[**附原文**]

臣闻客有过（访问，探望）主人者，见其灶直突（烟囱），傍有积薪（柴草）。客谓主人："更（更改）为曲突，远徙（xǐ，搬迁）其薪。不者，且有火患。"主人默然不应。

俄而家果失火，邻里共救之，幸而得息（通"熄"，熄灭）。于是杀牛置酒，谢其邻人。灼（zhuó，烧）烂者在于上行，余各以功次坐，而不录言曲突者。

人谓主人曰："向使听客之言，不费牛酒，终亡（通'无'）火患。今论功而请宾，曲突徙薪亡恩泽，焦头烂额为上客耶？"主人乃寤（wù，醒悟）而请之。

——《汉书·霍光传》

东海黄公

张 衡

东海有个黄老头，
身佩赤金刀，口里念神咒。
年老功力衰，还想胜白虎，
夸口不量力，终于把命丢。
倚仗邪术无见识，
自然破产吃苦头。

[**导读**]

张衡（78 年—139 年），我国古代伟大科学家，制造了"候风地动仪”“浑天仪”。他又是著名的辞赋家。他的《两京赋》包括《西京赋》和《东京赋》，描写西京（长安）与东京（洛阳）的盛况。

《西京赋》中记述了汉朝“百戏”的一个节目，就是《东海黄公》。这是我国戏剧史和寓言戏剧史的重要资料。其寓意在于告诫人们：做事情必须估计自己的能力，必须估计主客观情况的变化，不能自欺欺人。

[附原文]

东海黄公，赤刀粤（音节助词，无具体词义）祝。冀厌（读 yà，用迷信方法制服对手）白虎，卒不能救。挟邪（倚仗邪术）作蛊（gǔ，浅陋无见识），于是不售（卖出手，引申为如愿）。

——《西京赋》

楚弓楚得

王　肃

楚王出外游历，丢掉了一张弓。左右的侍从们要求去寻找。楚王说：“不要找了！我楚王丢了弓，楚国的老百姓得了弓，又何必去寻找呢？”

[导读]

王肃（195 年—256 年），三国时代魏国经学家。所著《孔子家语》今本十卷，是作者杂取秦汉时代著作中所记录的关于孔子的遗闻佚事而编成的。全书借重孔子的名声宣传自己的观点，但也保存了先秦时代的资料。

《孔子家语》利用本篇故事告诉人们，要胸怀广阔，着眼全局。

本篇故事见于多种著作。先秦名家著作《公孙龙子》的《迹府》篇，杂家著作《吕氏春秋》的《贵公》篇，都记载过这个故事。《公孙龙子》利用这个故事说明名与实的关系。《吕氏春秋》利用这个故事推崇道家的主张。《吕氏春秋》记载说："荆人有遗弓者，而不肯索，曰：'荆人遗之，荆人得之，又何索焉？'孔子闻之曰：'去其荆，而可矣！'老聃闻之曰：'去其人，而可矣！'故老聃则至公矣。"故事采用逐层衬托的方法，突出道家物我齐同的学说。

［附原文］

楚王出游，亡（丢失）弓。左右请求之。王曰："止！楚王失弓，楚人得之，又何求之？"

——《孔子家语·好生》

杯弓蛇影

应　劭

我的祖父应郴，在汲县担任县令时，在夏至那天，召见主簿官杜宣，赐给他酒喝。当时，北面的墙壁上挂了一张红色的弓，弓影落在酒杯里，形状好像一条蛇。杜宣恶心而惧怕，又不敢不喝下。他当天就胸腹剧痛，妨害饮食。身体一天天瘦弱，想各种方法医治，都不能痊愈。

后来，应郴因为有事情到了杜宣家里，探视询问他的病情。杜宣说："因为惧怕这条蛇，它进入了我的腹中。"应郴回到公堂，思考了很久。回头看到墙壁上挂着的弓，便料定酒杯里的蛇一定是弓的影子。于是，应郴派侍从用辇车把杜宣接来，叫他坐到原来的地方，又摆上酒。酒杯中出现了好像蛇一样的弓影。于是，对杜宣说："酒杯里的影子就是墙壁上的弓影，没有其他的怪物。"杜宣解除了疑虑，非常高兴，病也痊愈了。

［导读］

应劭，东汉末年学者。所著《风俗通》，全名《风俗通义》，原本30卷，今本存10卷，以考释并议论风俗、名物为主要内容。

本篇故事说明：疑神疑鬼，往往是百病之源，包括肉体疾病，也包括思想疾病。

这个故事，后来出现在《晋书》的《乐广传》。《乐广传》说，乐广的朋友，在乐广家里做客，举杯饮酒，忽然看见酒杯里有一条小蛇，心里十分厌恶它，可还是把酒喝下去了。喝下之后，就得了病。杯中的蛇影就是客厅墙壁上挂着的一张画有小蛇的弓。两处记载，大同小异。从时代先后看，是《晋书》沿袭了《风俗通》的故事，也可能都是来源于民间的故事。

［附原文］

郴（应郴，应劭的祖父）为汲（汲县在河南省）令，以夏至日谒见主簿（负责文书、掌管印鉴的属吏）杜宣，赐酒。时，北壁上有悬赤弩，照于杯，形如蛇。宣畏恶之，然不敢不饮。其日便得胸腹痛切，妨损饮食。大用羸露（身体瘦弱疲惫），攻治（下药治疗）万端，不为愈。

后，郴因事过至宣家，窥视问其变故。曰："畏此蛇，蛇入腹中。"郴还听事（厅堂），思惟良久。顾视悬弩，必是也。则让门下史将（"史将"即小吏）、铃下（"铃下"即侍从），徐扶辇（用人力拉的速度很慢的车）载宣于故处。设酒，杯中故复有蛇。因谓宣："此壁上弩影耳，非有他怪。"宣遂解，甚夷怿（yì，高兴），由是瘳（chōu，痊愈）平。

——《风俗通·怪神》

东食西宿

应　劭

齐地某户人家有一个女儿。有两个男子来求婚。东边那家的男子丑陋，但是家庭富裕。西边那家的男子美貌，但是家庭贫穷。父母不能决定答应哪一家的求婚，于是叫女儿自己决定嫁给谁，说："你如果难于开口的话，你就用袒露那一边胳膊的方法表示，让我们了解你的想法。"那女儿竟然把两只胳膊都袒露了。父母觉得奇怪，询问缘故。女儿回答说："我想，在东边那家吃饭，在西边那家睡觉。"

［导读］

不管能否兼容而想占尽所有便宜的人物，可以把本篇当作镜子。

［附原文］

齐人有女，二人求之。东家子丑而富，西家子好（美丽，英俊）而贫。父母终疑，不能决。问其女，定所欲适："难指斥（直接指出）言者，偏袒（袒露一只胳膊），令我知之。"女便两袒。怪问其故。云："欲东家食，西家宿。"

——《艺文类聚》所引《风俗通》佚文

魏晋南北朝寓言

长竿入城

《笑林》

鲁地有一个愚蠢的人拿着长竹篙进城门。他开始竖着拿，城门不够高，不能进去；他后来横着拿，城门不够宽，还是不能进去。他想来想去，想不出好办法。

一会儿，有一个老头儿走到他面前说："我不是什么圣人，但是经历的事情却很多。让我告诉你一个好法子罢。你何不用锯子把竹篙从中截断，以便进城门呢?"那个拿竹篙的人，便依照老头儿的主意，把竹篙截断了。

[导读]

邯郸淳（约132—?)，三国时代魏国人。邯郸淳所编的《笑林》是我国第一本笑话集，原书3卷，传到宋朝已经散失。清朝马国翰编的《玉函山房辑佚书》、鲁迅的《古小说钩沉》、王利器辑录的《历代笑话集》，收录了此书的20多则故事。

笑话与寓言有不解之缘，有寓意的笑话就是寓言。这则笑话既讽刺了不知道变通的拿竹篙者，又讽刺了那个自作聪明而且好为人师的老头子，而且后者是讽刺的重点。前者仅仅不能进城门，后者连竹竿也毁灭了。这个故事一直在民间流传，几乎人人耳熟能详，而且，各地版本不同，都增加了不少有趣的情节。

[附原文]

鲁（今山东省西南部）有执长竿入城门者，初竖执之，不可入；

横执之，亦不入。计无所出。俄有老父至，曰：“吾非圣人，但见事多矣。何不以锯中截而入？”遂依而截之。

——《历代笑话集·笑林》

胶柱鼓瑟

《笑林》

赵国（今山东东部）人善于鼓瑟。齐国（今河北邯郸一带）有个人，到赵国去跟从赵国人学习鼓瑟。这个齐人，不刻苦钻研鼓瑟调音的技术，却依照赵人预先调弄好了的音调，将瑟上调音的短柱用胶质粘固起来，就高高兴兴地回到了家乡。回家后，摆弄了多年，总是弹不出一支曲子。这个齐人还觉得奇怪呢。后来，有人从赵国来，问他是怎么回事，才觉察到这个齐人的举动是多么愚蠢啊。

[导读]

成语大多数是来源于寓言，但是成语也可以引申出寓言。“胶柱鼓瑟”这个词语，早在《史记》的《廉颇蔺相如列传》中就出现了。这个故事是根据已有成语“胶柱鼓瑟”演绎出来的，讽刺不刻苦努力而想走捷径、不知道变通而死守教条的行为。

[附原文]

齐人就赵人学瑟，因之先调胶柱而归。三年不成一曲。齐人怪之。有从赵来者，问其意，方知向人之愚。

——《历代笑话集·笑林》

鹞子得雀

曹　植

鹞子想抓麻雀，把它吃掉。

麻雀说："我这个小雀儿很微贱，身体细小，肌肉瘦少。你抓了我，所得很少；吃了我，肚子填不饱。"

鹞子听了，仔细思考。开口说道："近来坎坷，旅途粮食缺少。三天没有吃东西，死老鼠也要。今天碰上你，怎么能把你放掉？"

麻雀听了，心惊肉跳。开口说道："雀鼠贪生，性命重要。您吃一顿，我可完了。皇天在上，向您求饶。"

鹞子听了，产生哀怜。当死的麻雀，头像一颗蒜，不低头受死，扭着颈大声叫唤。行人听了，没有谁不来观看。

麻雀看着鹞子，心里着急。依靠在一棵枣树上，枣树葱茏多刺。它的眼珠像掰开的花椒，战抖着双翅。"无处可逃，我肯定会死。"

鹞子最后放掉麻雀，停了很久才离去。

两只麻雀相逢，似是一公一母。相随进入草地，共同飞上一棵树。公雀叙述事情的始末，把辛苦倾诉："我刚才外出，被鹞子追捕。幸亏我身体素来灵巧，敏捷地依靠一棵枣树。我说服鹞子，说了千言万语。"母雀说："鹞子欺压恐吓您，叫我十分恐怖。"公雀说："我能够幸免，胜过遭难的兔。从今以后，我们不要互相嫉妒。"

［导读］

曹植（192 年—232 年），字子建，建安文学的代表作家，诗赋都有突出成就。他是曹操的第三子，其兄曹丕即位之后，他备受猜忌监督，抑郁而去世。《曹子建集》是宋朝人所辑录的。

《鹞雀赋》是颇有特色的咏物赋，也是我国诗体寓言成熟的标志。此赋用鹞子追雀，反映弱肉强食的社会现象，其中可能包含了自己遭受猜忌迫害的身世之感。赋以鹞子释雀结束故事，反映出作家希望强者能够产生恻隐之心，讲究中庸之道。赋对雀儿的描写十分生动有趣，喜剧式的结尾富有幽默感。钱钟书《管锥编》高度评价此赋说："植之辞赋，《洛神》最著。虽有善言，尚是追逐宋玉车后尘。未若此篇之开生面而破余地也。"

西汉昭帝时代的重要易学家焦延寿，曾经作《易林》，以《周易》的64卦为基础，推演变化出4096卦，各卦都配上一首四言体诗歌，说明吉凶。其中的《大有之萃》篇是："雀行求食，出门见鹞。颠蹶上下，几无所处。"这16个字，启发曹植创作了这篇著名的赋体寓言。

[附原文]

鹞欲取雀。雀自言："雀微贱，身体些小，肌肉瘠瘦，所得益少；君欲相啖，实不足饱。"

鹞得雀言，初不敢语。"顷来坎坷，资粮乏旅（旅途）。三日不食，略思死鼠。今日相得，宁复置（放弃）汝?"雀得鹞言，意甚怔营（惊慌不安）。"性命至重，雀鼠贪生。君得一食，我命是倾。皇天降监，贤者是听。"鹞得雀言，意甚怛惋（悲伤而同情）。当死毙雀，头如果蒜，不早首服，捩颈大唤。行人闻之，莫不往观。雀得鹞言，意甚不移。依一枣树，藂茏多刺。目如擘椒，跳萧双翅。"我当死矣，略无可避。"鹞乃置雀，良久方去。二雀相逢，似是公媪。相将入草，共上一树。仍叙始末，辛苦相语。"向者近出，为鹞所捕。赖我翻捷（行动敏捷），体素便附（轻便灵巧）。说我辩语，千条万句。""欺恐舍长（母雀对公雀的称呼，有'家中主人'的意思），令儿（母雀自称）大怖。""我之得免，复胜于兔。自今徙意，莫复相妒。"

——《曹子建集·鹞雀赋》

红蚁观鳌

苻　朗

东海里有一条大鳌鱼。它用脑袋顶着蓬莱仙山，在大海中遨游。有时飞腾跳跃，冲入云霄；有时沉没下降，直达海底。

有一只红蚂蚁听说了，非常高兴。它邀集了一群红蚂蚁来到海边观看。它们等了一个多月，大鳌鱼一直没有出现。这群蚂蚁将要返回去的时候，突然起了大风，掀起万丈波涛，海水沸腾，雷鸣般的声音震动海岸。蚂蚁推测说："这大概是鳌快出来了吧。"

几天之后，风停了，雷鸣般震动的声音平静了。海面上隐约升起一座大山，高度直插云霄。蚂蚁们看到这种情形后说："大鳌头顶高山，跟我们头顶米粒，有什么不同呢？我们在蚁冢上面逍遥自在地爬行，回到蚁穴又安定地潜伏起来。大鳌鱼和我们红蚂蚁，各得其所，适应自然的本性。我们何必奔波几百里来观看大鳌鱼呢？"

[导读]

苻朗是前秦著名皇帝苻坚的堂侄，苻坚覆灭后，他于384年降晋。他信奉道家学说，著《苻子》阐述其主张。《苻子》原书已经散失，佚文收集在《玉函山房辑佚书》中。

这则故事是从《庄子》的"鹏鹦逍遥"故事演化出来的，其寓意是宣传道家的物无大小、顺应自然的观念。故事在客观上讽刺了胸无大志的人物，这类人物满足于一己之得，既没有自知之明，更没有知人之明。

[**附原文**]

东海有鳌（áo，神话传说中的在海中背负大山的动物，形如龟鳖）焉。冠（帽子，这里作动词用）蓬莱而浮游于沧海（神话传说，东海里有三座神仙居住的大山，叫作蓬莱、方丈、瀛洲）。腾跃而上，则干（接触）云；没而下潜于重（音 chóng）泉。

有红蚁者，闻而悦之。与群蚁相要（通“邀”，邀集）乎海畔，欲观鳌焉。月余日，鳌潜未出。群蚁将反。遇长风激浪，崇涛万仞，海水沸，地雷震。群蚁曰：“此将鳌之作也。”

数日，风止雷默。海中隐如岳（大山），其高概（概是古代量粮食时用来刮平斗斛的推具，引申意义是齐平）天。或游而西。群蚁曰：“彼之冠山，何异我之戴粒？逍遥封壤（高大的蚁冢）之颠，归伏乎窟穴也。此乃物我之适（外物与自己各自适应不同的生活状况），自己而然（如此，这样）。我何用数百里劳形而观之乎？”

——《玉函山房辑佚书·苻子》

辽东白头猪

范　晔

过去，辽东某户人家有一只猪，生了一只白头的小猪。因为辽东很少有白头的猪，所以主人家认为它不是一般的猪，决定把它献给皇帝。他带上这头小猪走向京城。走到河东，看见大群的猪都是白头，便惭愧地回家了。

[导读]

范晔（398 年—445 年），南北朝刘宋王朝时代的著名历史学家，著《后汉书》。《后汉书》120 卷，记述东汉二百年的史实，跟《史记》《汉书》《三国志》合称“四史”。

少见则多怪。见闻狭窄的人，容易把普通平凡的东西看成是稀世珍宝。

[附原文]

往时，辽东（汉朝郡名，在今辽宁省东部）有豕，生子白头。异而献之。行至河东（今山西西南部），见群豕皆白，怀惭而还。

——《后汉书·朱浮传》

狂　泉

沈　约

过去有一个国家，国内有一眼泉水，叫作“狂泉”。国人因为喝了这泉水，就没有谁不发狂。只有国君是打井取水，所以唯独他能够不得狂病。

国内的人已经都狂了，反而认为国君没有狂是发了狂。于是共同商量，一起捉住国君，为他诊病，用艾火烧，用银针刺，强迫他吃药，没有一种办法没用上。国君受不住痛苦，只好在狂泉那里舀水喝下去，喝完便狂了。那一国的君臣大小，都癫狂得一样了，大家才高高兴兴。

[**导读**]

沈约（441 年—513 年），南朝梁代著名文学家和历史学家。所著《宋书》100 卷，记述南朝宋代（刘宋王朝）的历史。

本篇作品，受到佛经《杂譬喻经》中的《恶雨》故事的影响。《恶雨》故事说，国人都因为喝了雨水而发狂，只有国王先知先觉，不但没有发狂，而且又通过假装发狂躲过了人们的逼迫。它的意思是说明佛心清净，不受污染，而且能随缘入俗，感化众人。《狂泉》改变了《恶雨》的情节与寓意，说明在污浊的社会环境里，先觉者是痛苦的。正如楚辞所云："举世皆浊我独清，众人皆醉我独醒。"先觉者如果不能唤醒民众，就只有两条道路可走：或者变心从俗、同流合污；或者永远孤独，遭受迫害。

[**附原文**]

昔有一国，国中一水，号曰"狂泉"。国人饮此水，无不狂。唯国君穿井而汲，独得无恙。

国人既并狂，反谓国主之不狂为狂。于是聚谋，共执国主，疗其狂疾，火艾、针、药，莫不毕具。国主不任其苦，于是到泉所酌水饮之，饮毕便狂。君臣大小，其狂若一，众乃欢然。

——《宋书·袁粲传》

折箭教子

魏　收

吐谷浑国有个国王，叫作阿豺。阿豺有二十个儿子。有一天，他病危了，把儿子们召集到面前，对他们说：“你们每人拿我一支箭，把它折断，丢在地上。”儿子们都把箭折断了。过了一会儿，阿豺对他的亲弟弟慕利延说：“你取一支箭，把它折成两段。”慕利延很快折断了。阿豺又对他说：“你取十九支箭，并在一起，折断它。”慕利延怎么也折不断。阿豺便说：“你们知道这个道理吧？单独一支箭，很容易折断；如果把它们捆成一束，就很难折断了。你们合力同心，然后国家才能巩固起来。”阿豺说完这些话就死了。

[导读]

魏收，北齐王朝时代的历史学家。所著《魏书》114卷，记载北魏王朝（266年—420年）的历史。吐谷浑是鲜卑族建立的一个王国，在今青海和新疆一带。

“单者易折，众则难摧。”团结就是力量，团结才有力量。这个故事，至今仍然在蒙古族民间广泛流传。这个故事的情节中还包含科学道理。据力学计算，折断19支箭所需要的力量，是折断1支箭的625倍。

[附原文]

阿豺有子二十人。……谓曰：“汝等各奉吾一只箭，折之地下。”俄而命母弟慕利延曰：“汝取一只箭折之。”慕利延折之。又曰：“汝取十九只箭折之。”延不能折。阿豺曰：“汝曹知否？单者易折，众则难摧。戮（lù）力一心，然后社稷（土神叫社，谷神叫稷，社稷代表国家）可固。”言终而死。

——《魏书·吐谷浑传》

富者乞羊

萧　绎

魏文侯接见宋陵子，宋陵子多次不愿意出来做官。魏文侯说："你为什么这样穷困呢？"宋陵子用下面的故事作了回答：

"大王知道楚地有个富人吗？他养了九十九头羊，却不满足，希望有一百头。他为了这个目标而寻求乡邻的帮助。他的穷邻居只有一只羊，富人见了，就向他的穷邻居请求说：'我有九十九头羊，现在您把这一头给我，凑成一百，那么我养羊的数字便满足了。'"

宋陵子说："从这个故事看来，富足不一定是富足，贫穷不一定是贫穷。"

[导读]

梁元帝，姓萧，名绎，公元552年至555年在位。他自号"金楼子"，故其专著也取名《金楼子》。

《圣经·旧约·撒母耳记下》写一个有成群牛羊的富者，却取了穷人唯有的一只小羊招待客人。《金楼子》借鉴《圣经》的取羊情节创作了这则寓言。从情节看，都是讽刺贪得无厌、为富不仁的人。而《圣经》故事的原意是谴责大卫王（前1013年至前973年在位）的不义举动。《金楼子》把谴责性寓言改变为哲理性寓言，说明事物具有相对性的哲理。《金楼子》中出现基督教《圣经》故事的影响，这说明至迟在公元6世纪，《圣经》故事已经通过丝绸之路的商贾、传教士、外交官等传播到中国，比基督教正式传入中国的时间要早一个世纪。

[**附原文**]

魏文侯见宋陵子，三仕不愿。文侯曰："何贫乎？"曰："王见楚富者，牧羊九十九而愿百。尝访邑里故人，其邻人贫有一羊者，富拜之曰：'吾羊九十九，今君之一，盈成我百，则牧数足矣。'邻者与之。从此观焉，富者非富，贫者非贫也。"

——《金楼子·杂记篇下》

公输刻凤

《刘子》

著名的巧匠公输般正在雕刻凤凰。那凤凰头上的凤冠、脚下的足距还没有雕成，翠绿的羽毛还没有镶上。人们纷纷评论。看到它的身子，就说："这雕的是猫头鹰。"看到它的脑袋，就说："这雕的是鹈鹕鸟。"总之，人们无不嘲讽它丑，讥笑它笨。等到凤凰雕成了，只见那翠绿的凤冠，好像云朵一样耸立；那朱红的足距红得发亮，好像闪电一样摇荡；那浑身上下的锦绣羽毛，好像五彩缤纷的云霞一样发散；那美丽的翅膀，好像燃烧的火花一样光彩照人。忽然"呼呼"一声响，只见那木雕的凤凰猛然高飞，围绕着那高耸入云的大厦回旋飞翔，整整三日三夜，没有落下来。到这时，人们才"啧啧"称赞凤凰的奇特，夸奖公输般技艺的精巧。

[**导读**]

《刘子》相传是刘昼著。刘昼（514 年—565 年），北齐时代的文学家。学术界或认为《刘子》是刘勰所著。刘勰（465 年—520 年），是古代著名文艺理论家，《文心雕龙》的作者。《刘子》全书55篇。

故事说明，当进行某项工作时，不必理会旁人的不负责任的批评，成果本身能够粉碎一切的流言蜚语；故事也讽刺了胡乱发表批评的人，告诉人们对待新事物要慎重，决不可轻率地挑剔、嘲讽。

[附原文]

公输（公输般，战国时代著名的巧匠）之刻凤也，冠（guān，鸟类头上形状像帽子的肉团）距（禽类的附足骨，即脚杆后面突出得像脚趾的部分）未成，翠羽未树。人见其身者，谓之龙鵄（同“鸱”，音 chī，猫头鹰一类的鸟）；见其首者，名曰鵅鶋（wūzé，鹈鹕鸟）。皆訾（zǐ，嘲笑）其丑而笑其拙。及凤之成，翠冠云耸，朱距电摇，锦身霞散，绮翮（hé，羽根，翅膀）焱（yàn，火光）发。翙（huì，鸟飞的声音）然一翥（zhù，高飞），翻翔云栋三日而不集（停下，降落）。然后赞其奇而称其巧。

——《刘子·知人》

瞎子摸象

《六度集经》

很久很久以前，阎浮提洲有一个国王，名叫镜面王。他讽诵佛经，智慧就像恒河中的沙砾那样多。

他命令臣下说：“你们到全国巡视一下，选择生来就瞎了眼的盲人，都带到宫殿外面来。”臣下接受命令行动，把瞎子们都带来了。他们报告说：“已经召集到生来就瞎了眼的盲人们，现在在宫殿外。”镜面王说：“把这些瞎子带到养大象的地方去，把大象给他们看。”臣下接受命令，把瞎子们带到养大象的地方，牵着他们的手去摸大象。瞎子们有的摸到脚，有的摸到尾巴稍，有的摸到尾巴根，有的摸到腹部，有的摸到两胁，有的摸到背部，有的摸到耳朵，有的摸到头，有的摸到牙齿，有的摸到鼻子。摸完以后，瞎子们纷纷争论，都认为自己摸到的是真象，别人摸到的是假的。

臣下把他们带到国王面前。国王一个个地询问："你们看清楚大象了吗？"瞎子们回答说："看清楚了。"国王说："大象跟什么东西相似呢？"摸到象脚的瞎子说："禀告大王，大象好像一个漆筒。"摸到尾巴的瞎子说："大象好像一把扫帚。"摸到尾巴根的瞎子说："大象好像一根拐杖。"摸到腹部的瞎子说："好像一面鼓。"摸到两胁的瞎子说："好像一堵墙壁。"摸到背的瞎子说："大象好像一张高凳。"摸到耳朵的瞎子说："大象好像一只大簸箕。"摸到脑壳的瞎子说："大象好像一个小土堆。"摸到象牙的瞎子说："大象的形状好像牛角。"摸到鼻子的瞎子说："报告大王，大象好像一根绳索。"他们在镜面王跟前相互争吵不休："大王，大象真是我说的那样。"

镜面王大笑说："瞎子啊，瞎子啊，你们就跟那些没有阅读佛经的人一样！"

[导读]

佛经，是在释迦牟尼逝世以后，弟子们整理结集的。中国在魏晋南北朝时代和唐代，大量翻译梵文的佛经。现在保存下来的汉译佛经有1900多部，8000多卷。佛经寓言的传入，给中国古代寓言注入了新鲜血液。《六度集经》用90多个故事说明佛理。"六度"即到达彼岸世界的6个途径，包括布施、持戒、忍辱、精进、禅定、智慧。

本篇故事的本义是讽刺不相信佛法而迷信外教小道的人。但是故事给人的启示是广泛的。它说明：闭目塞听的人，只能看到局部；只能看到局部的人，是无法了解全体的。《涅槃经》等佛经中也有瞎子摸象的故事，情节大同小异。这个故事后来传遍了世界各国。

[**附原文**]

过去久远，是阎浮提地（阎浮提是佛经所说的世界四大部洲之一，即南瞻部洲）有王，名曰镜面。讽佛要经，智如恒沙（恒河里的沙子，形容多得数不清。恒河是印度的主要河流）。……

敕使者："今行国界，取生盲者，皆将诣宫门。"臣受命行，悉将国界无眼人到宫所。白言："已得诸无眼者，今在殿下。"王曰："将去，以象示之。"臣奉王命，引彼瞽人，将至象所，牵手示之。中有持象足者，持尾者，持尾本者，持腹者，持胁者，持背者，持耳者，持头者，持牙者，持鼻者。瞽人于象所争之纷纷，各谓己真彼非。

使者牵还，将诣王所。王问之曰："汝曹见象乎？"对言："我曹俱见。"王曰："象何类乎？"持足者对曰："明王，象如漆筒。"持尾者言："如扫帚。"持尾本者言："如杖。"持腹者言："如鼓。"持胁者言："如壁。"持背者言："如高机（同'几'，凳子）。"持尾者言："如簸箕。"持头者言："如魁（小土堆，一说是舂米的石臼）。"持牙者言："如角。"持鼻者对言："明王，象如大索。"复于王前共讼言："大王，象真如我言。"

镜面王大笑之曰："瞽乎，瞽乎，尔犹不见佛经者矣！"

——《六度集经》

猫儿问食

《大庄严论经》

母猫生了一只小猫。小猫渐渐长大了。它问母猫说："我应该吃什么食物？"母猫回答小猫说："人们自然会告诉你应该吃什么。"小猫夜晚来到一户人家，隐蔽在坛坛罐罐之间。有人发现了小猫，相互打招呼说："酥啊，奶啊，肉啊，要严实地盖好；小鸡要用笼子高高挂起，不要让猫吃掉。"小猫于是明白了：鸡、酥、奶、肉，都是我的食物。

［导读］

《大庄严论经》是印度高僧马鸣所著，有故事90多则。本则的原意是讽刺人间的世俗法制，认为它只能收到反面的效果，"一法立而百弊生"。从鸡、酥、乳、酪的主人的角度进行分析，就可以获得这样的理解。我们如果从小猫与母猫的角度分析，故事则给我们如下的启示：生活，是人们特别是青少年们的最好的教师。只有经风雨，见世面，才能获得真知，才能培养才干。

［附原文］

猫生儿，从小渐大。猫儿问母："当何所食？"母答儿言："人自教汝。"夜至他家，隐瓮器间。有人见已，而相约敕："酥、乳、肉等，极好覆盖；鸡雏高举，莫使猫食。"猫儿即知：鸡、酥、乳、酪，皆是我食。

——《大庄严论经》

虬与猕猴

《佛本行集经》

从前大海中有一条大虬龙。那虬龙的妻子怀孕，忽然想吃猕猴的心。

雌虬龙对丈夫说："怎么办？我现在想吃这样的食物。若不能得到这样的食物，这胎儿必然堕落，恐怕我的生命就要终止。”当时，丈夫对妻子说：“贤德的夫人啊，你且容忍一下，我现在去寻找。若要这事成功，就深深保密，不可说出。那么，我与你就会成功快乐。”

当时，那虬龙就从海里出来，到达岸上。离岸不远，有一棵大树，名叫优昙娑罗树。当时那树上有一只大猕猴，坐在树顶，摘果子吃。虬龙看到以后，渐渐走到树下。到达以后，就用美好的语言跟猕猴交谈，向猕猴问候。

这时，虬龙就对猕猴说：“我今天见到你，全身充满欢喜，几乎不能自制。我想跟你做好朋友，互相爱护敬重。你听我的话，何必住在这里呢？而且这棵树果子很少，你怎么能住在这里呢？你如果希望快乐，就可以下来，跟随我去。我会带着你渡海到彼岸。那里另外有一座大森林，有很多各种各样的树木，花果丰饶。比如说庵婆果树、阎浮果树、梨拘阇果树、颇那婆果树、镇头迦果树、无量树等。”猕猴问道：“我今天怎么才能到达那里呢？海水又深又宽广，很难渡越。我怎么才能渡过呢？”这时，那虬龙回答猕猴说：“我背负你，携带你渡到彼岸。你现在只要从树上下来，骑在我背上。”

当时猕猴心里没有定见，狭隘愚痴，缺少知识与见识。他听到虬龙的漂亮话语，心里产生欢喜。于是从树上下来，爬到虬龙的背上，想随虬龙离开。那虬龙内心高兴道：“好啊，好啊！我的愿望已经成功。”他马上想把猕猴带到自己的住处，于是带着猕猴沉没到水里。这时，猕猴问那虬龙说：“好朋友，为什么忽然沉没到水中？”虬龙就回答说：“我妻子怀孕，她十分想吃你的心。因为这个缘故，我就带你来了。”

这时猕猴想道：“哎呀！我今天非常不吉利，自取灭亡啊。”又想道：“我必须诓骗虬龙。”他产生这个想法后，就对虬龙说：“仁慈的好朋友啊，我的心留寄在优昙娑罗树上，没有带着它走路。您在当时，为什么隐瞒实际想法，不告诉我知道‘现在需要你的心’呢？如果告诉了我，我在当时就会带着心跟随你。好朋友，现在我们只好返回，放我去取心，取了心再回来。”

当时，那虬龙听了猕猴的这番话语，只好一起返回出水。猕猴看见虬龙游近海岸，就努力迅速跳跃，使出全身力气从虬龙背上跳到岸上，爬到那棵优昙婆罗大树的上面。

[导读]

《佛本行集经》是讲述释迦牟尼诞生、出家、成道以及前生故事的佛经。经中说，猕猴是释迦牟尼的前身，虬是魔界之王魔波旬的前身。故事的本意是说，魔总是破坏佛，但是，最终魔不能胜佛。故事还说明了佛教最基本的“四圣谛”教义。猴子堕入茫茫苦海，是由于贪欲，由于无明，这就是“苦”“集”二谛；猴子急中生智，摆脱贪欲无明，终于脱离苦海而获救，所谓“苦海无边，回头是岸”，这就是“灭”“道”二谛。我们从世俗的角度分析，又可以获得对这个故事的新的理解：它既向贪婪者、轻信者敲响了警钟，又对诓骗者进行了讽刺。

《生经》《六度集经》等也有这个故事，情节大同小异。这个故事广泛地流传到世界各地。

[附原文]

往昔，于大海中，有一大虬（俗名“虬龙”，大鳄鱼之类的动物）。其虬有妇，身正怀妊，忽然思欲猕猴心食。……

妇言：“奈何？我今意思如此之食。若不能得如是之物者，此胎必堕，恐取命终。”是时其夫复与妇言：“贤善仁者，汝且容忍，我今求去。若成此事，深不可言。则我与汝，并皆庆快。”

尔时彼虬，即从海出，至于岸上。去岸不远，有一大树，名优昙婆罗（音译的树名，是无花果树中的一个品种）。时彼树上有一大猕猴，在于树头，取果子食。见已，渐渐到于树下。到已，即便共相慰喻，以美语言问讯猕猴……

是时，虬复与猕猴言：“我今见汝，甚大欢喜遍满身体，不能自胜。我欲将汝作于善友，共相爱敬。汝取我语，何须住此？又复此树子少无多，云何乃能处此？愿乐，汝可下来，随逐于我。我当将汝渡海彼岸。别有大林，种种诸树，花果丰饶。所谓庵婆果、阎浮果、梨拘闹果、颇那婆果、镇头迦果、无量树等。”猕猴问言：“我今云何得至彼处？海水深广，甚难渡越。我当云何堪能浮渡？”是时，彼虬报猕猴言：“我背负汝，将渡彼岸。汝今但当从树下来，骑我背上。”

尔时猕猴心无定故，狭劣愚痴，少见少知。闻虬美言，心生欢喜。从树而下，上虬背上，欲随虬去。其虬内心生如是念：“善哉，善哉！我愿已成。”即欲相将至自居处，身及猕猴，俱没于水。是时猕猴问彼虬言：“善友，何故忽没于水？”虬即报言：“我妇怀妊，彼如是思欲汝心食。以是因缘，我将汝来。”

尔时猕猴，作如是念：“呜呼！我今甚不吉利，自取磨灭。……”复如是念：“我须诳虬。”作是念已，而语虬言：“仁者善友，我心留在优昙婆罗树上寄着，不持将行。仁于当时，云何依实不语我知‘今须汝心’？我于当时，即将相随。善友还回，放我取心，得已还来。”

尔时彼虬闻于猕猴如是语已，二俱还出。猕猴见虬欲出水岸，是时猕猴努力奋迅，捷疾跳掷，出大筋力从虬背上跳下，上彼优昙婆罗大树之上。

——《佛本行集经》

鸟师网鸟

《杂譬喻经》

从前，有一个捕鸟师，他在湖泽上架设了罗网，网中放了鸟爱吃的食物。有一群鸟儿，呼唤同伴，争着飞来吃网里的食物。鸟师把网一收，鸟儿们都被网住了。当时，有一只大鸟，力量非常大，它奋力举起网，与其他鸟一起飞走。鸟师看着天空的鸟影，跟随追逐。

有人对鸟师说：“鸟在空中飞，你在地上步行追赶，这太愚蠢了。”鸟师回答说：“不像你所说的道理。那些鸟到了傍晚，就想各自回窝栖息，飞的方向就会不同，那么，肯定要从天空坠落下来。”于是仍然追逐不停止。

太阳偏西了，抬头看那些鸟，纷纷乱飞，有的想飞向东，有的想飞向西，有的想飞向森林，有的想飞向湖泽。乱飞不停，一会儿就坠落到地上。鸟师抓住它们，一只一只地杀了。

［导读］

《杂譬喻经》有多种译本，其特点就是用寓言阐明佛教理论。佛经译本把寓言称为譬喻。

鸟们的举动说明：在危急关头，同心协力，就可以获救；各自只顾私人目标，就会走向毁灭。捕鸟师的成功则说明：人们应该善于分析思考。

［附原文］

昔有捕鸟师，张罗网于泽上，以鸟所食物着其中。众鸟命侣，竞来食之。鸟师引其网，众鸟尽堕网中。时有一鸟，大而多力，身举此网，与众鸟俱飞而去。鸟师视影，随而逐之。

有人谓鸟师曰："鸟飞虚空，而汝步逐，何其愚哉！"鸟师答言："不如是告。彼鸟日暮要求栖宿，进趣不同，如是当堕。"其人故逐不止。

日已转暮，仰观众鸟，翻飞争竞，或欲趣东，或欲趣西，或欲长林，或欲赴渊。如是不已，须臾便堕。鸟师遂得，次而杀之。

——《杂譬喻经》

愚人食盐

《百喻经》

过去有个愚人，到别人家去做客。主人给他食物，他嫌淡了没有味道。主人听了，再给他加了一些盐。加盐以后，觉得十分可口，他便在心里盘算说："这食物可口的原因是放了盐。放少量的盐还这么可口，何况再多放一点呢?"于是，这个愚人便光吃盐。吃得味觉都败坏了，盐反而成了祸害。

[导读]

《百喻经》是印度僧伽斯那编撰的寓言故事集，公元492年求那毗地把它翻译成汉语。全书由98则寓言故事组成。其中大多数故事广泛流传，人们耳熟能详。

本则故事原意是讽刺当时流行的苦行修道方法，这种修道方法往往采用不恰当的苦行（如：挨饿、摧残自己的肉体之类），以追求精神的解脱。佛教提倡智慧与觉悟，反对过分的苦行。故事说明了一个哲学道理：任何事物过了头，都会走向反面。

[附原文]

昔有愚人，至于他家。主人与食，嫌淡无味。主人闻已，更为益(增加)盐。既得盐美，便自念言："所以美者，缘有盐故。况复多也?"愚人无智，便空食盐。食已口爽（味觉败坏），返（通"反"）为其患。

——《百喻经》

空中楼阁

《百喻经》

很久以前，有个愚蠢的富人，痴痴呆呆，什么都不懂。一天，他到另外的富人家去，看见那家一栋三层楼房，又高又大，庄严华丽，既宽敞又明亮，心里很羡慕。于是产生了这样的念头："我有钱财，比他不会少，为什么不马上造一栋这样的楼呢？"便叫来木匠问道："你懂得造那家的高级楼房吗？"木匠回答说："那座楼是我造的。"富人马上说："现在给我造一座楼，像那座楼房一样。"

当时，木匠便规划好地面，然后把砖头一块块地砌起来。那愚蠢的富人见木匠在地面砌砖，心中特别疑惑，不懂得木匠的意图，便问木匠说："你要造什么样的房子？"木匠回答说："造三层楼啊。"那蠢人又说："我不要下面的两层屋，先给我造最上一层屋。"木匠说："没有这样的事。哪里有不造最下一层屋而能造第二层的呢？不造第二层，怎么能造第三层呢？"蠢人听了，还是固执地说："我现在用不着下面的两层屋，你可一定要给我造最上的一层。"当时的人听了，都觉得奇怪可笑。

[导读]

俗话说："万丈高楼平地起。"忽视基础，好高骛远，而不循序渐进，是愚蠢的行为。后人从这个故事概括出成语"空中楼阁"。

[附原文]

往昔之世，有富愚人，痴无所知。到余（别的）富家，见三重楼，高广严丽，轩敞（宽敞而高爽）疏朗，心生渴仰。即作是念：“我有钱财，不减于彼，云何顷来不造作如是之楼？”即唤木匠而问言曰：“解作彼家端正舍不？”木匠答言：“是我所作。”即便语言：“今可为我造楼如彼。”

是时，木匠经地垒墼（jī，砖头）作楼。愚人见其垒墼作舍，犹（同“尤”，更加，特别）怀疑惑，不能了知（了解，明白）。而问之言：“欲作何等？”木匠答言：“作三重屋。”愚人复言：“我不欲下二重之屋，先可为我作最上屋。”木匠答言：“无有是事。何有不作最下重屋而造彼第二（有的版本作‘第一’，误）之屋？不造第二，云何得造第三重屋？”愚人固言：“我今不用下二重屋，必可为我作最上者。”时人闻之，便生怪笑。

——《百喻经》

画水寻钵

《百喻经》

过去有个人，他乘船渡海，失手把一只银钵掉到海水中去了。他马上想：“我现在画水做个记号，放开它不管，以后再来寻找。”走了一个月，到了狮子国，发现一条河，他便潜入水中寻找自己丢失的银钵。

正如那些外教，修行不走正道，在表面相似的行为中，胡乱地寻求痛苦的原因，希望摆脱痛苦。这就好像故事中的蠢人，在那里的大海中失了钵，却到这里的河水中来寻找。

[导读]

故事原意是告诫人们不要相信佛教以外的旁门外道，佛教跟外道的差别正如海水跟河水的差别一样。这个故事的情节与意蕴，都跟《吕氏春秋》中的“刻舟求剑”故事相似。两者是巧合，还是相互有影响，读者可以研究研究。

[附原文]

昔有人乘船渡海，失一银釪（yú，和尚吃饭的钵），堕于水中。即便思念：“我今画水作记，舍之而去，后当取之。”行经一月，到狮子诸国（狮子国即今斯里兰卡）。见一河水，便入其中，觅本失釪。

亦如外道（佛教徒称佛教以外的其他宗教为外道），不修正行，相似善中，横计苦因，以求解脱。犹如愚人，失釪于彼，而于此觅。

——《百喻经》

杀死群牛

《百喻经》

过去有一个人，他喂了二百五十头牛。他经常赶着牛寻求水草充裕的牧场，用心地喂着这群牛。有一天，老虎吃了一头牛。当时，牛群的主人便产生了一个想法：“已经丧失了一头牛，这一群牛已经不是原来的满数了，剩下的牛还留下做什么呢？”于是马上将牛赶到一个深坑边，从很陡峭的岸上把它们推下坑底，全部摔死。

[导读]

故事劝告修行者要遵守戒律，不要因偶尔的错误而前功尽弃，故事结尾说：“尘世间的那些蠢人也好像这样。他们接受佛祖释迦牟尼的具足戒，如果自己违反了一条戒律，不仅不知惭愧，从而反省忏悔，洗刷自己的错误，反倒产生这样的念头：‘我已经违反了一条戒律，既然不能十全十美了，又何必还要遵守其他的呢？’结果破坏了一切戒律，没有遵守一条。”故事客观上告诉我们：无论做任何事情，或开创事业，或钻研学问，或修养品德，都不应该为一时的挫折、局部的困难而自暴自弃。

[**附原文**]

昔有一人，有二百五十头牛。常驱逐水草随时喂食。时有一虎，啖（dàn，吃）食一牛。尔时，牛主即作念言：“已失一牛，俱不全足，用是牛为？”即便驱至深坑高岸，排（用力推）着坑底，尽皆杀之。

——《百喻经》

先食半饼

《百喻经》

譬如有这样一个人。他因为肚子饥饿，拿了七枚煎饼吃。吃完了六枚半，便吃饱了。那人很悔恨，用手打自己，并且说：“我现在感到饱足，是由于吃了后面吃的这半边饼。这样看来，前面的六枚是白白地浪费掉了。如果早知道这半边饼能够吃饱的话，应该先吃这半边饼啊。”

[**导读**]

故事原意是讽刺急切追求成果的人。我们可以从故事中领悟出深刻的哲理：事物都有一个积累过程，都有一个由量变到质变的过程，所以，不能只看到最后的结果而抹杀前面的一切努力。

［**附原文**］

譬如有人因其饥故，食七枚煎饼。食六枚半已，便得饱满。其人恚悔，以手自打，而作是言：“我今饱足，由此半饼。然前六饼唐（空，徒然）自捐弃。设（假如，如果）知半饼能充足者，应先食之。”

——《百喻经》

口诵乘船法

《百喻经》

过去，一位出名的长者家有个儿子，他跟一些商人到大海中去采集宝贝。这人善于背诵入海驾船的方法，例如：“如果到了海水有漩涡和礁石激流的地方，就当这样操作，这样端正航向，这样稳住船身。”于是，他对人家说：“到海中驾船的方法我都了解。”大家听了，都深深地相信他的话。

船到了海中，没过多久，驾船的师傅得了病，很快便死了。这时，长者家的儿子便代替驾船。船前进到了漩涡激流里面，他便高声地吆喝：“应该这样操作，应该这样端正航向……”可是船却在漩涡激流中来回打圈子，不能摆脱危险而前进到采宝的地方。结果，全船的人都被水淹死了。

［**导读**］

读书只了解字面意义而不能掌握精神实质的人，读死书而不知道运用的人，千万不可委以重任。

[附原文]

昔有大长者（长者是有地位钱财或有德行的人）子，共诸商人入海采宝。此长者子善诵入海捉船方法：若入海水漩洑（漩涡）、洄流、矶激（礁石激流）之处，当如是捉，如是正，如是住。语众人言："入海方法，我悉知之。"众人闻已，深信其语。

既至海中，未经几时，船师遇病，忽然便死。时长者子即便代处。至洄洑驶流之中，唱言："当如是捉，如是正……"船盘回旋转，不能前进至于宝所。举船商人没水而死。

——《百喻经》

夫妇赌饼

《百喻经》

过去，一对夫妇有三块大饼，两人分了吃，各自吃了一块，还剩下一块。他们便约定说："如果谁先说话，按约定便不能吃饼。"已经作了约定，为了这块饼的缘故，各自都不敢说话了。

不一会儿，有个小偷到家里来偷东西，把他家的一切财物都拿到手中了。这夫妇两个因为有约在先，眼睁睁地看着不吭一声。那小偷见他们一声不吭，便当着那丈夫的面调戏他妻子。那丈夫看了，还是不吭一声。妻子只好喊："有贼！"并跟她丈夫说："你是何等样的痴人！为了一只饼的缘故，见了贼也不呼喊！"她丈夫见妻子说话，拍手大笑说："啊！丫头！这块饼，我得定了，决不给你吃啊！"

[导读]

故事讽刺只追求小利而不顾大局的人，写得幽默风趣。

[附原文]

昔有夫妇，有三番（块，只）饼。夫妇共分，各食一饼，余一番在。共作要（约定，相约）言：“若有语者，要不与饼。”既作要已，为一饼故，各不敢语。

须臾，有贼入家偷盗，取其财物，一切所有，尽毕贼手。夫妇二人以先要故，眼看不语。贼见不语，即其夫前侵略其妇。其夫眼见亦复不语。妇便唤：“贼!”与其夫言：“云何痴人！为一饼故，见贼不唤!”其夫拍手笑言：“咄！婢！我定得饼，不复与尔。”

——《百喻经》

愚人尝果

《百喻经》

过去，有位长者派人拿钱到别人园中去买庵婆罗果吃。这是一种热带出产的美味水果。他命令去买果的人说：“很甜美的果子，你便买回来。”那人便拿钱去买果子。果树的主人说：“我这棵树的果子都好吃，没有一个坏的。你尝一只果子便全都知道了。”买果子的人说：“我现在要一个个地尝，然后才能选取。如果只尝一个，又凭什么知道其他的果子呢?”随即拿着果子一个个地都尝了一口。他拿着这些果子回家，长者见了，觉得厌恶不想吃，把所有的果子都丢掉了。

[**导读**]

故事原意是批评不相信佛教的宣传而固执己见的人。从世俗角度看，故事讽刺了不尊重常识、不听忠告而一意孤行的蠢人。

[**附原文**]

昔有一长者，遣人持钱至他（他人，别人）园中买庵婆罗果（梵语音译水果名，即“油柑”）而欲食之。而敕之言：“好甜美者，汝当买来。”即便持钱往买其果。果主言：“我此树果，悉皆美好，无一恶者。汝尝一果，足以知之。”买果者言：“我今当一一尝之，然后当取（决定取舍）。若但尝一，何以可知？”寻即取果，一一皆尝。持来归家，长者见已，恶而不食，便一切都弃。

——《百喻经》

对牛弹琴

《弘明集》

有个弹琴能手叫公明仪。他对牛弹奏一首名叫《清角》的著名琴曲，牛低着头吃草，就好像没听见任何声音一样。不是牛没有听见，是这美妙的曲子不适合牛的耳朵嘛。

公明仪于是变换曲调，弹奏出一群蚊子和牛蝇的嗡嗡声，还有一只孤独小牛的哞哞叫声。牛听了，马上摇动尾巴，竖起耳朵，因为不安起来，小步来回走动。

[导读]

《弘明集》，僧祐编辑。僧祐生活于南朝梁代（502 年至 557 年）。《弘明集》全书 14 卷，收集了自东汉末年至梁代的关于佛教的论著。本书的第一篇是《理惑论》，传说是东汉灵帝时代的牟融所著，故《理惑论》又称《牟子》。

本篇故事的背景是：牟融向儒生们宣传佛理时，往往引用《诗经》《尚书》等儒家经典。有人问他为什么这样做，他就讲了这个故事，用以说明：办任何事情，都必须看对象，因人制宜，因事制宜。

后人用“对牛弹琴”这个成语，比喻向不懂道理的人讲高深道理是徒劳的。心理学认为，刺激要引起反应，必须调动接受者的主观能动性。在这方面，“对牛弹琴”与“高山流水”形成鲜明对比。

[附原文]

公明仪为牛弹《清角》（琴曲名）之操，伏食如故。非牛不闻，不合其耳矣。

转为蚊虻（牛蝇）之声、孤犊（dú，小牛）之鸣。即掉（摇动）尾、奋（竖起）耳，蹀躞（diéxiè，小步徘徊）而听。

——《弘明集·理惑论》

两母争子

《经律异相》

两个妇女都说自己是一个小孩的母亲，相互争夺，来到国王面前告状。国王十分聪明，就运用智谋对她们说：“现在只有一个孩子，两个母亲争执不下。那么，听由你们各牵着孩子的一只手，看谁能够拉得到孩子。”不是孩子母亲的那个妇女，对孩子没有慈爱心，就拼命用力拉。孩子的生母，对孩子深深慈爱，不忍心下死力气拉。国王于是判断出真伪，责备那个用力拉的妇女是想抢夺别人的儿子，应该向国王坦白自首。国王把儿子还给慈爱他的母亲，然后放走了她们。

［导读］

《经律异相》，南朝梁代的僧人宝唱、僧旻合编。《经律异相》，全书50卷，汇集了669个佛教故事。

这个故事原出于佛经《贤愚经》。到了元朝，李行道受这个故事的启发，创作了杂剧《包待制智勘灰阑记》。后来广泛流传到亚洲、欧洲各国，近代德国著名戏剧家布莱希特根据这个故事创作了《高加索灰阑记》。故事说明：运用智慧，就可以判断真伪是非；慈爱心是判断真伪是非的重要标准。

［附原文］

二母人共诤（通“争”）一儿。时王明黠，以智权计：“今唯一儿，二母争之。听汝二人各挽一手，谁能得者。”非其母者，于儿无慈，尽力顿牵。所生母者，于儿慈深，不忍抴挽。王鉴真伪，诘出力者强谋他儿，即向王首。儿还其母，各尔放去。

——《经律异相》卷四十一《婆罗门部》

虚空细缕

《高僧传》

你啊，就像过去的那个狂人。

那狂人叫纺织匠纺棉纱，要求纺得极细极好。纺织匠尽心尽意，纺出的纱细得像空气中的灰尘，狂人还是嫌粗了。织匠大怒，就指着虚空处叫他看："这便是纺出的细纱。"狂人说："怎么看不见呢？"纺织匠说："这种纱极细，我们行业中最优良的匠人尚且看不见，何况其他人呢？"狂人听后大喜，把纱交给其他织匠织布。这些织匠也学前者的办法，装出织布的样子。他们都受到最好的奖赏。但实际上既没纱，也没有布。

［导读］

《高僧传》，慧皎著。慧皎（497 年—554 年），南朝萧梁时代的僧人。《高僧传》又称《梁高僧传》，共 14 卷，分"译经""义解""神异"等 10 门，记载自东汉末至梁初高僧 257 人，另附见者 200 余人，是中国佛教史上第一部有系统的僧人传记集。

这则寓言本是小乘佛教大师槃头达多讽刺大乘佛教大师鸠摩罗什的。鸠摩罗什（344 年—413 年），是著名佛经翻译家。他原来跟随槃头达多学习小乘佛教的理论，后来信奉大乘佛法，认为一切"有为法"（物质现象）的自体皆是空幻的。槃头达多因此批评鸠摩罗什的想法是荒唐的，就像故事中的狂人一样。不过，后来鸠摩罗什说服了槃头达多。这则寓言说明：一切过分的要求只会招致适得其反的结果。

这则寓言对后世造成了深远的影响。在《高僧传》问世 800 年后，即公元 14 世纪，西班牙著名的政治家和作家马努埃尔，据此改编为 3

个骗子诓称能织出一般人看不见的衣料以欺骗国王的寓言故事，收入《卢卡诺尔伯爵》一书中。到19世纪，丹麦作家安徒生，又把马努埃尔的故事加工润色，写成了著名的童话《国王的新衣》。

[附原文]

如昔狂人，令绩师（纺织匠）绩绵，极令细好。绩师加意，细若微尘，狂人犹恨其粗；绩师大怒，虚空细缕乃指空示曰：“此是细缕。”狂人曰：“何以不见?”师曰：“此缕极细，我工之良匠，犹且不见，况他人耶?”狂人大喜，以付绩师；师亦效焉；皆蒙上赏。而实无物。

——《高僧传·鸠摩罗什》

刺猬与橡壳

《启颜录》

有一只老虎，想到野外寻找东西吃。它看见一只刺猬，朝天睡在那里，以为是块肉。便走拢去，正想衔它，忽然被刺猬卷住鼻子。老虎吓得快跑，不敢休息。一直跑到山中，非常困乏，不觉便昏昏沉沉地睡了。刺猬这才放开虎鼻逃走。

老虎醒来，忽然发现刺猬走了，很高兴，跑到橡树下去玩。它低头忽然看见了橡子的壳，以为是只小刺猬。它便侧着身子对橡壳说：“不久前，我碰上了您父亲，已经领教过了，希望兄弟让让路吧！”

[导读]

《启颜录》是一本诙谐故事集，编撰者相传是隋朝的侯白，又相传是五代人皮光业。可能是侯白首先编撰，唐朝和五代人陆续作了增补。原本已经残缺，只有几十则笑话保存在敦煌残卷以及《太平广记》《类说》等书中。

隋朝大贵族越国公杨素，喜欢听侯白讲笑话。有一天，侯白刚告别杨素出来，遇见杨素的儿子杨玄感，又要纠缠他讲故事。侯白于是跟杨玄感开玩笑，说了这个故事。但是，故事的拟人手法比较成功，而且具有客观寓意。它可以用来讽刺粗枝大叶的人，也可以用来说明“一朝被蛇咬，三年怕草绳”的心有余悸的心理现象。

［附原文］

有一大虫（老虎），欲向野中觅食。见一刺猬仰卧，谓是肉脔（luán，肉块）。欲衔之，忽被猬卷着鼻。惊走，不知休息。直至山中，困乏，不觉昏睡。刺猬乃放鼻而走。

大虫忽起，欢喜，走至橡树下。低头见橡斗（橡实的壳，壳上密布着刺），乃侧身语云：“旦来（早先，刚才）遭（遭遇）见贤尊（令尊，尊称人家的父亲），愿郎君且避道。”

——《历代笑话集·启颜录》

唐宋寓言

群狗争骨

寒　山

我看见：
几十上百条狗，
一个个皮脏毛乱。
睡的它在睡，走的它在走，
彼此互不相关。
投给它们一块骨头，
马上引起一阵骚乱，
个个龇牙咧嘴，
争夺咬成一团。
只因为骨头少，狗又多，
没法平均分摊。

[导读]

寒山，初唐时代著名的诗僧。今苏州枫桥的名闻中外的寒山寺，即由他得名。寒山的诗，语言俚俗，多宣传佛理，讽刺社会。寒山自己说作诗600首，今四部丛刊本《寒山子集》一卷，仅存300多首。

诗人用狗争骨的意象，影射官场上争权夺利的丑恶现象。狗咬狗的意象，给人印象深刻，故广泛被后世引用。原诗无题。

[附原文]

我见百十狗，个个毛鬡鬡（毛发散乱的样子）。

卧者渠（三身代词，他，它）自卧，行者渠自行。

投之一块骨，相与呀喍（yá ái，即龇牙咧嘴）争。

良（的确，真正）由为骨少，狗多分不平。

——《四部丛刊·寒山子集》

打蚊杀父

《法苑珠林》

过去有一个以染衣为业的秃头。一天，他跟儿子一起，拿着染了的衣服到水边去漂洗。衣洗完了，绞出水，晒干，拿回家。当时，天气酷热，那人眼睛发蒙，非常疲倦。路上发现一棵树，便把盛衣的袋子做枕头，在树下睡着了。忽然，飞来一只蚊子叮在他头上吸血。儿子看见这种情形，便狠狠地骂道："这个下贱虫子！为什么要吸我父亲的血！"便马上拿一根大棒朝蚊子打去。结果，蚊子飞走了，打着了父亲的脑袋，当即死了。这时，这棵树上的神灵便作了一首偈语：

宁愿跟聪明人结伴，
不可跟蠢人相亲；
蠢人替父亲打蚊，
却一捧打死父亲。

[导读]

道世，唐高宗时代僧人。他为了宣传佛教理论而编撰《法苑珠林》。《法苑珠林》全书100卷，分为600多部类，主要搜集佛经中的故事，也有民间故事。该书资料丰富，所据典籍，除佛经外还有140多种。

本篇故事说明：人们如果被一时的情绪所左右，不审时度势，不讲究方法，就会好心办坏事。故事原载于佛经《十诵律》。

[附原文]

过去有秃头染衣人，共儿持衣诣（yì，去到）水边。浣衣已，绞晒持归。尔时大热，眼暗。

道中见一树，便以衣囊枕头下睡。有蚊子来饮其头血。儿见己父疲极睡卧，便发恶骂云："是弊恶婢儿（'弊恶婢儿'是骂人的话，婢是供人使唤的丫头）蚊子，何以来饮我父血？"即持大棒欲打蚊子，蚊子飞去，棒着父头，即死。

时，此树神便说偈（jì，梵语"偈陀"的音译简称，意译为"颂"。它是佛经中的唱词，往往概括出全篇的主要义理）言："宁与智者仇（对头，此处是'结伴'的意思），不与无智亲；愚为父害蚊，蚊去破父头。"

——《法苑珠林·杂痴部》

猴子救月

《法苑珠林》

在过去的世界，有一个伽尸国，国内有座波罗柰城。该国人迹稀少的树林中，有五百只猕猴。有一天，猕猴们到一棵尼俱律树下，看到树下有口井。月影在井中一晃一晃，猕猴头儿见了，对那些同伴说："月亮今天掉到了井中，可能淹死，我们应当共同努力把它捞出来，以免让世界上每个夜晚都黑沉沉的。"猕猴们共同商量说："怎么才能救出月亮呢？"猕猴头儿说："我知道救出月亮的方法：我捉住树枝，你们捉住我的尾巴，一个连一个，就可以捞出月亮了。"当时，那群猕猴便照头儿的话干起来，一个捉住一个，挂成一长串。差一点接近水面时，连在一起的猕猴太重，树枝弱小，“咔嚓”一下便折断了，所有的猕猴都掉到了井水中。这时，树神便作了一首偈语：

这一群蠢笨的野兽，
痴痴呆呆互相追随；
空空地自找烦恼，
怎能把月亮救出水？

[导读]

故事原意是说明佛教的色空观念，世间的事物都好像虚幻的月影，而愚蠢者不能认识事物的真相。故事在客观上讽刺了庸人自扰的行为，讽刺了观察粗糙、行动鲁莽的人，讽刺了社会盲从心理与盲从现象。故事原载于佛经《僧祇律》。

[附原文]

过去世（佛教以过去、现在、未来为三世）时，有城名波罗柰（同“奈”），国名伽尸。于空闲处有五百猕猴（猴子的一种，体长55至60厘米，喧哗好闹。又称“恒河猴”），游行林中。到一尼俱律树（产于印度、斯里兰卡的高大乔木，属于桑科）下，树下有井。井中有月影现时，猕猴主见是月影，语诸伴言：“月今日死落井中，当共出之，莫令世间长夜暗冥。”共作计议言云：“何能出？”猕猴主言：“我知出法：我捉树枝，汝捉我尾，展转相连，乃可出之。”时诸猕猴即如主言，展转相捉。小未至水，连猕猴重，树弱枝折，一切（所有）猕猴堕井水中。尔时树神便说偈言：“是等騃榛（‘騃’同‘呆’。‘騃榛’指脑筋愚笨，不开窍）兽，痴众共相随，坐自生苦恼，何能救出月？”

——《法苑珠林·杂痴部》

野狗分鲤

《法苑珠林》

一个河湾边住着两只猕猴。有一天，它们从河里捉到一条大鲤鱼，不知道怎样分配，便守在那里。一会儿，有只野狗来喝水，听见了它们的话，便故意问道：“你两个亲爱的小外甥，待在这里干什么？”猕猴说：“野狗舅舅，我们在河里捉到这条鲤鱼，不知怎样分，你能帮我们分吗？”野狗说：“能分。我可以说个偈子，分作三份。”便问猕猴说：“你们中谁喜欢到浅水里去？”猕猴甲说是它。又问：“你们中谁喜欢到深水里去？”猕猴乙说是它。野狗便说：“你们听我说一首偈子罢：

喜欢到浅水的，应该分给它鱼尾，
喜欢到深水的，应该分鱼头。
中间那一段鱼身，
应该分给懂得分法的舅舅。”

[导读]

斤斤计较，反而会丧失得更多。人们在发生争执时，应该防止貌似公正而别有用心的第三者的插入。故事原载于佛经《十诵律》。

[附原文]

一河曲中有二狙（猕猴）。河中得大鲤鱼，不能分。二狙守之。有野干（俗称干狗，一种像狐狸的野狗）来饮水。见狙语，言：“外甥是中作何等？”狙答言：“阿舅，是河曲中得此鲤鱼，不能分，汝能分不?”野干言:“能。是中说偈,分作三分。”即问狚言:“汝谁喜入浅?”答言:“是某狚。”“谁喜入深?”答言:“是某狚。”野干言:“汝听我说偈:入浅应与尾,入深应与头;中间身肉分,应与知法者。”

——《法苑珠林·杂痴部》

瓮中影

《法苑珠林》

有一对恩爱夫妻。有一天,他们到葡萄酒缸里去取酒,彼此都看见了坛中的人影。于是互相怀疑、妒嫉,以为对方在酒坛里藏了情人。相互争吵,以至打起架来,没个休止。一个深明道理的和尚,给他们打破了酒坛,酒流尽了,根本没有一个人影儿。这时,夫妇两人才解开了疙瘩。他们知道自己嫉妒的是影子,心里非常惭愧。

[导读]

故事的本来意义是宣传佛教“诸法皆空”的理论:世间的一切都如梦、幻、泡、影,烦恼皆自心生。故事客观上说明,无根据的怀疑嫉妒,往往是出于无知。故事原载于佛经《杂譬喻经》。

[附原文]

夫妇二人向葡萄酒瓮内欲取酒。夫妻两人互见人影。二人相妒,谓瓮内藏人。二人相打,至死不休。有道人(得道的人。“道人”是魏晋南北朝时代对和尚的称呼)为打破瓮,酒尽了无。二人意解,知影怀愧。

——《法苑珠林·杂痴部》

按图索骥

张　鷟

相马能手伯乐，叫自己的儿子拿着《马经》所画的图样，去寻找良马。儿子寻找了一整年，也没有找到相似的马。他回家把情况报告父亲。伯乐就叫他再寻找。儿子出门看见了一只大癞蛤蟆，便回来对他父亲说：“找到了一匹良马，跟图样大略相同，只是不完全相像。”伯乐说：“是什么样子呢？”儿子说：“它也是高高的头骨、深深的眼眶、收缩有力的脊背，只是蹄子不像是累叠的酒曲罢了。”伯乐说：“你找的这匹马喜欢跳，但不能够驾车。”

［导读］

张鷟（约660年—740年），号“浮休子”，是唐高宗、武则天至唐玄宗时代的文人。所著《朝野佥载》原本20卷，已经散佚。今仅存佚文，有6卷本与3卷本。此书记载隋唐时代朝廷掌故与其他故事，共有367个。

故事讽刺拘泥于教条而不能领会精神实质的蠢人。这个故事又见于明朝文学家杨慎（1488年—1559年）所著笔记文集，文字大同小异。《艺林伐山》结尾还有一句话：“所谓按图索骥也。”后人于是概括出“按图索骥”这个成语。今天，使用“按图索骥”成语，除了上面的讽刺意义，还产生了另外一种意义：按照一定的知识或线索去寻求某种事物。没有贬义。

[附原文]

伯乐令其子执《马经》画样以求马，终年无有似者。归以告父，乃令更求之。出见大蟾蜍（chánchú，癞蛤蟆），谓父曰：“得一马，略与相同，而不能具。”伯乐曰：“何也？”对曰：“其隆颅（高高的头骨）、跌目（眼眶深）、脊郁缩（脊背收缩），但蹄不如累趋（杨慎《艺林伐山》作：‘但蹄不如累曲尔。’‘累’是堆叠的意义，‘曲’音qū，酒曲，是酿酒或制酱时用的发酵物，大都做成块状或圆球状）尔。”伯乐曰：“此马好跳掷，不堪（杨慎《艺林伐山》作‘不堪御’）也。”

——《朝野佥载》

狮王与豺狼

张 鷟

从前，有一个狮子王，它在深山中抓获一只豺狼，准备吃掉。豺狼说：“我请求给大王送两只鹿，为我自己赎身。”狮子王十分喜欢。

一周年以后，豺狼再没有东西可送了。狮子王说：“你杀生也已经非常多了。现在轮到了你。你考虑考虑吧。”豺狼沉默，没有话回答。狮子王就咬死了它。

[导读]

这是一篇影射当时现实的作品。当时，武则天当权，起用酷吏来俊臣，以残酷手段迫害反对武则天的人。在反对派被纷纷处理以后，为了平息民愤，武则天又杀了来俊臣。豺狼就是影射来俊臣的。故事以豺狼比喻恶贯满盈的帮凶人物。

[附原文]

昔有师子（即“狮子”）王，于深山获一豺，将食之。豺曰：“请为王送二鹿以自赎。”师子王喜。周年之后，无可送。王曰：“汝杀众生亦已多。今次到汝，汝其图之。”豺默然无应。遂齰（zé，咬）杀之。

——《朝野佥载》

义鹘行

杜甫

背阴的悬崖上有一对苍鹰，
筑巢养子在苍翠的柏树顶端。
有条白蛇登上它们的巢，
凶残地吞噬小鸟当早餐。
雄鹰已经飞到远方觅食，
雌鹰无助哀鸣，多么辛酸，
雌鹰不能制伏力大的白蛇，
可怜的小鸟被吃掉大半。
雄鹰从西方归来，
翻转身子冲入布满烟云的长天，
一会儿就领来一只雄健的鹘鸟，
向鹘鸟倾诉愤怒与辛酸。
鹘鸟突然翻动矫健的身影，
从高空呼啸直下，快如闪电，

有力的利爪击碎白蛇的头，
修长的蛇身坠落树枝间。
蛇身在高空还能挣扎，
落到草地就停止动弹，
折断的尾巴甩了一下，
饱餐的肠胃都已经洞穿。
白蛇生前吞噬无辜的小鸟，
死后留下骂名一千年，
世间万物都有报复，
使人快意的是马上实现。
那鹘鸟实在是猛禽中的豪杰，
救助危难，心胸光明一片，
大功告成，就不知飞向何方，
它的举动令人钦羡！

我近来经过鄗河边，
樵夫们把这件事情流传，
我飘洒的白发带着义愤，
似乎要冲动儒冠。
人生相互交往的情分，
也是在关键时刻显现。
聊且写出这篇《义鹘行》，
用来激励壮士的肝胆。

［导读］

杜甫（712 年—770 年），字子美，伟大的现实主义诗人。因为杜甫自号“少陵野老”，又曾经任工部员外郎，故其诗集名《杜少陵集》，又名《杜工部集》，存诗 1400 多首。

“行”，又称“歌行”，是古体诗的一种。本诗前一部分是叙事，记述白蛇吞噬苍鹰的雏鸟、鹘鸟仗义杀死恶蛇的故事；后一部分是感慨议论，点明寓意。全诗借用动物以教育人类，讽刺了残暴的恶人，歌颂了扶助弱小、不畏强暴的侠义精神。

［**附原文**］

阴崖（不向阳的北面山崖）有苍鹰，养子黑柏颠。白蛇登其巢，吞噬（咬）恣（肆意）朝餐。雄飞远求食，雌者鸣辛酸，力强不可制，黄口（小鸟，小鸟口角有黄色）无半存。其父从西归，翻身入长烟，斯须（一会儿）领健鹘（hú，鹰隼中最大的猛禽），痛愤寄所宣。斗（同“陡”）上捩（翻转）孤影，噭哮来九天。修鳞（长蛇）脱远枝，巨颡（额头）坼（开裂）老拳（有力的拳头，指鹘爪）。高空得蹭蹬（挫跌，挣扎），短草辞蜿蜒，折尾能一掉，饱肠皆已穿。生虽灭众雏，死亦垂千年。物情有报复，快意贵目前。兹实鸷鸟最，急难心炯然，功成失所在，用舍何其贤！

近经潏水（长安杜陵附近的一条河，“潏”音 yù）湄（水边），此事樵夫传，飘萧觉素发，凛欲冲儒冠。人生许与分，亦在顾盼间，聊为《义鹘行》，用激壮士肝（古代中医学认为，肝脏是主管勇气与愤怒的器官）。

——《杜少陵集》卷六

毛颖传

韩 愈

毛颖先生，是中山人。他的祖先叫明视，辅佐夏禹平治东方的土地，养育万物，立下了功劳，因而被封在东方，死后成为十二神（十二生肖）之一。他曾经说道：“我的子孙是神明的后代，不能跟其他的凡人一样，应当从口中诞生出来。”后来果然是这样。明视的第八代孙子，相传生活于殷商时代，住在中山，得到了神仙的法术，能够隐藏在光线之中，并能够驱使其他的生物。它拐带嫦娥，骑着蟾蜍进入月宫。它的后代也就隐居下来，不再做官了。其中有一个住在东郭的，强健善跑。它跟著名的猎犬韩卢比赛谁跑得快，韩卢比不上它，恼羞成怒，跟另外一条名叫宋鹊的良犬一道，谋杀它，并把它的全家都杀死了，还剁成了肉酱。

秦始皇在位时，将军蒙恬，向南攻打楚国。部队在中山地方驻扎下来，准备开展大规模的打猎活动，借以威吓楚国。他召集左右庶长和军尉，用蓍草占了一个连山卦，得了一个“天与人文”的卦象。占卦的人祝贺道：“今天所要猎获的动物，既没有生角，也不生牙，是个穿着粗毛短衣的家伙，嘴唇有缺口，还有长长的胡须。身体有八个孔，经常盘腿坐着。人们只要特地选取这家伙的长毫毛，就可以凭借它在竹简或木片上进行书写。今天得了它，普天下将会采用同一种文字，秦国也许就要兼并所有的诸侯国家了！”

于是蒙恬就开始打猎，围住了整个毛姓的种族，拔掉它们身上的长毫毛，聚集拢来，并束缚在一起，这就是毛颖先生（毛笔）。他们载着毛颖先生归来，把他当作俘获的成果在章台宫献给朝廷。秦始皇帝让蒙恬赐毛颖沐浴，把他封在管城（即笔筒），称作“管城子”。他一天比一天获得亲信和宠爱，担任着重要的职务。

毛颖记忆力很强，做事敏捷。从上古结绳时代起，一直到秦代，大大小小的历史事实，没有不被他编纂、记录下来的。阴阳、占卦、看相、医术、宗族、山经地志、字书图画，九流百家，有关自然或人事的书籍，以及佛教、道教和外国的传闻异说，都是他所十分熟悉的。毛颖还通晓当代的世务，官府的簿记和文书、买卖场所有关货物钱财的记载等等，不管做什么，一切都听从秦始皇帝的吩咐。从秦始皇帝，到太子扶苏、胡亥、丞相李斯、中车府令赵高，下面一直到全国的人，没有不喜爱和看重他的。毛颖又善于听从人们的意旨，正直或者邪恶，巧捷或者笨拙，一切记录都顺随那任用他的人。有时虽然遭到废免或抛弃，也始终默默无声，无所发泄。毛颖唯独不大喜欢武士，但如果受到邀请，有时也去走走。毛颖最后升上了中书令的职位，跟秦始皇帝越来越亲近。始皇帝曾称他为“中书君”。始皇帝亲自批阅文书，决断国家大事，往往用石（担）为单位来衡量每天上报的竹简、木片。这时，即使是皇宫中的人也不允许站立在始皇帝的左右，唯独毛颖跟执掌蜡烛的人能够经常侍候在皇帝的身边，直到始皇休息时才作罢。

毛颖跟绛县人陈玄（墨）、弘农人陶泓（砚），以及会稽的楮先生（纸），四人友谊很深，互相推引。他们外出或留在家里，总是一同行动。始皇帝每次召见毛颖，陈玄、陶泓和楮先生等三人不须等待皇帝的命令，总是一同前往，始皇帝也从未责怪过他们。后来，毛颖有一次进见始皇帝，始皇帝准备交给他一个重要的任务，抚摩他的身子。毛颖取下帽子，表示感谢。始皇帝发现他的头发已经脱光了，并且，他所摹写出来的书画也不能完全符合始皇帝的心意了。始皇帝笑嘻嘻地对他说："中书君老了，头发也脱光了，不能胜任我的工作了。我曾经说您适合担任书写任务；现在，您恐怕不适合书写了吧?"毛颖回答道："我是一个尽自己的心力来做事的人。"从此以后，始皇帝就没有再召见他。毛颖回到自己的封地，死在管城地方。他的子孙很多，分散地居住在中国或四周国家，他们都袭用"管城子"的称号。但是，只有住在中山地方的这一个支系，能够真正继承他父亲和祖父的基业。

太史公评论说："毛氏有两族。其中一族原来姓姬，是周文王的儿子，封在毛这个地方，这就是所谓'鲁、卫、毛、聃'，这四族都是文王的后裔。战国时代，这一族的名人有毛公和毛遂。其中另一族居住在中山，这一族不知是从哪个祖先发源的，唯独这族的子孙最为兴旺和昌盛。《春秋》这部书被孔子删定成功，毛颖这一族被孔子抛弃，没有写进《春秋》。但是，这并非毛颖有什么罪过。等到蒙恬将军围攻毛氏家族，提拔他们中的杰出者（指长毫），又由始皇帝把管城作为他们的封地，他们也就在世界上有了名声。毛氏中姓姬的那一族，反而默默无闻了。唉！毛颖开始以俘虏的身份得到始皇帝的接见，终于受到了任用。秦国吞灭诸侯各国，毛颖也有一份功劳。但是秦国对他的赏赐，却抵不了他所作出的贡献。最后，他又因为年老而被疏远，秦国对于他真可说是刻薄少恩啊！"

[导读]

韩愈（768年—824年），唐朝古文运动的领袖，著名散文家。他祖籍河北昌黎，故人称“韩昌黎”。门人将其著作编为《昌黎先生集》，后人又分别编为《韩昌黎文集》和《韩昌黎诗集》。韩愈的散文，气势磅礴，情文并茂。

《毛颖传》是一篇传记体寓言，风格独特，影响颇大。《毛颖传》的第一个特点是把器物当作人物展开描写。主人公毛颖，就是兔子毫毛所制作的毛笔。《毛颖传》的第二个特点是大量运用跟主人公有关的历史典故而虚构出主人公的家世、生平。如：兔子是十二生肖之一，月中有嫦娥与玉兔，毛笔是秦朝蒙恬将军发明的，本篇所运用的这些典故都是人们所熟悉的典故。本篇风格幽默诙谐，而寄托了作者的愤慨不平。毛笔有巨大功劳，最后却被抛弃，就正如有才能、有功劳的人，往往因事过境迁而受到当权者的冷落。这就是本篇的寓意。

《毛颖传》这篇风格独特、以物拟人的传记体寓言，在朝鲜半岛的影响超过国内。在国内，虽然受到柳宗元、苏轼等的高度称赞，也有人模仿，但是影响不太大。它流传到朝鲜半岛后，高丽王朝的许多名人都进行模仿，形成了该国独特的寓言体裁“假传”体寓言，产生了许多名家、名作。朝鲜王朝取代高丽王朝后，“假传”寓言仍然旺盛，作家辈出。高丽王朝与朝鲜王朝先后相继，长达千年。“假传”寓言也千年长盛不衰。

[附原文]

毛颖者，中山（古国名，今河北定县）人也。其先明视，佐禹治东方土，养万物有功，因封于卯地，死为十二神（明视，兔的别称。禹，中国古代领导人民治平洪水的领袖，夏朝的建立者。卯地，指东方。旧时以十二地支划分方位，东方属卯。“卯”是十二地支之一，跟卯相配的动物为兔，故说兔子的祖先“封于卯地”。十二神，即十二生肖，兔子是卯时之神）。尝曰：“吾子孙神明之后，不可与物同，当吐而生（从口里生出。古代误传兔子是从口里出生的，王充《论衡》就记录了这种说法。‘吐’与‘兔’，语音接近。又民间传说，商纣王杀死周文王的长子伯邑考，做成肉饼，叫西伯吃下。西伯呕吐出肉饼，肉饼变成兔子）。”已而果然。明视八世孙𪊨（nóu），世传当殷时（商朝）居中山，得神仙之术，能匿光使物，窃恒娥（即嫦娥），骑蟾蜍（chánchú，癞蛤蟆。古代传说月中有蟾蜍和白兔）入月，其后代遂隐不仕（做官）云。居东郭者曰㕙（jùn），狡而善走（跑）。与韩卢（战国时韩国有名的黑色猎狗）争能，卢不及，卢怒，与宋鹊（古代宋国良犬名）谋而杀之。醢（hǎi，古代的一种酷刑，把人杀死后剁成肉酱）其家。

秦始皇时，蒙将军恬（蒙恬，秦名将，曾率兵三十万人击退匈奴，并奉命修筑长城。传说他是毛笔的制造者。实际上在蒙恬之前中国已经出现毛笔，蒙恬可能曾经改良过毛笔），南伐楚，次（在行军途中暂时驻扎）中山。将大猎以惧楚（古代军队往往借打猎显示战斗力，威胁对方），召左右庶长（左右庶长，官爵名。秦制，二十等爵，十级为左庶长，十一级为右庶长，掌握军政大权）与军尉。以连山（“连山”，相传为《周易》以前的古《易》。）筮（shì，用蓍草占卦）之，得天与人文之兆（兆，卦象）。筮者贺曰：“今日之获，不角不牙，衣褐之徒，缺口而长须，八窍而趺居（趺坐，双足交叠而坐。这几句是描写兔子的特点），独取其髦（máo，毛中的长毫），简牍（古时书写用的竹简或木片）是资，天下其同书。秦其遂兼诸侯乎！”

遂猎，围毛氏之族，拔其豪（杰出者，这里双关“毫毛”）。载颖而归，献俘于章台宫，聚其族（聚其族，即将兔毛束在一起，做成笔）而加束缚焉。秦皇帝使恬赐之汤沐（汤沐，沐浴。古代朝廷封给贵族的封地，叫作“汤沐邑”），而封诸（“之于”的合音字）管城（指笔筒），号管城子（毛笔不用时插入笔筒，故毛笔雅号“管城子”）。日见亲宠任事。

颖为人强记而便敏。自结绳之代（指上古时代，没有文字，靠结绳纪事），以及秦事，无不纂录（编纂、辑录）。阴阳、卜筮、占相、医方、族氏、山经地志、字书图画、九流百家、天人之书，及至浮图（佛，佛教）、老子、外国之说，皆所详悉。又通于当代之务，官府簿书、市井货钱注记，惟上所使。自秦皇帝，及太子扶苏（秦始皇长子）、胡亥（秦始皇的少子，秦朝的第二代皇帝）、丞相李斯（秦代政治家，先后任廷尉、丞相。秦统一六国后，始皇采纳其建议，废分封制，推行郡县制，建立中央集权。他又以“小篆”为标准，整理文字，对我国的文字统一有贡献）、中车府令高（赵高，秦代宦官，通狱法，曾任过中车府令和丞相，他主编过识字课本），下及国人，无不爱重。又善随人意，正直邪曲巧拙，一随其人。虽见废弃，终默不泄。惟不喜武士，然见请亦时往。累拜中书令（中书令，中书省长官。这里的“中书”是双关语，是善于书写的意思），与上益狎（xiá，亲近）。上尝呼为“中书君”。上亲决事，以衡石自程（衡，秤。石，重量单位，我国古代以一百二十斤为一石。古代文书写在竹简木札上，很重，往往用“石”来衡量。《史记·秦始皇本纪》：“天下之事，无小大皆决于上，上至以衡石量书。”程，度量，衡量）。虽宫人不得立左右，独颖与执烛者常侍。上休，方罢。

颖与绛（古县名，在今山西省曲沃县）人陈玄（陈玄，指“墨”）、弘农（古县名，治所在今河南灵宝县北）陶泓（指砚池）及会稽（古县名，治所在今浙江绍兴）褚先生（指纸张。楮树的皮可制纸，因以为纸的代称）友善。相推致，其出处必偕。上召颖，三人者，不待诏，辄俱往，上未尝怪焉。后因进见，上将有任，使拂拭之，因免冠（脱帽。这里是说从笔筒中抽出毛笔）谢。上见其发秃；又所摹画不能称上意。上嘻笑曰：“中书君老而秃，不任吾用。吾尝谓君‘中书’，君今不‘中书’耶？”对曰：“臣所谓尽心者。”因不复召。归封邑，终于管城。其子孙甚多，散处中国、夷狄，皆冒管城。惟居中山者，能继父祖业。

太史公曰（司马迁《史记》每篇结束时，使用“太史公曰”发表感慨评论。这里是有意模仿）：毛氏有两族。其一姬姓，文王之子，封于毛，所谓鲁、卫、毛、聃者也（鲁、卫、毛、聃，都是古国名，开始受封的君主都是周文王的儿子，后来发展成为姓氏。聃即“冉”）。战国时有毛公（战国时代处士，曾经劝信陵君救赵。又汉朝初年有著名经学家大毛公和小毛公，是《诗经》“毛诗学”的开创者）、毛遂（战国时赵国平原君门下食客，流传“毛遂自荐”故事）。独中山之族不知其本所出，子孙最为蕃昌。《春秋》（记叙春秋时代历史的一部史书，相传为孔子所删定）之成，见绝于孔子，而非其罪。及蒙将军拔中山之豪，始皇封诸管城，世遂有名；而姬姓之毛无闻。颖始以俘见，卒见任使。秦之灭诸侯，颖与有功。赏不酬劳，以老见疏，秦真少恩哉！

——《韩昌黎文集》卷八

人　熊

柳宗元

鹿害怕大山猫，大山猫害怕老虎，老虎害怕罴（人熊）。罴的样子，头上披着长毛，能够像人一样站立。它非常有力气，伤人很厉害。

楚地南部有一个猎人，他能吹竹管模仿出各种野兽的叫声。有一次，他悄悄地拿着弓箭和火罐，走到山里打猎。首先，他模仿鹿的叫声来引诱它的同类，想等它们走近后发火射击。貙听见这是鹿叫，便快步跑来捕捉鹿。猎人害怕貙，就模仿老虎叫来恐吓貙。貙刚吓跑，老虎又闻声赶到。猎人更加害怕，就学罴叫，老虎也像貙一样逃跑了。罴听见叫声，便来寻找同伴。它走到面前，看见是一个人，便揪住他，用力打他，扯他，把他撕成碎块吃掉了。

现在，那些不善于充实本身力量而专门依靠外力的人，没有不被罴吃掉的。

[导读]

柳宗元（773 年—819 年），中唐著名政治思想家，古文运动的领袖。805 年，他参加以王叔文为首的政治集团，变革朝政，不久失败，被贬谪到偏僻的永州，担任司马，长达十年。他的主要寓言作品，是在贬谪永州期间写作的。他的寓言，形象鲜明而典型，讽刺深刻，多方面地反映了当时的社会生活，具有强烈的现实意义。他的寓言标志着中国古代寓言完成了从哲理寓言向社会讽刺寓言的转变。柳宗元，祖籍河东（今山西永济），故人称“柳河东”，作品编为《柳河东集》。

本篇原名《罴说》，讽刺那些不善于充实本身力量而专门依靠外力的人。唐朝末年，掌握各地政治军事大权的藩镇，势力强大，凭借武力，割据一方。中央朝廷软弱无力，只好借用这个藩镇去控制另一个藩镇，这种政策叫作“以藩制藩”。本则寓言可能是告诫唐王朝的当政者，如果不加强朝廷自身的力量，只依靠“以藩制藩”的政策，那么，就免不了被最强大的藩镇所消灭。唐朝最后的命运，不幸被柳宗元所言中。

[附原文]

鹿畏貙（chū，一种形状像狐狸而体型比较大的野兽，俗称大山猫），貙畏虎，虎畏罴（pí，猛兽，俗名人熊）。罴之状，被发人立，绝有力而甚害人焉。

楚之南（楚包括湖南、湖北，楚南应指湖南南部，可能就是永州一带）有猎者，能吹竹为百兽之音。寂寂持弓矢、罂火（用罐子装着的火种。“罂”音 yīng，罐子。猎人所拿的武器应该是火铳），而即之（往，去到）山。为鹿鸣以感（感召，引诱）其类，伺其至，发火而射之。貙闻其鹿也，趋而至。其人恐，因为虎而骇之。貙走而虎至，愈恐；则又为罴，虎亦亡去。罴闻而求其类，至则人也，捽（zuó，揪住）、搏（打）、挽（拉）、裂（撕开）而食之。

今夫不善内而恃外者，未有不为罴食之也。

——《柳河东集》卷十六

屎壳螂

柳宗元

蝜蝂，俗名屎壳郎。它是一种喜爱背东西的小虫。爬行时遇到东西，总是拿了来，把头翘得高高的背着。它背的东西越来越重，即使疲劳极了也不肯住手。它的背很不光滑，堆积在上面的东西因而不会散落。最后，它被自己背的东西压得跌倒在地，爬不起来。有人可怜它，替它去掉背上的东西。但是，它爬起来以后，如果能走了，又跟以前一样去拿东西。它又喜欢向高处爬，爬得精疲力竭也不肯停止，直到摔死在地。

现在社会上那些贪得无厌的人，只要遇到财物就伸手去要，因而使家庭富裕起来。他们不了解，财物太多会成为自己的累赘，只怕财物不能越积越多。等到他们被财物压得精疲力竭，从而摔了跤，受到罢官撤职、贬谪流放的处分，也算得困苦了。可是，如果能再被起用，他们也不会停止那种贪婪的行为。每天只想着怎样爬上更高的位置，拿到更多的薪俸。那贪取财物的劲头越来越厉害，以至一步步走向危险的境地，即使亲眼看到前面有人贪财丧命也不知引以为鉴。这种人，从形体看来虽然比蝜蝂大得多，名称也叫作人，但他的见识则是和蝜蝂一样。这也太可悲了啊！

[导读]

此篇原名《蝜蝂传》，以卑微的蝜蝂虫类比官僚，突出蝜蝂跟贪官的两个共同点：一是贪婪无度，二是拼命向上爬。描写细致，惟妙惟肖，讽刺十分辛辣。

［附原文］

蝜蝂（fùbǎn，黑色小虫，喜欢背负肮脏的东西，俗名“屎壳郎”）者，善负小虫也。行遇物，辄（总是）持取，昂其首负之。背愈重，虽困剧不止也。其背甚涩，物积因不散。卒踬仆（向前跌倒，“踬”音 zhì）不能起。人或怜之，为去其负。苟能行，又持取如故。又好上高，极其力不已，至坠地死。

今世之嗜取者，遇货不避，以厚其室。不知为己累也，惟恐其不积。及其怠而踬也，黜弃（罢官，被抛弃）之，迁徙（贬官，流放）之，亦以病（困苦）矣。苟能起，又不艾（读 yì，停止，改悔）。日思高其位，大其禄，而贪取滋甚，以近于危坠，观前之死亡不知戒。虽其形魁然大者也，其名人也，而智则小虫也。亦足哀夫！

——《柳河东集》卷十七

三 戒

柳宗元

我一贯憎恨社会上有这么一种人，他们不知道推寻自己的根本，而是凭借外界条件来放纵自己。其中，有的人仗势去接触与自己地位、品德不同的人，有的人显示有限的本领去激怒强者，有的人利用时机放肆地胡作非为。由于这样，他们终于招来了祸患。有一位客人说了麋、驴、鼠三个动物的故事，跟上述那些人的行为差不多。我因此写了这篇《三戒》。

临江之麋

临江有个人，打猎时捉到一只小麋鹿，把它带回家养起来。刚一进门，他家的一群狗，便流着口水，翘起尾巴围了上来。那个人发出叱责，把狗赶开。他很为小麋鹿担心。从那天起，他每天都抱着小鹿让它去和狗接近，经常让狗看看它，叫狗不要惊动它，慢慢地又让狗跟它一起玩耍。

这样搞久了，那些狗都顺从主人的意愿。小麋鹿渐渐长大了，竟忘记了自己是鹿，认为狗确实是自己的朋友，相互顶触，有时仰倒，有时俯伏，越来越亲昵。狗因为害怕主人，跟它玩耍得很好，但时时舔舔舌头。几年之后，那麋鹿走出家门，看见别人家的很多狗在路上玩耍，它也跑去想跟它们一起去玩。那群狗见了鹿，又发怒，又高兴，接着龇牙咧嘴，一齐围上来把麋鹿咬死并吃掉了，尸骨乱七八糟地抛在路上。

那麋鹿到死也不明白为什么会落得这个下场呢。

黔之驴

黔中地方本来没有驴子。有个喜欢多事的人用船运进了一头驴子。运来后，却没有地方用得着，就把它放在山脚下。一只老虎看见驴子是个躯体高大的家伙，以为是一只神奇的东西，便躲在树林里偷偷地观察它。以后又稍稍走出来接近它，小心翼翼，仍然了解不到驴子的底细。

有一天，驴子长叫一声，老虎大惊，远远地躲开，以为驴子将要咬自己了，非常害怕。但是老虎通过来回观察，觉得驴子并没有特殊的本领，而且越来越熟悉了它的叫声。于是，就在驴子的前后转来转去，但始终还不敢与驴子搏斗。以后，渐渐逼近驴子，更加随便嬉戏它，或者轻轻擦它一下，或者故意靠它一下，进一步便从侧面冲撞它，从正面触犯它。驴子非常愤怒，用蹄子去踢老虎。老虎因而非常高兴，盘算着说：“你的本领也不过如此罢了！”于是腾空扑去，大吼一声，咬断了驴子的喉管，啃完了它的肉，然后离开。

哎！驴子这东西，躯体庞大，好像有德行；声音洪亮，好像有本事。当初如果不显出那有限的本领，老虎虽然猛，总还是存有疑虑、畏惧的心理，终究不敢攻击它。现在落得如此的下场，可悲啊！

永某氏之鼠

永州地方有一个人，最怕犯忌日，迷信得特别厉害。他认为，自己出生的那年正好是子年，而老鼠是子年的神灵，因而很爱护老鼠。他家里不养猫和狗，又禁止仆人打老鼠，仓库、厨房都让老鼠为所欲为，不加干涉。

因此，老鼠们互相转告，都搬到这一家来，吃得饱饱的，却没有任何灾难。这一家呢，屋子里没有一件完好的器具，衣架上没有一件完好的衣服，喝的、吃的大都是老鼠吃了剩下来的食物。那些老鼠，白天成群结队地在人们眼前来来往往，晚上到处咬东西，放肆打架，发出种种怪声，吵得人没法睡觉。但是，那个人始终不讨厌它们。

几年后，这个人迁往别州去了，后来的人搬到这所房子居住。老鼠的所作所为还是跟以前一模一样。那新的主人说："老鼠本是在阴暗中活动的坏家伙，这里的老鼠偷嘴吵闹尤其厉害，不知为什么达到了这种地步啊！"于是，借来了五六只猫，把门关紧，撤除房顶的瓦片，又用水灌鼠洞，还专门雇请几个短工围捕老鼠。这样一来，杀死老鼠无数，堆在一起好像一座小山。把它们的尸体扔到偏僻的地方，臭味几个月才消失。

哎！它们以为自己饱食终日、平安无事是可以长久的呢！

[导读]

《三戒》，是柳宗元最享盛名的寓言。寓言中的麋鹿、驴子、老鼠的共同特点是"不知推己之本"。作者的用意是告诫人们在社会交往中，不要忘记了自己的身份、德行、才能，特别不要像老鼠一样胡作非为。《永某氏之鼠》的具体讽刺对象可能是为非作歹的宦官集团；《临江之麋》《黔之驴》则可能是总结自己参加政治革新失败的经验教训。寓言写麋鹿、驴子、老鼠，都写得惟妙惟肖，既写出了动物的习性，又暗示出某类人物的特点。作品的描写都有生活依据。如：《黔之驴》第一句"黔无驴"，这是黔中山区的特点，直到现代，贵州省许多地方还是有人从来没有看到过驴子。作品的文字非常洗练。如：

“荡、倚、冲、冒”四个字，写出了老虎的试探过程与心理，真是惜墨如金。

［附原文］

吾恒（经常）恶（憎恨，讨厌）世之人，不知推（推究，认识）己之本，而乘（凭借）物（外物，外界条件）以逞（chěng，施展，放纵）。或依势以干（亲近，触犯）非其类（不是自己的同类。此句指“临江之麋”），出技（本领）以怒强（激怒强大的对手。此句指“黔之驴”），窃时（时机）以肆暴（任意胡作非为。此句指“永某氏之鼠”），然卒（终于）迨（dài，及，赶上，遭到）于祸。有客谈麋、驴、鼠三物，似其事，作《三戒》。

临江之麋

临江（唐时县名，今江西省樟树市）之人，畋（tián，打猎）得麋麑（mí ní，驼鹿的崽子），畜之。入门，群犬垂涎，扬尾皆来。其人怒，怛（dá，担忧）之。自是日抱就犬，习示之，使勿动。稍使与之戏。

积久，犬皆如人意。麋麑稍大，忘己之麋也，以为犬良我友，抵触、偃仆（在地上打滚。偃，仰面躺下；仆，俯面卧倒），益狎（xiá，亲近，亲昵）。犬畏主人，与之俯仰，甚善。然时啖（dàn，吃，这里是“舔”的意思）其舌。三年，麋出门，见外犬在道甚众，走欲与为戏。外犬见而喜且怒，共杀食之，狼藉（散乱的样子）道上。

麋至死不悟。

黔之驴

黔（qián，唐代设有黔中道，地域包括今贵州北部、四川东南部、湖南西部及湖北西南部一带）无驴。有好事者船载以入。至则无可用，放之山下。虎见之，庞然大物也，以为神。蔽（躲藏）林间窥之，稍出近之，慭慭（yìn，小心谨慎）然莫相知（了解）。

他日，驴一鸣，虎大骇（hài，惊恐），远遁（dùn，逃避），以为且噬（shì，咬）己也，甚恐。然往来视之，觉无异能者。益习其声，又近出前后，终不敢搏。稍近，益狎，荡（轻轻擦一下）、倚（靠一下）、冲（冲撞）、冒（正面冒犯）。驴不胜怒，蹄之。虎因喜，计之曰："技止此耳！"因跳踉（liáng，跳跃）大㘎（hǎn，吼叫），断其喉，尽其肉，乃去。

噫！形之庞也类有德，声之宏也类有能。向不出其技，虎虽猛，疑畏，卒不敢取。今若是焉，悲夫！

永某氏之鼠

永（湖南永州）有某氏者，畏日（怕触犯忌日。这是旧社会的一种迷信行为），拘忌（禁忌）异甚。以为己生岁直（同"值"）子（"子"是十二地支之一。我国古代用十天干与十二地支配合纪年，六十年为一个花甲，共有五个子年。这五年出生的人叫生岁值子），鼠，子神也（古代历法中，以十二种动物与十二时辰相配，称为"生肖"。其中鼠与子时相配）。因爱鼠。不畜猫犬，禁僮勿击鼠，仓廪庖厨悉以恣鼠，不问。

由是，鼠相告，皆来某氏，饱食而无祸。某氏室无完器，椸（yí，衣架）无完衣，饮食大率（大都是）鼠之余也。昼累累与人兼行，夜则窃啮（niè，咬）斗暴（猛烈地打斗），其声万状，不可以寝。终不厌。

数岁，某氏徙居他州。后人来居，鼠为态如故。其人曰："是阴类恶物也，盗暴尤甚，且何以至是乎哉？"假（借）五六猫，阖（hé，关闭）门，撤瓦，灌穴，购僮（出钱雇人）罗捕之。杀鼠如丘，弃之隐处，臭数月乃已。

呜呼！彼以其饱食无祸为可恒也哉！

——《柳河东集》卷十九

卖鞭商人

柳宗元

市场上有个出售马鞭的商人。有人问他价钱的时候，本来只值得五十，他一定要说五万。还价给他五十，他就笑弯了腰；给以五百，就怒形于色；给以五千，就大发雷霆；一定要五万才卖。

有一个富家子弟，到市场上买鞭子，花费五万买了这样的一条鞭子回来。他拿着鞭子向我夸耀。我一看，那鞭梢，卷缩而不舒展；那鞭柄，歪斜而不直；那鞭的自然纹理，错乱不相承接；那鞭的节，腐朽墨黑而没有文采。用指甲一掐，指甲完全陷了进去还没有掐到底。拿到手里，轻飘飘的，好像挥动着没有重量的物体一样。

我说："您是看上了鞭子的哪一点而毫不吝惜那五万钱呢？"他说："我喜欢它颜色黄而且有光泽，况且卖鞭人还说了很多优点呢。"我就叫僮仆烧了滚烫的水来洗那鞭子。一洗，它就收缩干枯，颜色苍白。这才知道，原先的黄色是用栀子染的，那光泽则是涂的蜡。富家子弟很不高兴，但还是拿在手上用了三年。

后来有一天，富家子弟骑马到长安东郊，在长乐坂与别人抢道，两匹马互相踢打起来。富家子弟因而用力打马，鞭子一下便断成五六截，马还是相踢不止。他因此跌落在地，受了伤。一看那断鞭，里面空空的，材质好像粪土一般，没有一点可取。

现在有人粉饰他的外貌、言辞，向朝廷兜售他的才能技巧。如果朝廷看错了而给他超过能力的职务，他就高兴。如果给他适合能力的职务，反而发怒埋怨："我为什么不能做公卿呢？"然而，这种人到达公卿高位的也真多哩。处在国家太平无事的时期，即使超过三年也无妨害。如果碰上国家有事，安排他们到要贡献力量的岗位上去处理大事，按他们那空虚腐败、无德无能的情况，又哪里能不身败名裂而且给国家招致祸患呢？

[导读]

此篇原名《鞭贾》。故事借诈骗牟利的市侩，以及市侩所卖出的腐朽的马鞭，影射徒有其表、夸夸其谈而实际上腐朽无能的高官；同时，借不认识假货而空费钱财的富家子弟，影射用人不当的朝廷。作品警告当权者，用人不当可能给国家带来毁灭性的灾难。

[附原文]

市之鬻（yù，出卖）鞭者，人问之，其贾（通“价”，价钱）宜（合符，值得）五十，必曰五万。复（答复，还价）之以五十，则伏而笑；以五百，则小怒；五千，则大怒，必以五万而后可。

有富者子，适市买鞭，出五万。持以夸余。视其首（头，这里指鞭梢），则拳蹙（卷缩）而不遂（顺，舒展）；视其握（指鞭柄），则蹇仄（jiǎn zè，歪斜）而不植（通“直”）；其行水（指鞭子的自然纹理）者，一去一来不相承（衔接）；其节，朽墨（腐败而颜色乌黑）而无文。掐之，灭爪（指甲全部掐了进去）而不得其所穷（尽头）；举之，飘然若挥虚焉。

余曰：“子何取于是而不爱五万？”曰：“吾爱其黄而泽，且贾（gǔ，经商）者云……”余乃召童爚（yuè，烧）汤（滚烫的水）以濯（洗涤）之，则遬（通“缩”，收缩）然枯，苍然白。向之黄者栀也，泽者蜡也。富者不悦，然犹持之三年。

后出东郊，争道（抢路）长乐坂（bǎn，坡）下，马相踶（dì，踢）。因大击，鞭折而为五六，马踶不已，坠于地，伤焉。视其内则空空然，其理（材质）若粪壤（粪土），无所赖（依靠）者。

今之栀其貌，蜡其言，以求贾技于朝，一误而过其分则喜，当其分则反怒曰：“余曷（同‘何’，为什么）不至于公卿？”然而至焉者亦良多矣。居无事，虽过三年不害；当其有事，驱之于陈力（显现能力）之列以御（驾驭，治理）乎物，以夫空空之内、粪壤之理而责其大击之效，恶（何，哪）有不折其用而获坠伤之患者乎？

——《柳河东集》卷二十

昏镜词并引

刘禹锡

有一个磨制镜子的工匠，在市场上摆列了十面镜子。打开镜匣一看，其中只有一面皎洁光亮，其余九面镜子都雾蒙蒙的。有人对工匠说：“精良的镜子，跟粗劣的镜子，数量竟然相差这样悬殊啊！”工匠面带笑容答谢说：“我不是不能够把镜子都做得精良。因为，做生意人最追求的急事，就是把东西卖出手。现在，到市场上来的人，必定要仔细照遍所有的镜子，想要买适合自己的镜子。那皎洁明亮的镜子，不能隐藏面貌方面细微的缺陷，所以，不是很漂亮的人就觉得不适合。因此，我十面镜子中，只制作了一面明亮的。”我听了这件事情，发生感触，写了《昏镜词》。

昏蒙的镜子，不是好金属制成，
模模糊糊，丧失光明。
丑陋的人大多欺骗自己，
竟然说昏镜像明镜那么光明。
脸上的瑕疵，既然再也照不见，
美丽的姿态，随意凭空产生。
一天要照四五次，
自己认为倾国倾城。
用绣花丝绸做镜带，
镜匣用玉石装成。
真正的明镜难道不贵重？
因为不适合丑人，于是被看轻。

[导读]

刘禹锡（772 年—842 年），字梦得，唐朝重要思想家和诗人，作品编为《刘禹锡集》，又名《刘梦得集》。刘禹锡吸收唐朝“变文”的影响，善于写作韵散并用的寓言诗，用散文叙事，用韵文咏叹，别具一格。

本篇分两部分：前面是用散文写的“引”，叙述故事；后面是诗歌《昏镜词》，发表作者的感叹。散文与韵文结合，跟唐朝的又说又唱的“变文”一样，明显受到佛经文体的影响。寓言诗中的丑人，影射不愿意听批评的当权者，他们不敢正视现实而讳疾忌医、自护其短；诗中的昏镜影射阿谀奉承的下级，他们讨好当权者而获得利益。

[附原文]

镜之工，列十镜于贾区（买卖东西的地方，即市场，“贾”音 gǔ）。发奁（lián，镜匣子）而视，其一皎如，其九雾如。或曰：“良（质量优良）苦（质量低劣）之不侔（móu，相等，相齐），甚矣！”工解颐（露出笑容。“颐”音 yí）谢曰：“非不能尽良也。盖贾之急，唯售（卖出手）是念。今来市者，必历鉴（jiàn，照镜子）周睐（lài，观看），求与己宜（寻找跟自己面貌适合的镜子。意思是说，希望相貌照出来漂亮些）。彼皎者，不能隐（掩盖）芒杪之瑕（xiá，斑点），非美容不合。是用什一其数也（使明亮的镜子只占镜子总数的十分之一）。”予感之，作《昏镜词》。

昏镜非美金（优质的金属。古代镜子用金属磨制），漠然丧其晶，陋容（容貌丑陋的人）多自欺，谓若他镜明。瑕疵既不见，妍态（美丽动人的姿态）随意生，一日四五照，自言美倾城。饰带以文绣，装匣以琼瑛（qióngyīng，贵重的玉石），秦宫（据《西京杂记》，相传秦始皇时代，咸阳宫中有一面宝镜，能够照透人的心肝，称为“秦镜”）岂不重？非适乃为轻。

——《刘禹锡集》卷二十一

燕诗示刘叟

白居易

屋梁上来了一双燕，
一雄一雌，姿态翩翩。
衔泥筑巢在屋椽间，
哺育了四只小燕。
小燕日夜长大，
“孜孜”索食，声音不断，
青虫不容易捕到，
小燕的食囊难填满。
老燕嘴爪又痛又酸，
心里却不知疲倦，
一会儿来往十多次，
恐怕小燕饥饿把心担。
三十天辛勤劳累，
老燕变瘦，小燕变肥，
教小燕喃喃学习语言，
为小燕一一梳理毛衣。

小燕的翅膀长硬了，
引到庭院树枝上练飞。
小燕们展翅飞走，
随风四散，头也不回。
这双老燕在空中哀鸣，
声嘶力竭，呼唤不归。

老燕反身进入空巢，
互相安慰，终夜伤悲。

老燕子啊，你们不要伤悲，
你们应当回头反思：
反思你们做小鸟的日子，
反思你们高飞背离父母之时，
当时你们父母的思念，
今天你们可以体会感知。

［导读］

白居易（772年—846年），唐朝伟大的现实主义诗人，中唐时代“新乐府”诗歌创作运动的领袖。白居易的乐府诗，广泛反映当时的社会问题，为普通百姓的痛苦呼吁，风格通俗易懂。《白居易集》共保存诗歌3000多首，其中约有40首寓言诗歌。

诗人写这首寓言诗的目的，是劝告一位刘老头。诗人自注说：“叟有爱子，背叟逃去，叟甚念之。叟少年时亦尝如是。故作燕诗，以喻之。”诗歌以燕子类比人类，讽喻那些不顾父母的人。

［附原文］

梁上有双燕，翩翩雄与雌。衔泥两椽（旧式房屋屋顶架瓦片的板条）间，一巢生四儿。四儿日夜长，索食声孜孜（zī，拟声词），青虫不易捕，黄口（小鸟）无饱期；嘴爪虽欲敝（bì，破败，形容极度疲倦），心力不知疲，须臾十来往，犹恐巢中饥。辛勤三十日，母瘦雏渐肥，喃喃（nán，小声唠叨，多为形容燕语）教言语，一一刷毛衣。

一旦羽翼成，引上庭树枝。举翅不回顾，随风四散飞。雌雄空中鸣，声尽呼不归。却入空巢里，啁啾（zhōujiū，鸟鸣声）终夜悲。

燕燕尔勿悲，尔当返自思：思尔为雏日，高飞背母时，当时父母念，今日尔应知。

——《白居易集》卷一

黑潭龙

白居易

黑潭的水十分深，颜色像墨汁一般，
相传潭中有神龙，可是人们从没看见。
黑潭上建筑起房屋，那是官府立的神祠，
龙并没有显灵，是人把它当作神灵祭祀。
无论丰年或凶年，无论灾害或疾病，
人们都说是龙所造成。
家家户户喂养肥猪，过滤清酒，
早早晚晚祈祷赛神，只凭神巫一张口。
神龙前来啊风飘飘，
纸钱飞舞啊锦伞摇；
神龙离开啊风也静，
香火熄灭啊，杯盘中的食物冰冷。
猪肉堆满潭边的石头，
清酒泼湿祠前的野草。
不知道神龙享用了多少，
只知道山林间的老鼠、狐狸经常醉饱。
狐鼠何等幸运，猪有什么错误？
为什么年年杀猪，拿来喂养鼠与狐！
狐鼠借神龙的威信把猪吃尽，
九重潭底的神龙知道不？

[导读]

《新乐府》五十首是白居易创作的为国为民呼吁的组诗，其中的《古冢狐》《黑潭龙》《秦吉了》等都是寓言诗。《黑潭龙》诗前的小序说："疾贪吏也。"可见其寓意是揭露假借朝廷名义而欺骗压榨百姓的贪官污吏，他们就好像假借神龙名义的神巫，以及与巫勾结的林鼠山狐。苏仲翔《元白诗选》解释本诗说："此篇以龙比皇帝，狐狸老鼠比贪官污吏，豚比无辜小民。直刺当时割剥人民、进奉财富以邀恩宠求相位的藩镇若王锷之流。揭开封建王朝大贪污集团的丑恶嘴脸，可谓淋漓尽致。"读者可以参看白居易《论王锷欲除官事宜状》等文。

[附原文]

黑潭水深色如墨，传有神龙人不识。潭上架屋官立祠，龙不能神人神之：丰凶水旱与疾疫，乡里皆言龙所为。家家养豚（猪）漉（过滤）清酒，朝祈暮赛依巫（神汉、巫婆）口。神之来兮风飘飘，纸钱动兮锦伞摇；神之去兮风亦静，香火灭兮杯盘冷。肉堆潭岸石，酒泼庙前草，不知神龙享多少，林鼠山狐常醉饱。狐何幸，豚何辜（罪过）？年年杀豚将（拿，拿来）喂狐！狐假龙神食豚尽，九重泉底龙知无？

——《白居易集》卷四

雉　媒

元　稹

两只野鸡在野外，
互相友爱同嗜欲，

羽毛先后长丰满，
花纹美丽多耀目。

一只独自飞向外，
衔开绿草找食物，
草中早布下罗网，
失去自由被抓捕。
翅膀毛管被剪断，
丝线缝住它双目，
它被喂养还不久，
竟然已经变驯服。
丧失了往日的性灵，
反而成为猎人的心腹，
它被放置在芳草中，
叫它引诱自己的同族。

失去朋友的野鸡，
思念朋友情真意笃：
“我天天在旧处飞翔寻找，
我往往在巢边啼哭。
今天飞到树上哀鸣，
哀伤的声音断断续续。
远远望见您的漂亮羽毛，
知道您在草中隐伏。
您发出唱和声召唤我，
鼓动翅膀遥遥注目。
您担心我不肯向前，
又啄食罗网前的粟。
我收敛翅膀奔向朋友，
飞奔太快，止不住脚步，
被罗网缠住倒挂，

向您哀鸣求救。

我相信您从不怀疑，
不料您把我倾覆！
悔恨自己飞得急促，
偶然把罗网触。
看看架上的老鹰，
打算吃我这无罪者的肉，
朋友啊，
您的用心究竟怎样？
您依旧在雕笼中住宿。”

［导读］

元稹（779年—831年），字微之，中唐著名诗人。他是白居易的诗友。两人所写的新乐府诗，都能够比较全面地反映现实，揭露社会矛盾，而且语言通俗，世称“元白体”，对当时与后世都有巨大影响。

雉媒，就是猎人所驯养的野鸡，猎人利用它引诱同类堕入罗网。这首《雉媒》是五言古体诗，可分四层：第一层写两只野鸡友好地生活在一起；第二层写一只被猎人捕捉，驯养成雉媒，引诱同族；第三层写另一只野鸡苦苦思念被捉的朋友，它看见朋友后很高兴，却被已经成为雉媒的朋友引诱而堕入罗网；第四层写被朋友出卖者的哀痛悔恨。诗人用《雉媒》揭露士林中的卖友求荣的败类，告诫人们应该警惕社会的险恶，谨慎地选择朋友。

［按］雉媒只是鸟媒的一种，还有其他的鸟媒。如：晚唐著名小品文作家与诗人陆龟蒙就写了《鹤媒歌》，主旨跟《雉媒》大体相同。

［附原文］

双雉（野鸡）在野时，可怜同嗜欲。毛衣前后成，一种文章（羽毛的五彩花纹）足。

一雉独先飞，衔开芳草绿，网罗幽草中，暗被潜羁束。剪刀摧六翮（鸟翅上有力的粗羽毛，一般是六根），丝线缝双目，啖养能几时，依然已驯熟。都无旧性灵，反与他心腹，置在芳草中，翻令诱同族。

前时相失者，思君意弥（更加）笃（真诚，深切），朝朝旧处飞，往往巢边哭。今朝树上啼，哀音断复续，远见尔文章，知君草中伏。和鸣忽相召，鼓翅遥相瞩，

畏我未肯来，又啄翳（翳避，指猎人暗中设置的网罗）前粟。敛翅远投君，飞驰势奔蹙（急促），罥挂（被罗网缠绕。“罥”音 juàn）在君前，向君声促促（拟声词）。

信君决无疑，不道君相覆！自恨飞太高，疏罗偶然触。看看架上鹰，拟食无罪肉，君意定如何？依旧雕笼宿。

——《元稹集》卷一

说天鸡

罗　隐

一个养猴人的儿子，没有学到他父亲养猴的本领，却懂得了鸡的习性。他喂养的鸡，冠子和爪子都不突出，毛羽的色彩也不鲜明，一副痴呆的样子，好像连饮水啄食的愿望都没有。但是，这鸡在与其他鸡搏斗时，却是鸡中的强者；这鸡报晓，也比其他的鸡领先。所以人们叫它作“天鸡”。

这个养猴人的儿子死了，临死时把他的养鸡术传授给了他的儿子。他的儿子却违背父亲养鸡的方法：不是羽毛美丽、嘴爪锋利的，就不在畜养之列。因此，他儿子养的鸡不再是先前那种早晨啼叫最早、遇敌凶猛善斗的鸡了；只是善于昂首阔步，饮水啄食罢了。

唉！大道败坏了，才有这种情况出现啊！

[导读]

罗隐（833 年—909 年），字昭谏，晚唐作家，作品编为《罗昭谏集》。《谗书》是罗隐的小品文集，以辛辣讽刺著名，是晚唐小品文的代表作品。

本篇讽刺晚唐的人才制度。一方面讽刺选拔人才的当权人物，讽刺他们只知道执行以貌取人的人才政策；另一方面讽刺所选拔的官僚，讽刺他们无德无才，只知道摆架子、图享受而已。由养猴退化到养鸡，由精通养鸡退化到不懂得真正养鸡，一代不如一代，这实际上象征着唐王朝的每况愈下。

[附原文]

狙氏子（养猴人的儿子。《庄子·齐物论》《列子·黄帝》中称一个养猴的人为狙公。参看本书先秦寓言《朝三暮四》。“狙”音 jū，猕猴）不得父术，而得鸡之性焉。其畜养者，冠（鸡冠）距（鸡脚掌后面突出像脚趾的部分）不举，毛羽不彰（鲜明），兀然（痴呆的样子，“兀”音 wù）若无饮啄意。洎（jì，及，到）见敌，则他鸡之雄（指强者）也；伺晨（报晓），则他鸡之先也。故谓之“天鸡”。

狙氏（“狙氏”，根据上文，应为“狙氏子”）死，传其术于子焉。且反先人（死去的父亲）之道：非毛羽彩错（色彩错杂美丽）、嘴距铦利（锋利，“铦”音 xiān）者，不与其栖（qī，鸟类停宿）。无复向时伺晨之俦（chóu，类，辈），见敌之勇；峨冠（高耸的鸡冠；又双关地指大官们戴的帽子）高步，饮啄而已。

吁（xū，叹词）！道（这里双关养鸡之道与用人之道）之坏也有是夫！

——《罗昭谏集·谗书》

卖油翁

欧阳修

陈尧咨，谥号康肃公。他擅长射箭，当时没有一个人能比得上他。他也常常拿这点夸耀自己。曾经有一次，他在自家的场地上射箭，有个卖油老头儿放下担子站在那儿斜着眼看，好久没有离开。老头儿看到他射箭十支有八九支射中靶子，却只是微微地点头。

陈尧咨便问：“你也懂射箭吗？我的射技不是很精妙吗？”老头儿说：“没有别的诀窍，不过手熟罢了。”陈尧咨生气地说：“你怎么敢轻视我的射箭本领！”老头儿说：“凭我倒油的经验了解到这个道理。”说罢，就取出一个油葫芦放在地下，拿枚铜钱盖在葫芦口上，用勺子舀了油慢慢地向葫芦里倒注，油从钱孔中滴进葫芦，钱却没有沾湿一点儿。老头儿于是说：“我也没有别的诀窍，只不过手熟罢了。”陈尧咨笑着打发那卖油老头走了。

这个卖油老头，跟庄子所说的解牛的庖丁与斫轮的轮扁，有什么不同呢！

[导读]

欧阳修（1007 年—1072 年），北宋著名学者和作家，诗文革新运动的领袖，王安石、苏轼、曾巩等都受到他的培养推荐。作品编为《欧阳文忠集》。《归田录》是欧阳修晚年所写的一本笔记体散文。

本篇故事的主角陈尧咨是一个真实人物，故事素材也大概是真实的。但是，作者把素材加工成为一则寓言，进行了成功的艺术刻画，并把他跟《庄子》寓言中的厨师、车轮匠相比，从而寄托了寓意：技艺没有止境，也毫不神秘；只要刻苦磨练，自然熟能生巧。成语“熟能生巧”，大概来源于这个故事。

［**附原文**］

陈康肃公尧咨（陈尧咨，北宋人，谥号“康肃”，《宋史》有他的传记），善射，当世无双。公亦以此自矜（jīn，矜持，自信）。尝射于家圃，有卖油翁释（放下）担而立睨（nì，眼睛斜着看）之，久而不去。见其发矢十中八九，但（只，不过）微颔（hàn，下巴；此处做动词，是点头的意思）之。

康肃问曰：“汝亦知射乎？吾射不亦精乎？”翁曰：“无他，但手熟尔。”康肃忿然曰：“尔安敢轻吾射！”翁曰：“以我酌（zhuó，斟酒；此处指倒油）油知之。”乃取一葫芦，置于地，以钱覆其口，徐以勺酌油沥（从小孔向下倾注）之，自钱孔（古代铜钱圆形，中间有方形的孔穴）入而钱不湿。因曰：“我亦无他，惟手熟尔。”康肃笑而遣（送走）之。

此与庄生所谓解牛（《庄子》寓言中一个善于分解牛的厨师，参看本书《庖丁解牛》）、斫轮（《庄子》寓言中的一个斫车轮的工匠）者何异！

——《欧阳文忠集·归田录》

伤仲永

王安石

江西金溪县有个老百姓，叫作方仲永，家里世世代代是种田人。方仲永一直长到五岁，从来没有看到过笔墨纸砚。有一天，他忽然哭着要笔墨纸砚。他父亲感到奇怪，从邻居家借了给他。他马上写了四句诗，并且自己定了题目。那首诗用奉养父母、团结同族人作为主题。

诗写出以后，全乡的读书人都传观了。从此以后，指定任何事物要他作诗，他都能马上写出，而且文采、立意都有值得赞赏的地方。同县的人都惊叹他的才能，逐渐把他父亲当作宾客接待，有人还拿钱币周济他。他父亲把这种情况看作有利可图，每天牵着仲永轮流拜见同县的人，却不叫他学习。

我听说方仲永的事已经很久了。明道年间，我跟随父亲回乡，在舅父家见到了方仲永。那时，他年纪已经十二三岁了。叫他作诗，跟以前的名声不能相称。又过了七年，我从扬州回家，再到舅父家。询问方仲永的情况，大家说："方仲永的才智已完全消失，跟普通人一样了。"

我感叹说：方仲永的领悟知识的才智，是从先天获得的。他从先天获得的东西，比一般有才能的人要多得多。但他终于成了一个普通人，那是他从后天获得的东西不够。像他这种人，从先天获得的东西如此多，但由于忽视后天学习，尚且成了一个普通人。现在有些人，先天禀赋差，本来是普通人的资质，却还不注重后天学习，这种人能够赶得上普通人吗?

[导读]

王安石（1021 年—1086 年），北宋著名政治改革家，作家。江西临川人，卒谥"文"。其诗文集，称为《王文公文集》，又称《临川先生文集》《临川集》。

本篇是为人传诵的教育寓言故事。故事中"人""天"反复对举，"天"指先天禀赋，"人"指后天学习。故事通过强烈对比说明：后天的学习，比先天禀赋更加重要。

[附原文]

金溪（县名，在江西省）民方仲永，世隶耕（属于耕田人的户籍）。仲永生五年，未尝识书具（写字的工具，笔墨纸砚等）。忽啼求之。父异焉，借旁近与之，即书诗四句，并自为其名（题目）。其诗以养父母、收族（聚集、团结同族的人）为意。传一乡秀才观之。自是指物作诗立就，其文理皆有可观者。邑人（同县的人）奇之，稍稍宾客其父（把他的父亲当作宾客），或以钱币丐（施舍，给予）之。父利其然（把这种情况看作有利可图）也，日扳（同“攀”，牵，引）仲永环谒（轮流拜见）于邑人，不使学。

余闻之也久。明道（宋仁宗年号，相当于公元1032年至1033年）中，从先人（指现在已经去世的父亲）还家，于舅家见之，十二三矣。令作诗，不能称（相称）前时之闻。又七年，还自扬州，复到舅家问焉。曰：“泯（mǐn，完全消失）然众人矣！”

王子（王安石自称）曰：“仲永之通悟，受之天也。其受之天也，贤于材人（有才能的人）远矣。卒（最终）之为众人（普通的人），则其受于人者不至也。彼其受之天也，如此其贤也，不受之人，且为众人矣。今夫不受之天，固众人，又不受之人，得为众人而已耶？”

——《王文公文集》卷三十三

秃　山

王安石

我做官服役经过沧海上，
看到这座秃山十分彷徨。
谁使这座山变秃变光，
当地人把缘由向我讲：

有只猴子在山上鸣叫，
另一只猴子跟随它来到，
它们匹配成双，生儿育女，
儿女众多，孙辈更不少。

幸亏山中草木繁茂，
根茎、果实开始容易寻找，
猴子们一会儿深入幽谷，
一会儿攀上山顶，爬上树梢；
猴子养得膘肥肉满，
山却被蹂躏得一团糟，
猴子只知道抢夺吃饱，
哪有空暇把收藏储备考虑到？
大猴子已尝到苦果，
小猴子也发愁苦恼。
这山渐渐受猴子啃咬，
于是变得不留一根毛。

猴子虽然比人灵巧，
却不懂得生产之道，
它们嗜好的果实，
经常靠侥幸寻找。
啊，这大海围绕的秃山，
举目四望，没有地方可以投靠，
猴子们正在生育不断，
以后的生活如何得了？

［导读］

北宋王朝，官僚机构一天天庞大，官僚们俸禄优厚，养尊处优，造成社会的沉重负担。诗人借猴子使山变秃的意象，表达自己对朝廷只知道消费而不善于理财的担忧，讽刺不知道未雨绸缪的当权者。诗中所透露出的人口思想，丰富了我国古代人口理论。今天，这篇作品仍然可以启示我们，应该具有环境保护意识与可持续发展观念。

［附原文］

吏役（为官而在外奔走）沧海上，瞻山一停舟。怪此秃谁使，乡人语其由：

一狙（猴子）山上鸣，一狙从之游，相匹（互相结合）乃生子，子众孙还稠，山中草木盛，根实始易求，攀挽上极高，屈指亦穷幽；众狙各丰肥，山乃尽侵牟（掠夺），攘争取一饱，岂暇议藏收？大狙尚自苦，小狙亦已愁，稍稍（逐渐地）受咋啮（啃咬），一毛不得留。

狙虽巧过人，不善操锄耰（yōu，击碎土块的农具），所嗜在果壳，得之常以偷。嗟此海山中，四顾无所投，生生未云已，岁晚将安谋？

——《王文公文集》卷四十七

扣盘扪烛

苏　轼

有个生下来就瞎了眼睛的人，不知道太阳是个什么样子，就问那眼睛没有毛病的人。有人告诉他说："太阳的形状，好像一只铜盘。"他便敲敲铜盘，听到了铜盘发出的声音。有一天他听到了钟声，就以为那是太阳。

又有人告诉他说："太阳的光亮，好像蜡烛"。他摸摸蜡烛，接触到了蜡烛的形状。又有一天他摸到了"籥"这样一种形状好像蜡烛的管乐器，又以为那是太阳。

太阳的形状跟钟、籥是相差很远的，但那瞎了眼睛的人却不了解它们的不同。这是因为他没有亲眼见到过太阳，而是全靠询问别人啊。

[导读]

苏轼（1037 年—1101 年），自号“东坡居士”，北宋时代杰出的文学艺术家，诗、词、散文、书法等造诣很深，在这几方面都堪称大家。苏轼喜欢写寓言，除了散见的寓言，他还有寓言专集《艾子杂说》。苏轼寓言风格幽默，往往寓庄于谐，开了明清时代诙谐寓言创作的先河。

《乌台诗案》记载说：“轼作文一篇，名为《日喻》，以讥讽近日科场之士，但务求进，不务积学，故皆空言而无所得。”《日喻》即以这篇故事为中心，其本意是讽刺当时的科举考试。故事可以给我们下列启示：正确了解客观世界，必须把握事物的全体与本质；要把握事物的全体与本质，就必须亲自接触客观世界，旁人不可能越俎代庖；越俎代庖者即使运用最巧妙的譬喻，也只会造成误导。

这个故事，跟佛经故事《瞎子摸象》有一定相似处，但是又有所不同。《瞎子摸象》是写一群瞎子各自所发生的错误，错误根源是各自摸到了大象的不同部位，把局部当作全体；本则故事是写一个瞎子所发生的错误，错误根源是他以听觉或触觉代替视觉，把某方面的表象当作事物的本质。

[附原文]

生而眇（miǎo，失明）者不识日，问之有目者。或告之曰：“日之状如铜盘。”扣盘而得其声。他日闻钟，以为日也。或告之曰：“日之光如烛。”扪烛而得其形。他日揣（摸）龠（yuè，古管乐器），以为日也。

日之与钟、龠亦远矣，而眇者不知其异。以其未尝见，而求之人也！

——《苏轼文集》卷六十四

乌贼吐墨

苏　轼

海里的鱼类，有一种叫乌贼。它喷水嬉戏，恰好有一群海鸟也在岸边嬉戏。乌贼害怕它们发现自己，就吐出墨汁来掩蔽自己的身体。海鸟看到墨汁，产生怀疑，弄清楚下面是鱼就把乌贼抓走了。

啊！乌贼只知道吐墨汁掩蔽以求保全自己，却不知道使自己的踪迹消失而堵塞外界的怀疑。它终于被窥探者所发现，可怜啊！

［导读］

苏轼《读柳子厚三戒》说："予读柳子厚《三戒》而爱之。又尝悼世之人，有妄怒以招祸、欲盖而彰者。游吴，得二事于水滨之人，亦似之，作《二说》。非有意乎续子厚者也，亦聊以自警。"本篇是《二说》中的《乌贼鱼说》。其寓意为：因机巧而招祸，欲盖弥彰。《二说》的另外一篇叫《河豚鱼说》。

［附原文］

海之鱼，有乌贼其名者。呴（xǔ，口中吐出液体）水，而水鸟戏于岸边。惧物之窥己也，则呴水以自蔽。海鸟视之而疑，知其鱼而攫之。

呜呼！徒知自蔽以求全，不知灭迹以杜（堵塞）疑。为窥之者所窥，哀哉！

——《苏轼文集》卷六十四

三老争年

苏　轼

曾经有三位老人相会在一起，有人问他们的年龄。一个老人说道："我的年龄已经无法记清楚了，只记得少年时候，跟开天辟地的盘古有过老交情。"另一个老人说道："以往每遇到海水变桑田时，我就留下一块竹片表示一个数字，近来我留下的竹片已堆满了十间房子。"剩下的一个老人说道："平时我吃蟠桃，桃核都丢在昆仑山下。现在堆积的桃核已跟昆仑山一样高了。"

据我看来，这三位老人，跟那朝生暮死的蜉蝣和朝菌，又有什么区别呢？

［导读］

本篇是《东坡志林》中的一则故事。故事讽刺夸海口的人。吹牛夸口，正表现出浅薄无知。后代人从这个故事提炼出一个成语"海屋添筹"，用以祝福老人的寿命长，已经脱离了故事原来的用意。

［附原文］

尝有三老人相遇，或问之年。一人曰："吾年不可记，但忆少年时与盘古（神话中开天辟地的神）有旧（老交情）。"一人曰："海水变桑田（神话传说，仙女麻姑，曾经多次看到大海变成桑田，桑田又变成大海）时，吾辄（zhé，就）下一筹（记数和计算的竹签）；尔来吾筹已满十间屋。"一人曰："吾所食蟠桃（古代神话中的仙桃，3000 年才开一次花，结一次果。'蟠'音 pán），弃其核于昆仑山（新疆、西藏间的大山，西接帕米尔高原，东延入青海境内，全长2500公里，最高海拔6000多米。昆仑又是古代神话中的仙山）下，今已与昆仑山齐矣。”

以余观之，三子者，与蜉蝣（fúyóu，小飞虫名。成虫寿命不长，一般均为朝生暮死）、朝菌（菌类，阴天生在粪土上，见日则死，生命短促），何以异哉？

——《苏轼文集》卷七十三

傍人门户

苏　轼

桃符抬起头望着艾人骂道：“你是多么下贱的野草，却敢于这么狂妄地悬挂在我的上面？”艾人低着头回答说：“你已经有半截身子埋进土里去了，还跟我争什么地位的高低呢？”桃符冒起怒火，双方反复争吵不休。

门神从旁解劝道：“我们都算是没有出息的人，正在依傍别人的门户过日子，还有什么闲工夫来闹这种无谓的意气呢？”

[导读]

桃符、艾人的共同特点都是寄人篱下。因此故事用它们的形象讽刺寄人篱下却热衷于比地位高低的庸人。“傍人门户”，一语双关，造成幽默的风格。这个故事出自东坡给参寥和尚的信，参寥是东坡的朋友。

［附原文］

桃符（古时习俗，元日用桃木板写神荼、郁垒二神名，悬挂门旁，或钉入门旁土中，用以压邪，谓之“桃符”。古代在农历元日设立或更换“桃符”，后来衍化为贴春联）仰视艾人（古时于农历五月五日端午节，把艾草束成人形，悬挂在门户上，认为可以驱毒气）而骂曰：“汝何等草芥，辄（总是，竟然）居我上？”艾人俯而应曰：“汝已半截入土，犹争高下乎？”桃符怒，往复纷然不已。

门神（古代张贴在门扇上的神像，是家宅的守护神。上古时代门神就是能够捉拿鬼怪的神荼、郁垒，后来演变为唐朝著名的大将秦琼、尉迟恭）解之，曰：“吾辈不肖（不才，没有出息）。方傍人门户，何暇争闲气耶？”

——《苏轼文集》卷七十三

蚁困水中

苏　轼

一盆水倾倒在地上，一根小草浮在水面。蚂蚁被困，只好依附在小草上，心里恐慌空虚，不知道如何渡出水面。一会儿，水就干涸了，蚂蚁立即离开。它见到自己的同类，又喜又悲，流出眼泪说：“几乎不能再与你们相见。哪里知道顷刻之间，就出现了可以容大车并行的四通八达的道路呢？”

我想到蚂蚁的这种情况，可以叫人发笑。

［导读］

《试笔自书》是作者被贬谪海南岛期间的作品。当时的海南岛是中国最荒凉遥远的地区之一，是中国人眼中的天涯海角，所以苏轼刚被贬谪时情绪低落。《试笔自书》说："吾始至南海，环视天水无际，凄然伤之曰：'何时得出此岛耶？'已而思之：天地在积水中，九州在大瀛海中，中国在少海中，有生孰不在岛者？"下文就是这则故事。苏轼把日常所观察到的蚂蚁困于水的现象，跟自己贬谪到海南岛的遭遇进行类比，从而表现出一种广阔的哲学眼光与否极泰来的哲学信念，显示出自己随遇而安的生活态度。

有人说，最高的幽默是嘲笑自己，这则寓言可谓达到了这样的思想和艺术境界。

［附原文］

覆盆水于地，芥浮于水（芥，小草，《庄子·逍遥游》："覆杯水于坳堂之上，则芥为之舟。"）。蚁附于芥，茫然不知所济。少焉，水涸，蚁即径去。见其类，出涕（眼泪）曰："几不复与子相见。岂知俯仰之间有方轨（两辆大车并行）八达之路乎？"

念此可以一笑。

——《苏轼文集·苏轼佚文汇编卷五》

蛤蟆夜哭

苏　轼

艾子在海上航行，晚上停泊在一个岛屿的附近。半夜时分，听到水底下有人发出哭泣的声音，又似乎是有人在说话，也就认真地听了下去。其中一个说的话是："昨天龙王下了命令，水中的动物，凡是有尾巴的都必须斩首。我是鼍龙，有尾，所以害怕遭到杀戮，便哭了起来。你是蛤蟆，没有尾巴，为什么也哭？"又听到另一个声音说："我现在幸而没有尾巴。但是，我害怕会追究到我蝌蚪时代的事上去，因为那时我是有尾巴的。"

[导读]

苏轼晚年被贬谪到海南岛，在贬谪期间写了《艾子杂说》这部作品。古代年龄50岁叫"艾"，故苏轼以"艾子"自称。全书共40则寓言，风格幽默，嬉笑怒骂，讥讽当时政治现象。书中那个贯串所有故事的中心人物，名叫艾子，他滑稽多智，是苏轼的化身。学术界曾经长期怀疑《艾子杂说》，认为不是苏轼的作品。但是，现在已经完全证实是苏轼的作品，并被收入《苏轼文集》中。

本篇寓言讽刺当权者采用无限株连的血腥残酷政策迫害持有不同政见的人。这种现象，既是当时朝廷党争的反映，也是封建社会普遍存在的专制政策的写照。故事情节诙谐，而寓意庄重，轻松中透露出血泪。

[附原文]

艾子浮于海，夜泊岛峙（zhì，耸立水面的陆地）。中夜，闻水下有人哭声，复若人言，遂听之。其言曰："昨日龙王（传说中管理水域的地位最高的神）有令，应（所有）水族有尾者斩。吾鼍（tuó，鼍龙，即鳄鱼之类）也，故惧诛而哭。汝蛤蟆（háma）无尾，何哭？"复闻有言曰："吾今幸无尾，但恐更理会蝌蚪（蛙类动物的幼体，有尾巴）时事也。"

——《艾子杂说》

鬼怕恶人

苏　轼

艾子沿着水路行走，途中看见一座庙宇，虽然很矮小，但装饰得很精致庄严。庙宇前边，有一条小水沟。有个人走到这里，水深了，蹚不过去。回头看看庙里，便将庙里供奉的大王雕像搬来横搁在水沟上，踏着雕像走了过去。后面又来了一个人，见到这情景，再三叹息说："对于神像，竟然有这么敢于侮辱和糟蹋的!"于是，便亲自把神像扶了起来，用衣衫拂掉尘土，将它装扮一番，并把它捧到座位上放置好，再拜了两拜，然后离开。

一会儿，艾子听到庙里面有个小鬼说道："大王住在这里作为神灵，享受着当地老百姓们的祭祀。现在反而遭到愚顽百姓的侮辱，何不施一点祸患惩罚他一下?"大王说道："既然这样，那么，祸患就应当施给后面来的那个人。"小鬼不理解，说道："先前来的那个人，用脚践踏大王的身躯，再没有比这种侮辱更严重的了，大王却不肯给他降祸；后面来的那个人是十分尊敬大王的，您反而施祸患给他。这是什么缘故呢?"大王说道："先前来的那个人早已不相信什么鬼神了，我又怎么能施祸给他呢?"

艾子听了说道："真是鬼神也怕恶人啊!"

[导读]

本篇故事勾勒出封建官僚的欺善怕恶的脸谱，对其进行辛辣嘲讽。故事还说明，迷信并崇拜官僚，正如迷信并崇拜鬼神一样，只会招来祸患。

[附原文]

艾子行水涂（通“途”，道路），见一庙，矮小而装饰甚严。前有一小沟。有人行至，水不可涉，顾庙中，而辄取大王像横于沟上，履（lǚ，踩，践踏）之而去。复有一人至，见之，再三叹之曰：“神像直有如此亵（xiè，猥亵）慢！”乃自扶起，以衣拂饰，捧至座上，再拜而去。

须臾，艾子闻庙中曰：“大王居此以为神，享里人祭祀，反为愚民之辱，何不施祸以谴之？”王曰：“然则祸当行于后来者。”小鬼又曰：“前人以履大王，辱莫甚焉，而不行祸；后来之人敬大王者，反祸之。何也？”王曰：“前人已不信矣，又安祸之！”

艾子曰：“真是鬼怕恶人也！”

——《艾子杂说》

把野鸭当猎鹰

苏　轼

从前，有个人将要打猎，却不认识鹘（猎鹰），买了一只凫（野鸭）带去，以为凫就是鹘。打猎时，原野上兔子奔跑，他抛出凫，要它出击。凫不能飞，跌落在地。再扔一次，又跌落在地。抛了三四次后，凫摇摆着双脚走动，对猎人说：“我是一只野鸭。杀了我吃，是本分。为什么要反复扔我，让我吃苦呢？”那人说：“我以为你是鹘，可以抓兔子，你原来是鸭子吗？”凫举起脚掌给那人看，笑着说：“看我这手脚，可以抓得住兔子吗？”

[导读]

本篇故事假托的背景是：赵国任用纸上谈兵的赵括，带兵抵抗秦国军队，造成长平大败，赵军四十万人被坑杀。艾子于是向齐王说了这个故事，类比朝廷用人不当。作者利用“凫”与“鹘”音近（在方言中往往同音）而构思了这则故事，先用动物类比历史事件，再以历史影射现实，讽刺宋王朝用人不当。故事的普遍意义是：不能识别人才，是社会的悲哀。

[附原文]

昔人将猎，而不识鹘（hú，即隼，鹰类猛禽），买一凫（野鸭）而去。原上兔起，掷之使击。凫不能飞，投于地。又再掷，又投于地。至三四，凫忽蹒跚（pánshān，脚不灵便而走路摇摆的样子）而人语曰：“我，鸭也。杀而食之，乃其分。奈何加我以掷之苦乎?”其人曰：“我谓尔为鹘，可以猎兔耳，乃鸭耶?”凫举掌而示，笑以言曰：“看我这脚手，可以搦（nuò，按，捉）得他兔否?”

——《艾子杂说》

公孙龙夸诞

苏　轼

公孙龙进见赵文王，打算说一些夸大荒诞的话，以便在赵文王面前炫耀一番。他因而对赵文王说了两个故事：一个故事是大鹏鸟一飞就是九万里，一个故事是有个巨人一下钓走了六只背负神山的大鳌鱼。

赵文王说道：“南海的大鳌鱼，是我没有见过的。我只好拿我们赵国已经发生的事实来回答你。我们的镇阳地方，有两个小孩，一个叫东里，另一个叫左伯。有一天，两人同在渤海边游戏。一会儿，有一种名叫大鹏的鸟，成群地在水上飞翔。东里迅急地跳入海中去捕捉它们，一下子就抓到了一只。渤海那么深，水才淹到东里的小腿呢。他回头一看，用什么来装这只大鹏呢？他便拉下左伯的头巾把鸟装起来。左伯发怒，跟东里互相扭打起来，很久不肯罢手。东里的母亲便用力把东里拖回去。左伯举起太行山向东里掷过去，误中了东里的母亲，把她的一只眼睛堵塞了。东里的母亲用手指甲把大山从眼眶里抠了出来，朝西北方向弹去。因此，现在的太行山便从半腰里断裂开来；断裂处弹出的那块石头，便是现在的恒山。您是否也见到过这种事呢？”

公孙龙听了，垂头丧气，只好向赵文王作了个长揖退出来。

他的弟子们向他说道：“您用荒诞的话在别人面前进行炫耀，结果反而被别人压服了，这本来就是理所当然的啊！”

［导读］

故事的主旨是讽刺好说大话的人，并说明对付这种人的最巧妙的手段是：以其人之道，还治其人之身。故事在手法上，也是以夸诞对付夸诞，从而暴露出夸诞的荒唐可笑。

［附原文］

公孙龙（战国时期赵国人，名家的代表人物，好诡辩。公孙是复姓）见赵文王，将以夸事眩（同“炫”。炫耀，夸耀）之。因为王陈“大鹏九万里”（参看本书《大鹏与鹌鹑》）、“钓连鳌”（《列子·汤问》的神话传说：“渤海的东面有五座大山，常随波涛漂流。上帝命十五只巨鳌用头顶着山，才固定不动。龙伯国有个巨人，来到海边，一下就钓走了其中的六只鳌。”鳌，音 áo，传说中的海中大龟）之说。

文王曰：“南海之鳌，吾所未见也，徒以吾赵地所有之事报子。寡人之镇阳，有二小儿，曰东里，曰左伯。共戏于渤海之上。须臾，有所谓鹏者，群翔于水上。东里遽入海以捕之，一攫（jué，抓取）而得，渤海之深，才及东里之胫（jìng，小腿）。顾（回头）何以贮也？于是挽左伯之巾以囊（袋子，作动词用，即装起来）焉。左伯怒，相与斗之。久不已。东里之母，乃拽（拖，用力拉）东里回。左伯举太行山（山西高原与河北平原间的大山）掷之，误中东里之母，一目眯（mèi，昏暗，看不清）焉。母以爪剔出，向西北弹之。故太行中断；而所弹之石，今为恒山（山西省东北部的大山，古称北岳）也。子亦见之乎？”

公孙龙逡巡（欲进不前，迟疑不决的样子）丧气，揖而退。

弟子曰：“嘻！先生持大说以夸眩人，宜其困也。”

——《艾子杂说》

更渡一遭

岳　珂

从前，有一个人得到了一只甲鱼。他想烹甲鱼吃掉，但是又不愿意承担杀生的坏名声。于是，就把火烧得特别旺盛，让锅里的水开了几百滚，再在锅上横一根细细的竹枝作为桥梁。他跟甲鱼约定说：“能从这里渡过，就让你活命。”甲鱼知道主人是用计取它的性命，于是尽最大努力向前爬，总算渡了一遭。主人说：“你能渡桥，很好！你再为我渡一遭，我想观赏。”

[导读]

岳珂，南宋时代人，是民族英雄岳飞的孙子。他所著的《桯史》是笔记体，记载宋朝的朝政得失与逸闻，共15卷140余条。“桯”音tīng，是摆在床前的几案。

《桯史》说，本篇是南宋抗金名将虞允文将军再次北上抗金前所讲述的一个故事，具有幽默自嘲的意味。但是，这个故事原来是一个民间故事，原意非常清楚，那就是讽刺欲置人于死地而又寻找借口的假仁假义的伪君子。

［**附原文**］

昔有人得一鳖，欲烹而食之，不忍当杀生之名。乃炽（熊熊燃烧）火使釜水百沸，横筱（xiǎo，细竹）为桥。与鳖约曰："能渡此，则活汝。"鳖知主人以计取之，勉力爬沙，仅能一渡。主人曰："汝能渡桥，甚善！更为我渡一遭，我欲观之。"

——《程史》卷九

眉眼口鼻争能

罗　烨

眉毛、眼睛、嘴巴、鼻子四种器官，都有灵气。

有一天，嘴巴对鼻子说："你有什么能力，位置反而摆在我的上面？"鼻子说："我能够辨别香臭，然后你才知道可以吃什么，所以摆在你上面。"鼻子又对眼睛说："您有什么能力，位置反而摆在我的上面？"眼睛说："我能够辨别美丑，瞭望四方，这功劳不小，应当摆在你上面。"鼻子又说："你说的也对。但是，眉毛有什么能力也摆在我上面？"眉毛说："我也不会跟您各位争论位置。不过，如果我生在眼睛和鼻子底下，那不知道脸皮该安放在哪里？"

［**导读**］

罗烨，大概是南宋末年人。《醉翁谈录》是罗烨编写的笔记体故事集，今存数则。另外有一本《醉翁谈录》，是南宋初年的金盈之编写。两书同名，但是内容不同。

这则故事原名《嘲人不识羞》。故事把人的面部器官拟人化，组织出异想天开的情节，讽刺了不顾廉耻的人物，也讽刺了不顾全局而争地位、争名誉的人。故事中的“面皮”一词，是双关语，既指生理上的“脸孔”，又指社会意义的“脸面”。

[附原文]

眉、眼、口、鼻四者，皆有神也。

一日，口为鼻曰：“尔有何能，而位居吾上?”鼻曰：“吾能别香臭，然后子方可食，故吾位居汝上。”鼻为眼曰：“子有何能，而位在我上也?”眼曰：“吾能观美恶，望东西，其功不小，宜居汝上也。”鼻又曰：“若然，则眉有何能，亦居我上?”眉曰：“我也不解与诸君相争得。我若居眼鼻之下，不知你一个面皮安放哪里?”

——《历代笑话集·醉翁谈录》

元明清寓言

越人遇狗

邓　牧

越地有个人，在路上遇到一只狗。狗低头摇尾，用人的话语对这个越人说："我善于打猎。我们合作打猎，各分猎物的一半。"越人高兴，引着狗一起回家。他用精美的粮食与肉类供应狗，用对人的礼节对待狗。狗受到隆重礼节的对待，一天天傲慢起来。打猎捕获到野兽，狗一定吃光才停止。有人讥笑越人说："你喂养狗，捕获的野兽完全被狗吃掉。你又何必喂养狗呢?"越人省悟过来，于是跟狗分猎物，自己多拿了一些。狗大怒，咬越人的头，咬断了颈部与脚，然后跑开了。

越人把狗当作自己家里的人来养，而又跟狗争食物，怎么可能不失败呢?

[导读]

邓牧（1247年—1306年），宋末元初卓越的思想家。所著《伯牙琴》共选收文章、诗歌60多篇。作者在书中猛烈抨击封建暴政，提出了"废有司，去县令"的主张。《吕氏春秋》记载，伯牙是高超的鼓琴音乐家，子期是他的知音。子期死后，伯牙不复鼓琴。此书的命名，取自这个典故，并寄寓了作者的亡国悲痛。

邓牧学习柳宗元的《三戒》，写了两篇寓言，取名《二戒——学柳河东体》。本篇是《二戒》中的第一篇。从一般意义上看，本篇是说对恶人不能丧失警惕，不要引狼入室。结合作者生活的具体时代看，可能是对南宋王朝灭亡的历史教训进行总结。南宋王朝，不能自己奋发图强，而是跟蒙古势力联合，打败了金国，胜利果实完全落入蒙古之手；最后，自己也被蒙古消灭了。南宋当权者就颇像故事中的越人，而且南宋朝廷正是建都在越地的杭州。

[**附原文**]

越（今江苏南部、浙江北部一带）人道上遇狗。狗下首、摇尾，人言曰："我善猎。与若（人称代词，你）中分。"越人喜，引而俱归。食以粱肉，待之以人礼。狗得盛礼，日益倨。猎得兽，必尽啖乃已。或嗤越人曰："尔饮食之，得兽，狗辄尽啖，将奚以狗为？"越人悟，因与分肉，多自与。狗怒，啮其首，断领足，走而去之。

夫以家人豢狗，而与狗争食，几何不败也？

——《伯牙琴·二戒》

千里马

刘 基

郁离子先生家里的马，生了匹好马驹。别人对他说："这是一匹千里马呢。一定要把它送到皇宫内的马厩里去。"郁离子很高兴地听从了他的意见。送到京城以后，皇帝便叫掌管马匹的高级官员太仆，查阅记载各地进贡特产的书籍。太仆查阅以后，便说："马虽则是良马，但它不是冀州出产的啊。"于是把这匹千里马放在宫外喂养。

[**导读**]

刘基（1311 年—1375 年），字伯温。元末明初的著名政治家。他辅佐朱元璋建立明朝，被封"诚意伯"，著作编为《诚意伯文集》。《郁离子》是刘基的寓言专集。寓言体故事 195 则，分为 18 篇，有一个叫"郁离子"的中心人物贯穿全书。这个人物是作者观念的代言人。书中的寓言，大多借古代故事反映元朝末年的社会现实，表现出作者敏锐的社会观察力。

用千里马比喻杰出人才，是中国古代寓言的重要母题。以往的千里马故事主要是写人们不能识别千里马，本篇故事却能出以新意，写公认的千里马，只是因为不是出生在冀州，不符合教条，从而遭到轻视、排斥。故事的具体寓意是影射、讽刺元朝统治者所推行的种族歧视政策。这种政策把人分为四等：蒙古人、色目人、汉人、南人（南方的汉族与少数民族），第三、第四等级的人受歧视压迫，没有政治出路。这种政策扼杀了大批人才，也造成了元王朝的危机，所以其统治中原不满百年。故事今天仍然启发我们：使用人才要不拘一格，不可存在偏见，不可死守教条。因为人才是关系国家兴衰的根本。

[附原文]

郁离子之马，孳（zī，生）得駃騠（juétí，良马名称）。人曰："是千里马也。必致诸内厩（jiù，马房）。"郁离子悦从之。至京师，天子使太仆阅方贡（记载各地向朝廷进贡的土特产的书籍），曰："马则良矣，然非冀（冀州，约相当山西、河北以及河南、山东的一部分地区）产也。"置之于外牧。

——《郁离子·千里马》

狙公失狙

刘　基

楚地有一个靠养猴生活的人，当地人叫他作狙公。每天清早，狙公就把所有的猴子召集到庭院中，给它们安排任务，叫一只老猴子率领它们到山里去寻取草木所结的各种果实，从其中抽十分之一的税来养活自己。有的猴子交不足税，就用鞭子抽它。这群猴子都怕狙公，吃尽了苦头，但是谁也不敢违抗。

有一天，有只小猴子对大伙说："山里的果树，是狙公种的吗?"众猴子说："不是的，是天生的。"小猴子又说："这些草木所结的果子，没有狙公便不能摘取吗?"众猴子说："不。都能摘取。"小猴子说："那么，我们为什么要依靠他而给他服劳役呢?"小猴的话还没讲完，众猴都觉醒了。当天晚上，它们等候狙公睡了，便互相通气，合力捣毁了栅栏与木笼，搬取了平日积蓄的一切，手牵着手逃到树林中，再不回来了。狙公终于饿死了。

郁离子说："世界上有一种人，只知用权术来驱使百姓，却没有道义作为准则。这种人，大概有点像狙公啊！只是百姓还在昏睡中没有觉醒，一旦有人开导他们，那权术就完蛋了。"

[导读]

这是一则极富有现实性的政治寓言。元朝统治者以武力夺取天下后，仍然施行暴政，残酷压迫各族人民，造成激烈的社会矛盾。刘伯温政治头脑敏锐，洞察到这一切，于是翻新《庄子》与《列子》中的寓言故事"朝三暮四"，讽刺元朝的政治措施，并预言一场全国性的大反抗、大暴动已经迫近眉睫。这则寓言所揭示的社会危机，不久就成为元末全国大起义的现实。

[附原文]

楚有养狙（jū，猴子）以为生者，楚人谓之狙公。旦日，必部分（布置安排）众狙于庭，使老狙率以之山中，求草木之实。赋什一以自奉。或不给，则加鞭棰（chuí，竹鞭）焉。群狙皆畏，苦之，弗敢违也。

一日，有小狙谓众狙曰："山之果，公所树与?"曰："否也，天生也。"曰："非公不得而取与?"曰："否也，皆得而取也。"曰："然则吾何假（凭借，依靠）于彼而为之役乎?"言未既，众狙皆寤。其夕，相与伺狙公之寝，破栅（zhà，栅栏）毁柙（xiá，木笼子），取其积相携而入于林中，不复归。狙公卒馁（něi，饥饿）而死。

郁离子曰："世有以术（权术）使民而无道揆（kuí，准则，作为准则）者，其如狙公乎！惟其昏而未觉也；一旦有开之，其术穷也。"

——《郁离子·瞽聩》

中山猫

刘　基

战国时代，赵国有一户人家被老鼠害苦了。户主听说中山国有善于捕鼠的猫，就前去请求。中山国人给了他一只猫。那只猫啊，果然很会捕老鼠，但也牵连到家里养的鸡。一个多月以后，家里老鼠被捉尽了，但养的鸡也被吃光了。户主的儿子认为那只猫是个祸害，告诉父亲说："为什么不赶跑它呢？"父亲回答说："你不能了解这里面的大道理。我们的祸患在哪里呢？在于有老鼠，不在于没有鸡。有了老鼠，就会偷吃我家的粮食，咬烂我家的衣服，钻穿我家的墙壁，啃坏我家的家具。这样，我们就要挨饿受冻，比没有鸡不是更厉害吗？仅仅没有鸡，我们最多不吃鸡罢了，离挨饿受冻还远得很呢。为什么要赶走那只猫呢？"

[导读]

本篇故事的主角是一只猫，主要评论者是户主。故事给人的启示是：事物往往具有两重性。处理事情，要抓住主要矛盾（在故事中是鼠患），权衡利弊。

我国于1976年结束"文化大革命"的灾难，于1977年冬拨乱反正恢复高考。这则故事进入1978年的全国高考语文的统一命题。题目要求考生把这则故事翻译为白话文，同时写一篇读后感。翻译要准确。如："及"字，是个动词，本义是赶上，引申为牵连，不同于现代的连词"以及"。写读后感，可以从多个角度分析本篇的寓意。如：办事，可能要付出代价，不可因噎废食；用人，要用其所长，不可责备求全，当然也可以想法避其所短（如想法让猫吃不到鸡）。

［**附原文**］

赵（战国时国名。在今河北南部、山西中部一带）人患鼠，乞猫于中山（战国时国名，在今河北中部的定县）。中山人予之猫。善捕鼠，及鸡。月余，鼠尽而其鸡亦尽。其子患之，告其父曰："盍（'何不'的合音词）去诸（'之乎'的合音词）？"其父曰："是非若所知也。吾之患在鼠，不在乎无鸡。夫有鼠，则窃吾食，毁吾衣，穿吾垣墉（yuán yōng，墙壁），毁伤吾器用。吾将饥寒焉，不病于无鸡乎？无鸡者，弗食鸡则已耳，去饥寒犹远。若之何而去夫猫也？"

——《郁离子·枸橼》

若石备患

刘　基

有个叫若石的人，隐居在冥山北面。他发现，有一只虎常常蹲在他家的篱笆外面偷看。于是，若石带领全家人早晚警戒：太阳一出就敲钲，太阳一落就烧起篝火，夜晚便派人敲梆巡夜，加以守候；又在房子周围栽上荆棘，筑起围墙，在山谷中挖了陷阱，千方百计防守着。整整一年，老虎什么也没有得到。

有一天，老虎死了。若石非常高兴，自认为老虎死了，就再没有危害自己的东西了。于是放松了警惕，撤掉了设备，墙垮了也不修理，篱笆坏了也不补。没有多久，有貙赶着一只小鹿闯进他空的屋角里。貙听到牛、羊、猪的叫声，便进栏抓了吃。若石不知它是貙，叱骂不开，便拿土块打它。貙发了怒，像人一样站起来，用爪子把若石抓死了。

有远见的君子说：若石只知防备老虎，而不知防备其他的野兽，得到这种下场也是必然的啊。

［导读］

有备则无患，无备则有患，隐蔽之患甚于明显之患。

［附原文］

若石隐于冥山之阴。有虎恒蹲以窥其藩（篱笆）。若石帅其人昼夜警：日出而殷（震动，敲响）钲（zhēng，古代一种打击乐器，功能像现代的锣），日入而燎辉（火光），宵则振铎（即"柝"，巡夜人敲着报更的木梆）以望（守望，守候）。植棘树墉（yōng，墙），坎（坑，陷阱，挖陷阱）山谷以守。卒岁，虎不能有获。

一日而虎死。若石大喜，自以为虎死无毒己者矣。于是弛（chí，松懈，解除）其机，撤其备，垣坏而不修，藩决而不理。无何，有貙（chū，大山猫）逐麋（mí，麋鹿）来，止其室之隈（wēi，角落），闻其牛羊豕之声而入食焉。若石不知其为貙也，叱之不走，投之以块，貙人立而爪之毙。

君子谓若石知一而不知二，宜其及也。

——《郁离子·虞孚》

倔叔三悔

刘　基

有一个自以为是而喜欢跟别人唱反调的倔强的人，大家都叫他倔叔。他在龟山北面种田，用干燥的高地种稻，低湿的洼地种高粱。他的朋友对他说："高粱喜欢高亢，稻子喜欢低湿，而您把它反过来了，这不合乎它们的生活习性，又凭什么能得到好收成呢？"他不听朋友的意见。过了十年，仓库里竟然没有一点储蓄。这才到朋友的田里去观看，发现朋友的做法，没有一点不像他所说的忠告，因此获得了好收成。他便向朋友表示歉意说："我知道悔改了。"

接着他又到汶上县去经商。他总是看什么货物最行时，便争着去抢购，到处跟别人竞争。等他买齐货物，别人早都把这种货物运到了，因而总是卖不出去。他的朋友又对他说："善于做生意的人，要收购别人不去争夺的货物，等时机一来，便可获得成倍的利润。这便是大商人白圭发财的方法。"他又不听。这样十年过去了，他越来越穷困。反过头来想起朋友的话，又去向朋友拜谢道："我今后不敢不悔改了。"

后来，他乘着出海经商的大船，到海外做生意，邀请他朋友与他一道去。船随着波涛向东驶去，到了一个无边无际的深渊旁。他朋友马上劝告说："哎呀，这就是传说中的归墟，进到里面便不能返回来了。"他又不听。独自坚持前进，被波涛卷进深邃的大壑里，在里面待了九年。后来幸亏碰上大鲲鱼变化成大鹏时激起的巨大波澜，才把他的船冲了出来，他才得以回家。等他回家时，头发全白了，形体枯黄如蜡，没有一个人能够认出他来。他这才深深地拜谢他的朋友，并且对天发誓说："如果我不悔改的话，请太阳做证。"他的朋友笑着说："改悔是改悔了，但还有什么用处？"

人们都说："倔叔三次表示改悔，一生便完结了。还不如那不知改悔的人可以无忧无虑呢!”

[导读]

刚愎自用者不可能真正接受别人的意见，因此一错再错，不可救药。倔叔的“后悔”，给故事留下一条幽默的小辫子，也给后人留下教训。

[附原文]

蹶（通“倔”，执拗）叔好自信而喜违人言。田于龟阴，取其原（高平的地方）为稻而隰（xí，低下的湿地）为粱。其友谓之曰：“粱喜亢，稻喜隰，而子反之，失其性矣。其何以能获?”弗听。积十稔（rěn，庄稼一年成熟一次叫一稔）而仓无储。乃视于其友之田，莫不如所言，以获。乃拜曰：“予知悔矣。”

既而商于汶上（县名，在山东省西南部）。必相货之急于时者趋之，无所往而不与人争。比得，而趋者毕至，辄不获市。其友又谓之曰：“善贾者收人所不争，时来利必倍，此白圭（战国时大商人，他用‘人弃我取，人取我与’的办法经商致富）之所以富也。”弗听。又十年而大困。复思其言而拜曰：“予今而后不敢不悔矣。”

他日，以舶入于海，要（通“邀”）其友以偕（一同，一起）。则汜滥而东，临于巨渊。其友曰：“是归塘（又名归墟，是神话传说中众水所归的无边无底的巨渊，见《列子·汤问》）也。往且不可复。”又弗听。则入于大壑之中九年，得化鲲之涛（鲲变化为大鹏时所激起的巨大波澜。见《庄子》寓言“鲲鹏与斥鴳”）嘘之以还。比还，而发尽白，形如枯蜡，人无识之者。乃再拜稽首（古代一种叩头到地的跪拜礼，是最隆重的礼节）以谢（感谢，认错）其友，仰天而矢（通“誓”）之，曰：“予所（若，如果）弗悔者有如日（即有太阳做证的意思。‘予所……者有如日’，是古代发誓时的用语）。”其友笑曰：“悔则悔矣。夫何及乎?”

人谓蹶叔三悔以没齿（没齿，即过完了一辈子），不如不悔之无忧也。

——《郁离子·虞孚》

菟丝与薜荔

刘　基

菟丝与薜荔，都生长在松树与朴树的下面，互相商量依附的地方。菟丝说："朴树是一种不成材的树，一丛丛地长着，互相遮蔽着。松树呢，可了不起。它的根长在石缝之中，根旁生出茯苓，这茯苓是各种药材中最名贵的药材，神农和雨师都是因为吃了它便成为神仙的；它的树脂流入土中，便成了琥珀，这琥珀与水中的玉石、山里的琅玕都是贵重的宝贝；它的躯干从山谷中直冲云霄，它的枝条矫健地盘曲着，它的叶子非常茂密，风一吹来，便像各种乐器一样发出声音。我看舍弃松树便没有依附的好地方了。"薜荔说："你说的松树真美。但是，依我看来，作为依附的对象它却赶不上朴树。凡是美妙东西所在的地方，就是人们争夺的目标。所以，山里如果埋有金子便被开凿，石头里如果有玉便被剖开，湖泊有鱼便被弄干，草丛有野鸟便会被铲除。现在，松树身长十丈，树颠入云，却不生在人迹不到的偏僻的悬崖与山谷，而直挺挺地生在大家都能看到的所在，又说有什么茯苓、琥珀。我知道它不久就要遇害了。"菟丝没听薜荔的话，爬到松树上去了。薜荔便弯弯曲曲地向朴树上爬，它钻过牛蝇与蛴螬的孔穴，缠绕在树枝和树干上，伸展出自己的枝叶。于是，朴树的叶子反而枯萎了，枝条、躯干都变成了薜荔依附生长的场所，树心也空了，树皮龟裂，好像笋壳一样剥落着。

一年多以后，齐王派一个名叫石的木匠来到山里。他看中了松树，砍松树做建筑雪宫的屋梁。松树被砍了，菟丝也随着死了，只有薜荔与朴树仍然照旧生长着。

[导读]

故事反映出专制社会所常见的两种政治现象：一是树大招风，具有特殊用途者往往成为众矢之的；二是树倒猢狲散，依附权贵，往往有树倒巢覆的危险。

[附原文]

唐蒙（即菟丝，寄生草木，其子为补肝益肾的中药）与薜荔（bì lì，常绿藤，其果实可制凉粉），俱生于松、朴（pò，一种落叶乔木）之下，相与谋所丽（依附）。唐蒙曰："朴，不材木也，荟（huì，丛生的样子）而翳（yì，荫蔽）。松，根石髓（石缝）而生茯苓（生于松根的一种菌核，是宁心益脾的中药），是惟百药之君，神农（传说中教民耕种、医药的中华始祖之一）之（做连词，相当于'和'）雨师（传说中司雨的神仙）食之以仙；其膏入土，是为琥珀（hǔpò，树脂的化石），爰（乃，就）与水玉、琅玕（lánggān，美玉）同为重宝；其干耸壑而干霄，其枝樛流（jiū líu，盘曲），其叶扶疏（茂密），爰有百乐弦管（弦乐器与管乐器，泛指各种乐器）之音。舍是无以丽矣。"薜荔曰："信美。然由仆观之，不如朴矣！夫美之所在，则人之所趋也。故山有金则凿，石有玉则劚（zhǔ，被铲，被挖），泽有鱼则竭，薮（sǒu，水浅草多的湖泽）有禽则薙（tì，被铲除）。今以百尺梢云之木，不生于穷崖绝谷人迹不到之地，而挺然于众觌（看见），而又曰有茯苓焉，有琥珀焉。吾知其戕（qiāng，被伤害）不久矣。"乃袅（niǎo，缭绕上升）而附于朴，钻蚋（ruì，牛蝇）螬（即"蛴螬"，金龟子的幼虫）之穴以入其条，缠其心而出焉。于是朴之叶不生，而柯枚条干（"柯""条"是树枝，"枚""干"是树干），悉属于薜荔，中虚而外皮索箨（像笋壳一样的剥落）如也。

岁余，齐王使匠石（名叫"石"的木匠，本是《庄子》寓言中的人物）取其松以为雪宫（春秋战国时代齐国的宫殿）之梁。唐蒙死而薜荔与朴如故。

——《郁离子·麋虎》

鲁人窃糟

刘　基

有一位好谈佛理的客人，跟人家谈论道理的时候，一定要用他接触到的佛经中的道理来挖苦人，还扬扬自得地认为是自己独特的见解。

郁离子对他说："过去，鲁地人不会造好酒，只有中山人会酿造醇美的好酒，叫作'千日酒'。鲁地人向中山人请教那造酒的方法，没有得到。后来，鲁地有一个人在中山做官，恰好住在造酒的人家。他偷了一点酒糟回来，用鲁地造的劣酒浸在酒糟中，便对人说：'这便是中山的千日酒。'鲁地的人们买它喝，都认为真是中山的好酒。有一天，中山那个酒家的主人来了，听说有千日酒，便买了来喝。他一喝便觉得味道不对，马上吐了出来，笑着说：'这不过是我的酒糟浸过的淡水啊。'——现在，您用佛理来向我夸耀，当然行啊。但是，我担心真正懂得佛理的人会笑您偷了他的酒糟啊！"

[导读]

本篇故事的具体讽刺对象已经在开头明确提出。这个人的特点是喜欢哗众取宠、自我卖弄，而且以挖苦贬低别人为乐，但是他的学问不过是拾人牙慧而已。在学术界、文化教育界，应该有不少跟这个人相似的人。因此，这篇寓言可以当作一面镜子，可以照照自己，也可以照照别人。

[附原文]

客有好佛者，与人论道理必以其说骂之，欣欣然自以为有独得焉。

郁离子谓之曰："昔者，鲁人不能为酒，惟中山之人善酿千日之酒（传说中的一种烈性酒，说是能够令人大醉千日不醒）。鲁人求其方弗得。有仕于中山者，主酒家。取其糟归，以鲁酒渍（浸泡）之。谓人曰：'中山之酒也。'鲁人饮之，皆以为中山之酒也。一日，酒家之主者来，闻有酒，索而饮之。吐而笑曰：'是予之糟液也。'今子以佛夸予，可也。吾恐真佛之笑子窃其糟也。"

——《郁离子·麋虎》

乌鸦与蜀鸡

宋　濂

豚泽地方，有户人家饲养了一只蜀鸡。蜀鸡身上有花纹，颈上生着红色羽毛。蜀鸡带着一群小鸡，啾啾地叫着。忽然有只鹞鹰从空中飞过，蜀鸡马上用翅膀护住这群小鸡，鹞鹰捕不到小鸡便飞开了。

不久，有只乌鸦飞来，与小鸡一块啄食。蜀鸡把乌鸦当兄弟看待，跟它一起相处得很和睦。忽然，乌鸦叼着小鸡飞走了。蜀鸡仰视天空，非常难过，它好像是后悔被乌鸦欺骗了。

［**导读**］

宋濂（1310 年—1381 年），元朝末年、明朝初年著名的古文家，他被明太祖称为"开国文臣之首"，著作编为《宋文宪公全集》。《燕书》是宋濂在元朝末年隐居时所作的寓言作品集，收有寓言 40 则，根据《韩非子》寓言"郢书燕说"取名。

本则故事的素材是过去农村中经常发生的现象，作者信手拈来，用以说明普遍的人生哲理：保持警惕，可以防止祸患；丧失警惕，认敌为友，往往招祸。

［附原文］

豚泽之人养蜀鸡（一种大品种的鸡），有文而赤翁（颈上的毛）。有群雏（yú，小鸡。《尔雅·释鸟》云："鸡大者蜀，蜀子雏。"）周周鸣。忽晨风（晨风鸟，俗名鹞鹰）过其上，鸡遽翼（用翅膀保护）群雏；晨风不得捕，去。

已而，有乌来，与雏同啄。鸡视之兄弟也，与之下上甚驯。乌忽衔其雏飞去。鸡仰视怅然，似悔为其所卖也。

——《宋文宪公全集·燕书》

具区白雁

宋　濂

具区泽是白雁聚集的地方。白雁在夜晚一定要认真选择栖宿的地方。白雁担心人们射击它们，便安排雁奴在周围巡查监视。有人一到，雁奴便叫。这样，雁群便可以安睡。

泽边的人熟悉它们的这种习性，便点着火把故意照，当雁奴刚发出嘎嘎的叫声，便急忙将火把沉到水中熄灭。群雁被叫声惊醒，四看却没有什么。这样往复三四次，群雁都推断是雁奴欺骗它们，一齐啄雁奴。不多久，泽边的人便打着火把走到雁群跟前，雁奴不敢再叫，群雁正在睡梦中，被一网打尽。

［导读］

本篇的素材是一个古老的民间故事。北宋的文学家宋祁已经记载了"雁奴"的故事，保存在《宋景文集》中。故事说明，要防止敌人的偷袭阴谋，一定不要压制反映敌情的战友。本篇还揭露出专制政体的一个普遍弊端，这个最根本的弊端就是不能容许反对意见的存在，特别是不能容许反对派的存在。专制制度往往造成群体的愚昧、野蛮。

［附原文］

具区之泽（即太湖），白雁聚焉。夜必择栖，恐人弋（yì，射）己也，设雁奴（相传负责为雁群巡夜的雁。民间传说，雁奴是由丧偶的孤雁担任）环巡之。人至则鸣，群雁藉（凭借）是以瞑（闭目，安睡）。

泽人熟其故，爇（ruò，点燃）火照之。雁奴戛然鸣，泽人遽沉其火。群雁皆惊起，视之无物也。如是者三四，群雁以奴绐己，共啄之。未几，泽人执火前，雁奴不敢鸣，群雁方寐，一网无遗者。

——《宋文宪公全集·燕书》

束氏狸狌

宋　濂

卫地有一个姓束的人，对世间其他事物都不爱好，只爱喂狸狌。狸狌就是猫，是捕鼠的动物。他养狸狌多到一百多只，把家宅四周的老鼠都捕尽了。狸狌没有老鼠吃，饿了就叫。束家每天买肉喂它。狸狌生下的子孙，因为吃肉喂大的缘故，竟然不知道世上有老鼠，只知饥了就叫，叫就得到肉吃，吃完肉就安安稳稳、快快活活睡大觉。

南城外有个人士，家里遭到鼠患，老鼠成群走动，多得经常有鼠掉进水瓮里。他连忙从束家借了狸狌去。狸狌见到老鼠耸着尖尖的双耳，眼珠突出，黑亮如漆，胡须赤红，又发出吱吱的叫声，便把老鼠看成奇异的动物。它傍着老鼠走，不敢下去捉。借狸狌的人气极了，把它推下去。狸狌非常害怕，对着鼠嗥叫。过了一阵，老鼠估量它没有别的技能，就咬它的脚爪，狸狌吓得拼命跳出跑掉。

那些世代享受优厚俸禄的武士，遇到盗贼就逃窜，他们就好像束家的狸狌啊。

[导读]

《龙门子凝道记》跟《燕书》体例相近，是宋濂在元朝末年隐居在小龙门山时所写的寓言杂文集。当时，宋濂自号“龙门子”。《龙门子凝道记》与《燕书》都被收入宋濂的全集《宋文宪公文集》中。

本篇寓言的具体讽刺对象，作者在说完故事后曾经点明是“世享重禄、遇盗辄窜”的武士。这种因为养尊处优而丧失责任感、丧失意志与能力的现象，在封建官僚社会中具有一定的普遍性，特别是在某个王朝进入没落阶段之后。

[附原文]

卫（在今河南省北部）人束氏，举世之物咸无所好，唯好狸狌（本指山猫，本篇指捕鼠的猫）。狸狌，捕鼠兽也。畜至百余，家东西之鼠捕且尽。狸狌无所食，饥而嗥。束氏日市肉啖之。狸狌生子若（与，和）孙，以啖肉故，竟不知世之有鼠，但饥辄嗥，嗥辄得肉食，食已，与与如（“与与如”，安逸的样子）也，熙熙如（快乐的样子）也。

南郭（外城）有士病鼠。鼠群行，有堕瓮者。急从束氏假（借）狸狌以去。狸狌见鼠双耳耸，眼突露如漆，赤鬣，又磔磔然，意为异物也。沿鼠行，不敢下。士怒，推入之。狸狌怖甚，对之大嗥。久之，鼠度其无他技，啮其足，狸狌奋掷而出。

噫！武士世享重禄、遇盗辄窜者，其亦狸狌哉！

——《宋文宪公全集·龙门子凝道记》

焚鼠毁庐

宋　濂

越地西部有个独居的男子，他用茅草盖房，靠自己耕种得到粮食，柴米油盐都不依赖别人。但是，他经常被老鼠所苦，这些老鼠白天成群结队奔跑，晚上鸣叫、啃东西，直闹到天亮。这人心中积压着对老鼠的痛恨。有一天，他醉酒回家，头刚躺到枕头上，老鼠便发出各种吵闹声，叫他恼怒，闭不上眼。他勃然大怒，拿起火把四处焚烧，老鼠烧死了，茅房也烧光了。

龙门子去慰问他，他说："人们不可被积压在心中的愤恨支配啊！我开头愤恨老鼠到了极点，只见老鼠不见茅房，乱烧一气，不料招来这样的祸事啊。人决不可以被积压在心中的愤恨所支配啊！"

[导读]

佛经称愤怒为"无明"。发无明怒火就是愚蠢，往往以后悔甚至以灾难为结局。孔子告诫弟子说："忿思难。"（《论语·季氏》）人们决不可以被积压在心中的愤恨所支配。

[附原文]

越（地区名，今浙江东北部）西有独居男子，结生茨（茅草）以为庐，力耕以为食，菽（豆子）、粟、盐、酪，具无仰（仰仗，依赖）于人。尝患鼠，昼则累累然行，夜则鸣啮至旦。男子积憾之。一旦，被酒（酒醉）归，始就枕，鼠百故恼之，目不得瞑（闭上眼睛）。男子怒，持火四焚之，鼠死，庐亦毁。

龙门子唁之，男子曰："人不可积憾哉！予初怒鼠甚，见鼠不见庐也。不自知祸至于此。人不可积憾哉！"

——《宋文宪公全集·龙门子凝道记》

寒 号 虫

陶宗仪

山西五台山有一种鸟，名叫寒号虫。它有四只脚，身上长着一对肉翅膀，可是不能飞。它的粪便就是中药"五灵脂"。每当炎热的夏天，它身上长满了色彩绚丽的羽毛，就得意扬扬地自夸起来："凤凰不如我。"等到深冬严寒的时候，它身上的羽毛掉光了，就好像刚从蛋壳里孵出来的小鸟。这时，它又叫着："得过且过！"

[导读]

陶宗仪，元末明初人。他在乡下耕种，偶有所得，就停止耕作，随手摘树叶记上心得，储藏在瓮中，十年，得十多瓮，整理成书，故取名《南村辍耕录》。全书共30卷。

本则故事的本意是讽刺眼光短浅、器小易盈、意志薄弱的庸人。"得过且过"语义双关，既是摹拟鸟的鸣叫声，又赋予了跟故事主旨相一致的含义。这个巧妙的用词，于是成为人们经常使用的一句成语。现在，人们使用成语"得过且过"时，其主要含义侧重在胸无大志、敷衍了事。

[附原文]

五台山（山西东北部的名山，其中有五座山头，顶平如台，故名）有鸟，名寒号虫（橙足鼯鼠一类的动物）。四足，肉翅，不能飞，其粪即五灵脂（中药名，是橙足鼯鼠等的干燥粪便，有通血去淤的作用）。当盛暑时，文采绚烂，乃自鸣曰："凤凰不如我。"比至深冬严寒之际，毛羽脱落，索然如鷇（kòu，待母哺食的幼鸟）雏（chú，幼禽）。遂自鸣曰："得过且过。"

——《南村辍耕录》卷十五

中山狼传

马中锡

晋国的执政大臣赵简子，在中山举行大规模的打猎。狩猎的官员在前面做向导，猎鹰猎犬成群跟在后面。灵敏的飞鸟和凶猛的野兽，弓弦一响就被射倒的，不计其数。突然，有一只狼出现在路中间，像人一样站着叫唤。赵简子见了，从容地登上车子，手拉乌号良弓，搭上肃慎出产的名箭，一箭射去，连箭末的羽毛都射进狼的肉体里去了。狼痛得大叫一声，拼命逃跑。赵简子大怒，连忙驱车追狼。车马扬起的尘土遮蔽了天空，奔跑的脚步声像雷鸣一般，在十步以外的地方，就分辨不出人和马了。

正在这时，有一个信仰墨子学说的东郭先生，要到北方的中山找官做。他赶着一头跛脚的驴子，驴背上驮着一袋书，清晨赶路迷失了方向。他望着飞扬的尘土，吓得心惊胆战。狼突然跑来，伸着头看着东郭先生说："先生不是有救助万物的志向吗？从前毛宝将一只白龟放生，后来因为白龟的帮助得以渡江逃命；隋侯也因为救活了一条受伤的大蛇而得到一颗宝珠。要知道，蛇和龟的灵性本来不如狼呀！今天这样的情况，怎么不让我赶紧躲进您的书袋里，使垂危的生命得以延续呢？将来倘若我有出头之日，先生的恩德，真是使死者复生，使白骨长肉啊！我怎敢不努力仿效龟蛇的诚意呢？"东郭先生说："唉，偷偷地庇护你这只狼，可能因此冒犯大官，触怒有权势的贵族，祸患尚且不能预料，还敢指望你报恩吗？然而墨家的主张，以‘兼爱’为根本，我总要想法子救你的命。即使有灾祸，也当在所不辞啊！”于是取出书籍，倒空口袋，慢慢地把狼装进去。可是袋子小，往前装担心狼的脚爪踩着它自己的下巴肉，往后装又怕狼的屁股压着它自己的尾巴，装了好几次都没有装好。东郭先生迟疑不决，动作缓慢，而追赶的人越来越近了。狼请求说：“事情危急了，您难道真要慢悠悠地打躬作揖去抢救火烧水淹的人吗？或者响着车铃来躲避盗贼吗？希望先生赶快想办法！”狼于是蜷缩四条腿，让东郭先生用绳子捆起来，把头弯下来凑到尾巴上，弓着脊梁遮住下巴肉，像刺猬那样缩成一团，像尺蠖那样弯着身体，像蛇一样卷成盘，像龟一样缩进壳，屏住呼吸，听凭东郭先生摆布。东郭先生按照它的意思，把狼装进口袋，扎紧袋口，用肩扛起放到驴背上，然后退到路旁，等待赵简子的人马经过。

一会儿，赵简子到了。他因为找不到狼，非常生气，就拔剑砍向车辕的一端，警告东郭先生，厉声说：“谁敢隐瞒狼的去向，就叫他跟这车辕一样！”东郭先生慌忙趴伏在地上，爬到赵简子跟前，长跪着说：“我虽是个愚蠢的人，但打算给世上做点事。可是我在远方奔走，连自己都迷失了路，又怎能发现狼的踪迹，来指引您的猎鹰猎犬呢？但我曾听说过，‘大道以多歧亡羊’。羊啊，一个小孩就可以制伏它，像它这样驯服，尚且因为岔道多而丢失。而狼不是羊能比的，而且中山可以丢失羊的岔道又哪能数得清呢？现在您仅仅沿着大路来追它，岂不等于‘守株待兔’‘缘木求鱼’吗？况且打猎是狩猎官员所管的事情，请您去问问他们吧。赶路的人有什么罪过呢？再说，我虽然愚蠢，难道连狼也认不清楚吗？狼的本性又贪婪又狠毒，跟豺结党害人。您能除掉它，我本来应当尽一点微小的力量，又怎会隐瞒它的去向不告诉您呢！”赵简子听了，默不作声，掉头走了。东郭先生也赶着驴子，用加倍的速度往前走。

过了很久，赵简子一行人的影子逐渐消失，车马的声音也听不到了。狼估计赵简子走远了，就在口袋里说：“先生该留心了。把我从口袋里放出来，解开我身上的绳子，拔掉我胳膊上的箭，我要走了。”东郭先生动手把狼放了出来。狼吼叫着对东郭先生说：“刚才我被猎人追赶，他们来得非常迅速，幸亏先生救了我。可是现在我饿极了，饿了得不到吃的东西，也终归是死路一条罢了。与其饿死在路上，被其他野兽吃掉；还不如被猎人打死，供贵族做食品。先生既然是墨家学说的信徒，劳碌奔波受尽辛苦，为天下谋福利，您又何必舍不得把身体送给我吃，让我保全这条小命呢？”说着，就张牙舞爪，向东郭先生扑去。东郭先生急忙赤手空拳地跟它格斗，边打边退，用驴子做掩护，围着驴子打转。狼始终占不着东郭先生的上风，东郭先生也尽力抵抗，双方都很疲倦，隔着驴子喘气。东郭先生说：“狼对不起我！狼对不起我！”狼说：“我也不是一定要对不起你，只是老天生下你们这样的人，本来就是要供给我们吃的啊！”双方僵持了很长时间，太阳渐渐西斜。东郭先生心里盘算着：天色渐渐晚了，如果狼再成群结队地跑来，那我就死定了！因而哄骗狼说：“按照民间的习惯，有疑难事一定要请教三位老者。我们现在去找三位老者问问这件事，如果他们认为我该被吃，你就把我吃掉；如果他们认为我不该吃，那你就不要吃了。”狼听了非常高兴，就跟东郭先生一同往前走。

走了一会儿，路上看不见行人。狼口馋得要命，看见路旁有一棵老树，就对东郭先生说：“可以问问这位老者。”东郭先生说：“草木什么也不懂，问它有什么用！”狼说：“只管去问，它一定有话说的。”东郭先生没有办法，只得恭恭敬敬地对老树作了一个揖，将事情从头到尾述说一遍，然后问它：“像这样，狼应当吃我吗？”只听见老树的树干里发出轰轰的声音，对东郭先生说：“我是一棵杏树啊。从前老园丁种我时，只花费一颗杏核罢了。只过一年就开了花，再过一年就结了果，三年的时间就长得有两掌相围那么粗，十年的时间就长得要两臂合抱了，到现在已经二十年了。这些年来，老园丁吃我的果实，他的老婆、孩子吃我的果实。外至宾客，下至佣人，都吃我的果实。还把我的果实拿到市上去卖，获取利润。我对老园丁的功劳确实很大。现在我老了，光开花不能结果了，使得老园丁大发脾气，砍掉我的树干，剪去我的枝叶，还打算把我卖到木工铺里去换钱呢。唉，像我这样，没有用了，到了晚年，要求免遭大斧的砍伐也不可能了。你对狼有什么恩德，却妄想它放过你呢？照这样看来，狼应当吃掉你！”听了老杏树这番话，狼又张牙舞爪，冲向东郭先生。东郭先生急忙说：

“喂，你失信啊！当初约定请教三位老者，现在还只遇到一棵老杏，为什么就马上逼迫我呢？”狼只得再跟东郭先生一道往前走。

狼越发性急了，看见一头老母牛在破墙中晒太阳，就对东郭先生说：“可问问这位老者。”东郭先生说：“刚才草木不懂道理，胡说一通，险些坏了大事。如今这头牛只不过是畜生罢了，又去问它做什么？”狼说：“只管去问它，不问，我就要吃掉你。”东郭先生没有办法，只得很有礼貌地对老牛拱了拱手，再把事情从头到尾述说一遍，然后问它。老母牛皱着眉头，瞪着眼睛，舔舔鼻子，然后张开嘴巴对东郭先生说：“老杏的话不错啊。想当初，我是小牛的时候，筋骨健壮，力气很大，老农只用卖掉一把刀的价钱就换得了我。起初我协助别的牛耕地，等我长大了，其他的牛一天天衰老疲惫，所有的工作都由我来担当。他要赶车子，我就低下头来驾车，选择近路迅速地奔跑；他要种地了，我就丢下车子，跑到郊外去拉犁开荒。老农依靠我，就像依靠他的左右手一样。穿的吃的依靠我，结婚成家的费用依靠我，田租税款依靠我来交纳，谷仓粮囤依靠我来装满。我也自信，死后可以像马、狗一样，得到一张席子来掩葬尸体。过去他家没有积蓄一担粮食，如今光收藏的麦子就多到十斛了；过去穷困到谁也瞧不起他，如今他却在村社里大摇大摆瞧不起别人了；过去他家的酒杯和酒坛空荡荡的积满了灰尘，他嘴唇发燥，半辈子没有尝过酒味，如今却酿着谷物酒，拿着酒樽在妻妾面前摆威风了；过去他穿着粗布短衣，跟泥巴打交道，两手不晓得作揖打躬，心里不晓得诗书文章，如今却捧着村塾先生的《兔园册》教本，戴着帽子，束着皮腰带，穿起宽大的衣服了。他家的一寸丝，一粒粮，都是靠我的力气得来的啊。但是，现在他嫌我年老力衰，把我赶到荒芜的郊外。飕飕的冷风刺得我眼睛疼痛，在寒冷的阳光下，我只能对着影子伤心。我骨瘦如柴，老泪纵横，口水直流，无法控制。四肢痉挛，连抬动一下都十分困难。我全身的毛都脱光了，皮肉溃烂始终长不好。老农的老婆还嫉妒我，并且十分凶狠，一天到晚怂恿老农说：‘牛身上的东西都有用处呢。肉可以做肉干，皮可以制革，骨头和角可以磨制成器皿。’又指着他的大儿子说：‘你在丁厨师手下学习手艺多年了，为什么不磨快屠刀准备宰牛呢？’从这种迹象看来，都对我不利啊，我还不知道自己会死在什么地方呢！

我有这样大的功劳，他们却对我这样无情无义，我不久就要遭受大祸了。你对狼有什么恩德，却妄想它赦免你呢？”听了老牛这番话，狼又张牙舞爪，向东郭先生扑去。东郭先生连连说：“不要急啊！不要急啊！”

正在这时，远远望见一个老人拄着藜杖来了，胡须眉毛像雪一般白，穿着文雅。看样子，大概是个很有德行的人。东郭先生又惊又喜，连忙撇开狼迎上前去，跪在地上，边拜边哭地对老人说：“求您说句公道话，救救我的命吧！”老人问原因，东郭先生回答说：“这条狼被打猎的人追急了，向我求救。我冒险救了它，它现在反而要吃我，我竭力恳求也不行。看来，我就要被它吃掉了。我没有办法，想稍微拖延一点时间，跟它约定请三位老者来辨明是非。开始遇到一棵老杏树，狼强迫我去问它，草木不懂道理，它的一番话几乎送了我的命。后来遇到一头老母牛，狼又逼着我去问它，畜牲不懂道理，它的一番话差点又送了我的命。现在遇到您，这岂不是天不灭绝我这书生的命吗？恳请您说句公道话，救救我的命！”说着，连连磕头，趴在地上听候老人吩咐。老人听到这件事，再三叹气，用藜杖敲打着狼说：“你错了，人家对你有恩德，你却背叛他，再没有比这更不吉利的事了。儒家认为，受了别人的恩惠而不肯负义的人，他做儿子必定孝顺父母；又说，即使是虎狼，也懂得父子的情义。现在你忘恩负义到这种地步，那就连父子的情义也没有了。”说罢高声大喝：“狼，快滚开！不然的话，我将用藜杖打死你。”狼说：“您只知道一方面，而不知道另一方面。请让我诉说这件事，希望您能听一听。当初先生救我的时候，捆起我的脚，把我装进口袋里，上面用书本压着，我弓着身子，连气也不敢出。他又用许多话去蒙蔽赵简子，意思大概是想把我闷死在口袋里，独占好处。这样的人怎么能不吃掉呢？”老人回过头来对东郭先生说：“如果真是这样，那你也有不对了。”东郭先生不服气，把他如何往口袋里装狼、如何怜惜它的种种情况，详详细细述说一番。狼也不停地狡辩，企图驳倒东郭先生。老人说：“这些话都不能够作为凭证。不妨试一试，再把狼装进口袋，我看它的样子是不是真的难受。”狼高兴地听从他的安排，把脚伸给东郭先生。东郭先生又把狼捆住，装进口袋里，用肩扛到驴背上，而狼还不知道老人的用意呢！老人贴着东郭先生的耳朵，小声地问："有匕首吗？"东郭先生回答说："有。"于是拿出匕首。老人用目光示意东郭先生拿匕首刺杀狼，东郭先生说："这不是要害死狼了吗？"老人笑着说："禽兽忘恩负义到这种地步，还不忍心杀它，你固然是个很仁慈的人，但也太愚蠢了！跳下井去营救别人，脱下自己的衣服去拯救受冻的朋友，对于被救的人是合适的，可是自己要陷入死地又怎么办呢？先生大概就是这一类人吧？仁慈而到了愚蠢的程度，这本是君子所不赞成的啊！"老人说罢哈哈大笑起来，东郭先生也笑了。老人就动手帮助东郭先生拿起匕首，一同将狼杀死，把它丢在路上走了。

［导读］

马中锡（1446 年—1512 年），号东田，明朝散文家，其著作编为《东田集》。

中山狼故事早在民间流传。马中锡用散文记录之后，他的学生康海把它写成《中山狼杂剧》，王九思又把它写成《中山狼院本》。

故事塑造寓言形象十分成功。凶残狡诈、忘恩负义的"中山狼"的形象，善恶不分、迂腐可笑的"东郭先生"的形象，都已经家喻户晓、妇孺皆知。次要形象杖藜老人、赵简子、老杏树、老母牛也写得各有特色，不仅推动了情节的发展，也扩展了故事的思想内涵。马中锡写这则寓言的原意是批评墨家的"兼爱"，宣传儒家的"以德报德、以怨报怨"。但是寓言形象的客观意义，已经超出了作者的主观意图，它讽刺了一切忘恩负义的坏人，也警告了一切善恶不分的迂腐人物。

这个故事兼有童话与寓言的特点。从想象丰富、情节曲折看，它是一则优美的童话；从寓意与讽刺性看，它是一则意义深刻的寓言。

［附原文］

赵简子（春秋末期晋国的执政大夫）大猎于中山。虞人（主管山林、狩猎的官吏）导前，鹰犬罗后。捷禽鸷兽，应弦而倒者不可胜数。有狼当道，人立而啼。简子垂手登车，援乌号之弓（古代有名的好弓），挟肃慎之矢（古代有名的好箭。肃慎是古代东北地区的种族名），一发饮羽。狼失声而逋。简子怒，驱车逐之。惊尘蔽天，足音鸣雷，十步之外，不辨人马。

时，墨者东郭先生，将北适中山以干仕。策（马鞭，这里用作动词）蹇（跛脚）驴，囊图书，夙（清晨）行失道，望尘惊悸。狼奄至，引首顾（回头看）曰："先生岂有志于济物哉？昔毛宝放龟而得渡（《搜神记》记载：晋朝人毛宝做豫州刺史时，军士献一只白龟，毛宝把它放回江中；后来在邾城被石季龙打败，他投江奔命，好像有一个东西托着他的腿走，到岸上一看，原来是他放生的白龟），隋侯救蛇而获珠（相传春秋时代，隋国君主曾给一条受伤的蛇敷药，后来蛇衔来一颗宝珠报答他）。蛇龟固弗灵于狼也。今日之事，何不使我得早处囊中以苟延残喘乎？异时倘得脱颖而出，先生之恩，生死而肉骨也。敢不努力以效龟蛇之诚！"

先生曰："嘻！私汝狼以犯世卿、忤权贵，祸且不测，敢望报乎？然墨之道，'兼爱'为本，吾终当有以活汝。脱（如果，即使）有祸，固所不辞也。"乃出图书，空囊橐，徐徐焉实狼其中。前虞（担忧）跋（踩）胡（下巴的悬肉），后恐疐（压住）尾，三纳而未克。徘徊容与，追者益近。狼请曰："事急矣！先生果将揖逊救焚溺，而鸣銮避寇盗耶？惟先生速图！"乃跼蹐四足，引绳而束缚之，下首至尾，曲脊掩胡，蝟缩蠖屈，蛇盘龟息，以听命先生。先生如其指，内狼于囊，遂括囊口，肩举驴上，引避道左，以待赵人之过。

已而简子至，求狼弗得，盛怒，拔剑斩辕端示先生，骂曰："敢讳狼方向者，有如此辕！"先生伏质就地，匍匐以进，跽而言曰："鄙人不慧，将有志于世。奔走遐方，自迷正途，又安能发狼踪以指示夫子之鹰犬也？然尝闻之，'大道以多歧亡羊'。夫羊，一童子可制之，如是其驯也，尚以多歧而亡。狼非羊比，而中山之歧可以亡羊者何限？乃区区循大道以求之，不几于守株（'守株待兔'，见《韩非子》）、缘木（'缘木求鱼'，见《孟子》）乎？况田猎，虞人之所事也，请君问诸皮冠（古代打猎时所戴的皮帽子，这里指管山泽、狩猎的官吏）。行道之人何罪哉？且鄙人虽愚，独不知夫狼乎？性贪而狠，党豺为虐。君能除之，固当窥左足以效微劳，又肯讳之而不言哉？"简子默然，回车就道。先生亦驱驴兼程前进。

良久，羽旄（用鸟羽毛和牛尾装饰的仪仗旗帜）之影渐没，车马之音不闻。狼度简子之去远，而作声囊中曰："先生可留意矣，出我囊，解我缚，拔矢我臂，我将逝矣。"先生举手出狼。狼咆哮谓先生曰："适为虞人逐，其来甚速，幸先生生我。我馁甚，馁不得食，亦终必亡而已。与其饥死道路，为群兽食，毋宁毙于虞人，以俎豆于贵家(俎和豆都是古代贵族家祭祀时盛祭品的器具)。先生既墨者，摩顶放踵（语出《孟子》，形容墨家为实行自己的主张而奔走，从头到脚都被摩伤)，思一利天下，又何吝一躯啖我，而全微命乎?"遂鼓吻奋爪，以向先生。

先生仓卒以手搏之，且搏且却，引蔽驴后，便旋而走。狼终不得有加于先生。先生亦竭力拒，彼此俱倦，隔驴喘息。先生曰："狼负我！狼负我！"狼曰："吾非固欲负汝，天生汝辈，固需吾辈食也。"相持既久，日晷（日影）游移。先生窃念，天色向晚，狼复群至，吾死矣夫！因绐狼曰："民俗，事疑必询三老。第（但，只管）行矣，求三老而问之。苟谓我可食即食，不可即已。"狼大喜，即与偕行。

逾时，道无行人。狼馋甚，望老木僵立路侧，谓先生曰："可问是老。"先生曰："草木无知，叩焉何益?"狼曰："第问之，彼当有言矣！"先生不得已，揖老木具述始末。问曰："若然，狼当食我耶?"木中轰轰有声，谓先生曰："我，杏也。往年老圃种我时，费一核耳。逾年华，再逾年实，三年拱把，十年合抱，至于今二十年矣。老圃食我，老圃之妻子食我。外至宾客，下至于仆，皆食我。又复鬻实于市以规利。我其有功于老圃甚巨。今老矣，不得敛华就实，贾老圃怒。伐我条枚，芟我枝叶，且将售我工师之肆取直焉。噫！樗朽之材，桑榆之景，求免于斧钺之诛而不可得。汝何德于狼，乃觊免乎？是固当食汝。"言下，狼复鼓吻奋爪，以向先生。先生曰："狼爽盟矣。矢询三老，今值一杏，何遽见迫耶?"复与偕行。

狼逾急，望见老牸（zì，母牛)，曝日败垣中。谓先生曰："可问是老。"先生曰："向者草木无知，谬言害事。今牛，禽兽耳，更何问为?"狼曰："第问之，不问将咥汝。"先生不得已，揖老牸，再述始末以问。牛皱眉瞪目，舐鼻张口，向先生曰："老杏之言不谬矣。老牸茧栗（小牛的角像蚕茧和栗子那样大）少年时，筋力颇健。老农卖一刀以易我，使我贰（辅助）群牛，事南亩。既壮，群牛日以老惫，凡事我都任之。彼将驰驱，我伏田车，择便途以急奔趋；彼将躬耕，我脱辐衡，走郊坰以辟榛荆。老农亲我，犹左右手。衣食仰我而给，婚姻仰我而毕，赋税仰我而输，仓庾仰我而实。我亦自谅，可得帷席之蔽如马狗也。往年家储无儋石，今麦收多十斛矣；往年穷居无顾借（生活无着，没有人瞧得起），今掉臂行村社（农村中举行的社日集会）矣；往年尘卮（zhī，酒杯）罂（yīng，酒坛子），涸唇吻，盛酒瓦盆，半生未接，今酝黍稷，据尊罍，骄妻妾矣；往年衣短褐，侣木石，手不知揖，心不知学，今持《兔园册》（《兔园册》是农村的一种启蒙读物），戴笠子，腰韦带，衣宽博矣。一丝一粟，皆我力也。顾欺我老弱，逐我郊野。酸风射眸，寒日吊影；瘦骨如山，老泪如雨；涎垂而不可收，足挛而不可举；皮毛具亡，疮痍未瘥。老农之妻妒且悍，朝夕进说曰：'牛之一身无废物也：肉可脯，皮可鞟，骨、角且切磋为器。'指大儿曰：'汝受业庖丁之门有年矣，胡不砺刃于硎以待?'迹是观之，是将不利于我，我不知死所矣。夫我有功，彼无情，乃若是行将蒙祸；汝何德于狼，觊幸免乎?"言下，狼又鼓吻奋爪以向先生。先生曰："毋欲速（'毋欲速'，意思是不要急于求成，语出《论语》。此处是形容东郭先生的书卷气）!"

遥望老子杖藜而来，须眉皓然，衣冠闲雅，盖有道者也。先生且喜且愕，舍狼而前。拜跪啼泣，致辞曰："乞丈人一言而生。"丈人问故。先生曰："是狼为虞人所窘，求救于我，我实生之。今反欲咥我，力求不免，我又当死之。欲少延于片时，誓定是于三老。初逢老杏，强我问之，草木无知几杀我。次逢老牸，强我问之，禽兽无知，又将杀我。今逢丈人，岂天之未丧斯文也？敢乞一言而生!"因顿首杖下，俯伏听命。丈人闻之，欷歔再三。以杖叩狼曰："汝误矣！夫人有恩而背之，不祥莫大焉。儒谓受人恩而不忍背者，其为子必孝，又谓虎狼之父子。今汝背恩如是，则并父子亦无矣。"乃厉声曰："狼速去，不然，将杖杀汝。"

狼曰："丈人知其一，未知其二。请诉之，愿丈人垂听。初，先生救我时，束缚我足，闭我囊中，压以诗书，我鞠躬不敢息，又蔓词以说简子，其意盖将死我于囊而独窃其利也。是安可不咥？”丈人顾先生曰：“果如是，是羿亦有罪焉。”先生不平，具状其囊狼怜惜之意。狼亦巧辩不已以求胜。丈人曰：“是皆不足以执信也。试再囊之，吾观其状果困苦否。”狼欣然从之，信足先生。先生复缚置囊中，肩举驴上，而狼未之知也。丈人附耳谓先生曰：“有匕首否？”先生曰：“有。”于是出匕。丈人目先生使引匕刺狼。先生曰：“不害狼夫？”丈人笑曰：“禽兽负恩如是，而犹不忍杀。子固仁者，然愚亦甚矣！从井以救人，解衣以活友，于彼计则得，其如就死地何？先生其此类乎？仁陷于愚，固君子之所不与也。”言已大笑，先生亦笑。遂举手助先生操刃共殪狼，弃道上而去。

——《东田集》卷五

为虎作伥

郎　瑛

人被老虎吃了以后，灵魂便跟随侍奉老虎，字书上把这种鬼魂叫“虎伥”。这种鬼魂不敢离开老虎，凡是老虎进进出出，它都为老虎引路，让老虎避开危险灾祸。所以，猎人捕捉老虎时，一定要先设下汤啊、饭啊、衣啊、鞋啊，使得前面行走的虎伥先停留下来享受这些东西。只有这样，老虎才没有向导，因而落入机关或陷阱。不然的话，虎伥便会替老虎把机关拆了，叫猎人空空地费心。等到老虎被人捕获，虎伥又在那地方哀伤地痛哭，到了黄昏或夜晚都能听到它的哭叫声。它为什么哭呢？是担心再也不能希望老虎吃人了。

［导读］

郎瑛（1487年—1566年），明嘉靖年间学者。所著《七修类稿》

有正稿51卷，续稿7卷，正续稿都分为七类，故名《七修类稿》。

伥（chāng），是传说中被虎吃了又为虎做帮凶的一种鬼魂。故事用以比喻奴才与帮凶。

奴才的特点是，自己受了强权的迫害，不仅不觉悟、不反抗，反而心甘情愿地充当施暴者的帮凶，引诱迫害同类。在专制社会中，善于玩弄权术的统治者，最喜欢培养与利用这样的人物。

［**附原文**］

人为虎食，魂从于虎，字书谓之“虎伥”。亡解（即“无解”，无法解脱），凡虎之出入，则引导以避其凶。故猎者捕虎，先设汤、饭、衣、鞋于前，以为使之少滞（停留）。则虎不知，以落机（暗中设置的捕捉或杀伤野兽的机关，如弓弩之类）阱（jǐng，为捕野兽挖的陷阱）。否则，为虎发机，徒费猎心也。及虎为人所捕，又哀号于其所在，昏夜叫号（háo，大哭），以为无复望虎食人也。

——《七修类稿·义理类》

鸲鹆学舌

庄元臣

鸲鹆，俗名八哥鸟。它生长在南方，南方人用罗网把它捉到，剪圆了舌头，调教它说人话。久而久之，它居然能说人话了。但它只能学几句简单的话，一天到晚所唱的，老是那么几句。

有一天，一只知了在庭院里鸣叫。八哥听见了，轻蔑地笑起来。知了对八哥说：“您能像人一样说话很好。但您所说的不再是原先自己的话了。哪能像我这样按照自己的意思说话呢！”八哥鸟被说得低着头十分惭愧，从此终生不再仿效人说话。

现在，作文章的人剽窃摹仿成风，都不过是些还不懂得羞愧的八哥鸟而已。

[导读]

庄元臣，生平不详，大概跟杨慎是同时代人。所著《叔苴子》全书八卷，分内编、外编。内编讲述道德性命的理论，外编讲述治乱兴衰的事情。“叔苴”二字，取自《诗经·七月》，有自谦的意思。

本则故事讽刺当时盛行的剽窃而不知羞耻的学风与文风。人们大都喜欢八哥学舌，厌恶知了鸣叫，作者却敏锐地联想到社会风气，反其意而塑造寓言形象，取得了新奇的艺术效果。

[附原文]

鸲鹆（qúyù，俗名八哥）之鸟，出于南方。南人罗（捕鸟的网，这里用作动词）而调其舌（教它学说人话。调，调整，调教），久之，能效人言。但能效数声而止，终日所唱，惟数声也。

蝉鸣于庭，鸟闻而笑之。蝉谓之曰：“子能人言，甚善。然子所言者，未尝言也。曷（通‘何’）若我自鸣其意哉！”鸟俯首而惭，终身不复效人言。

今文章家窃摹成风，皆鸲鹆之未惭者耳。

——《叔苴子》内编卷五

健忘症

陆灼

齐国有个得了健忘症的人。他走路忘记停步，睡觉忘记起床。他的妻子很替他担忧，便对他说："听说艾子嬉笑诙谐，富于智慧，能治好一般人难以治好的病，何不去向他请教？"那个人说道："好。"于是便骑着马，挟着弓箭往艾子那里去。走不到三十里，因肚里胀得急，就下马解起大便来。他把箭插入地里，把马拴在树上。解完大便，他向左边看看，瞧见了那支箭，说道："多么危险啊！这支冷箭是从哪儿射过来的，差点儿射中了我！"他又向右边看看，瞧见了那匹马，高兴地说道："虽说白白地惊吓了一场，却得到了一匹马。"他牵着马的缰绳，准备骑着马转回去。忽然踏着了自己刚才解下的大便，气得顿脚道："踏着了狗粪，把我的鞋子弄坏了，真是可惜！"说完便赶着马转头向回家的路上走去。一会儿就到了家。他在门外来回地走着，说道："这是什么人住的地方？难道就是艾夫子所住的地方吗？"他的老婆恰好看见了他，知道他又把自己的住处都忘了，就责骂他。那个人显出十分迷惑的神情说道："这位娘子，我从来不认识你，你为什么这样开口就伤人？"

[导读]

陆灼，生活于明朝万历年间（1573 年—1620 年）。陆灼在《艾子后语》的序言里说，他是模仿苏轼的《艾子杂说》，采用嬉笑怒骂的形式，写了寓言集，所以叫作《艾子后语》。他还说，自己的主要目的是"规切时政"。《艾子后语》仅一卷，有寓言 15 则。

故事通过一个健忘患者的形象，讽刺对自己言行不负责的人。明朝的当权者，往往"朝令夕改"，对自己制定的政策不负责任。作者可能是针对这种政治弊病而发。故事采用递进与烘托手法，忘箭、忘马、忘便、忘家、忘妻，层层烘染出一个健忘者的形象。最后的结尾，"娘子素非相识，何故出语伤人？"更加令人喷饭。

[附原文]

齐有病忘者，行则忘止，卧则忘起。其妻患之，谓曰："闻艾子滑稽（善于嬉笑诙谐）多知（通"智"），能愈（把病治好）膏肓（gāo huāng，中医学名词。膏，心下的部分；肓，脐下的部分。《左传》中有‘病入膏肓’的故事，称病势严重，无法救治）之疾。盍（‘何不’的合音）往师（学习）之？”其人曰：“善。”于是乘马挟弓矢而行。未一舍（古时三十里为一舍），内逼（肚里发胀，指急着要解大便），下马而便焉。矢植于土，马系于树。便讫，左顾而睹其矢曰：“危乎！流矢奚自（从哪儿来。奚，疑问词宾语前置）？几乎中予。”右顾而睹其马，喜曰：“虽受虚惊，乃得一马。”引辔（pèi，驾驶牲口的缰绳）将旋（回头），忽自践其所遗粪，顿足曰：“踏却犬粪，污吾履矣。惜哉！”鞭马反向归路而行。须臾抵家，徘徊门外，曰：“此何人居，岂艾夫子所寓耶？”其妻适见之，知其又忘也，骂之。其人怅然曰：“娘子素非相识，何故出语伤人？”

——《历代笑话集·艾子后语》

解铃系铃

《指月录》

金陵清凉寺有个著名僧人，叫泰钦法灯禅师。当他还是一般和尚的时候，就性格豪放，不拘守佛家戒规。当时大家都看不起他，唯独法眼禅师对他很器重。

有一天，法眼问大家：“老虎脖子上的金铃，谁能解下来？”大家都答不上来。这时，法灯正进来，法眼又提出这个问题问他。法灯回答说：“系上去的人能解下来。”法眼对大家说：“你们不能轻视他！”

[导读]

《指月录》，全名《水月斋指月录》，是记述禅宗僧侣事迹言行的书。明朝人瞿禹稷编。瞿禹稷，官至太仆少卿，博学，信佛。他于万历三十年（1602年），撮汇历代禅师法语而成《指月录》30卷。“指月”，就是用手指指月亮，手指只是引导，月亮比喻佛理。这本语录的目的是引导人们参悟禅宗的理论。

本则故事说明，只有在关键时刻，才可以分辨人才的高低，有才能者才可以脱颖而出。这个故事形成了一句俗语：“解铃还得系铃人。”这个俗语现在的主要含义是：谁引起的事端，谁就可以解决，谁就应该解决。

[**附原文**]

金陵（今南京）清凉（清凉山在南京市西，又名石头山，山腰有清凉寺），泰钦法灯禅师（泰钦是五代至宋朝初年法眼宗僧人，谥号“法灯禅师”）在众日，性豪逸，不事事。众易（轻视）之。法眼（法眼文益是五代著名僧人，法眼宗之祖）独器重。

眼一日问众：“虎项金铃，是谁解得？”众无对。师适至，眼举前语问，师曰：“系者解得。”眼曰：“汝辈轻渠（他）不得。”

——《指月录》卷二十三

猱搔虎痒

刘元卿

野兽中有一种猱，身体很小，善于爬树，爪子非常锋利。老虎头上发痒，便叫猱来搔。搔个不停，便成了一个洞，老虎还感到特别舒适而没有发觉。猱便慢慢地从洞中取出老虎的脑浆来吃，又选出其中一部分奉献给老虎说：“我偶然得到一点荤腥，不敢自己吃，献给您吧。”老虎赞叹说：“猱真是忠心耿耿啊！它爱护我，竟然忘记了自己的口腹。”老虎吃着自己的脑浆还不知道呢。时间一长，老虎的脑袋吃空了，疼痛发作了，再去追踪那猱，猱早已躲避到很高的树上去了。老虎又痛又恼，蹦跳大吼，终于死了。

世界上有人认为：在闹市上带着乐器卖艺的人很像猱。其实，在这个世界上，难道只有少数卖艺的人像猱吗？

[导读]

刘元卿（1544 年—1609 年），明朝隆庆年间中举，后来弃绝功名，主要从事著述。其文集名《刘聘君全集》。其中的《贤弈编》，收集改编历代故事，共 333 则，分为 16 类，以第 14 类“警喻录”、第 15 类“应谐录”，收寓言最多。其寓言特色是敢于大胆批评政治弊病。“贤弈”二字取自《论语·阳货》：“饱食终日，无所用心，难矣哉！不有博弈者乎？为之犹贤乎已。”意思是说，看这些故事就跟下棋一样，比“饱食终日，无所用心”要好。

本则故事用老虎比喻明王朝的当权者，用猱比喻谄媚奸险的小人，警告明王朝不要任用贪婪、谄媚的小人，否则，将会自食恶果，破国亡身。作者在故事结尾明确地说，故事的主要矛头不是指向小人物的。

[附原文]

兽有猱（náo，一种猴子），小而善缘，利爪。虎首痒，则使猱爬搔之。不休，成穴，虎殊快不觉也。猱徐取其脑啖之，而汰（tài，挑选，除去多余无用的东西）其余以奉虎，曰：“余偶有所获腥，不敢私，以献左右。”虎曰：“忠哉，猱也！爱我而忘其口腹。”啖已又弗觉也。久而虎脑空，痛发，迹（追踪）猱。猱则已走避高木。虎跳踉（liáng，跳跃）大吼乃死。

世人谓邯郸（河北邯郸是古代以繁华著名的都市，有很多歌儿舞女）挟瑟（sè，乐器名）而倡（卖艺）者，类（相似）之。于是乎，宁独一倡哉！

——《贤弈编·警喻录》

南岐安瘿

刘元卿

南岐，是在陕西、四川交界处的大山谷中的一个地方。那里的水味很甜，但是水质不好，所有吃这种水的人都会生瘿。瘿是颈部的肿块，俗称“大脖子病”。当地居民没有一个不是大脖子的。

外地人到了那个地方，小孩和妇女都围看着，并且嘲笑说：“这个人的颈好奇怪啊！那么瘦，完全不像我们。”外地人说：“你们脖子上高高突出的东西是瘿啊。你们不寻找良药来除病，反而认为我的脖子瘦吗?”讥笑他的人说：“我们这地方的人都这样，为什么要除掉它呢?”当地始终没有人认为大脖子是丑的。

［导读］

故事用生理的病态象征社会观念的病态，从而说明：丑恶的东西一旦流传，被社会广泛接受，成为根深蒂固的错误的传统观念，就很难认识它的危害。要扫除这样的习俗，更新民众的观念，非花大力气不可。

［附原文］

南岐在秦蜀山谷中，其水甘而不良，凡饮之者辄病瘿（yǐng，生在颈部的肿块，形成大脖子。大概是缺乏碘而形成的）。故其地之民无一人无瘿者。

及见外方人至，则群小、妇人聚观而笑之，曰：“异哉，人之颈也！焦（枯瘦）而不吾类。”外方人曰：“尔之累然凸出于颈者，瘿病之也。不求善药去尔病，反以吾颈为焦耶？”笑者曰：“吾乡之人皆然，焉用去乎哉？”终莫知其为丑。

——《贤弈编·警喻录》

泥像拒父

刘元卿

安徽歙州地区，人们多从事经商。有一个读书人，他父亲壮年时便到陕西、甘肃一带去经商，离家三十多年了，只有厅堂里保存了一幅画像。

有一天，父亲回家了。儿子怀疑他，暗暗地用画像比较，觉得没有一点相似。便拒绝说：“我父亲的像很胖很白，现在你却又瘦又黑；我父亲的像胡须少，现在你却胡须多，而且鬓毛白了。甚至帽子、衣服、鞋带子，都完全不同啊！”他母亲走出来一看，也说：“咦！果然相差很远呢。”

接着，他父亲就急忙跟母亲细谈过去的事情，追述了画像人的姓名，画像的经过。他母亲这才很亲密起来，说：“这真是我的丈夫。”儿子于是便上前行礼，认了父亲。

丈夫与父亲，是天下最亲密的人。却由于拘泥于画像，老婆、孩子都产生了怀疑。有一些读书人，不了解经书、史书都好像是帝王圣贤的画像。他们专门拘泥于经书、史书上的记载，却忘记了探求圣人的思想实质，这便是拘泥于画像而拒绝承认真正的父亲啊！

[导读]

故事的讽刺对象是当时某些学风不良的学者。儿子因为拘泥于画像的胖瘦、胡须、衣着，而拒绝承认父亲，也就像这些学者死守经典中的字句，死守教条，不掌握精神实质，拒绝正确的意见。两者的共同特点是静止地、表面地看待事物，既顽固，又幼稚，令人发笑。这种学风是治学的大忌，这种思维方法是妨碍办好一切事情的精神障碍。

［附原文］

歙（shè，在安徽东南部）俗多贾（gǔ，做生意，商人）。有士人，父壮时贾秦、陇间，去三十余载矣。独影堂（放置字画、绘像的厅堂）画像存焉。

一日父归。其子疑之，潜以画像比拟，无一肖。拒曰："吾父像肥皙（xī，皮肤白），今瘠（jí，瘦）黧（lí，黑色）；像寡须，今髯（rán，胡须）多，鬓皤（pó，白）。乃至冠、裳、履綦（qí，鞋带），一何殊也！"母出，亦曰："嘻！果远矣。"

已而，其父与其母亟话畴昔（过去），及当时画史姓名，绘像颠末（头尾，整个过程）。乃恇然阿（ē，亲近），曰："是吾夫也。"子于是乎礼而父焉。

夫、父天下莫戚（亲近）者也。乃一泥于绘像，致有妻子之疑。彼儒者独不知经、史亦帝王圣贤之绘像也。专泥（nì，拘泥）经史而忘求圣人之心，是即所谓泥绘像而拒真父者也！

——《贤弈编·警喻录》

牧童拾金

刘元卿

有个牧童，穿着破衣，赤着双脚，头发散乱。他每天赶着牛羊到郊野的山冈中放牧，常常放开喉咙唱歌。思想很愉快，牛羊也管理得不错。

有一天，他拾了一小块别人遗失的金币，小心地装入衣领中。他总是担心金币失掉。从此以后，歌声渐渐消失了，牛羊也常常四散逃跑不驯服了。

[导读]

金钱可以使人幸福，也可以成为人的精神枷锁。人一旦成为金钱的奴隶，患得患失，就会影响工作，丧失生活的乐趣。

[附原文]

有牧竖子（竖子，即小孩子），敝（bì，破烂）衣，蓬（péng，头发散乱）跣（xiǎn，赤脚）。日驱牛羊，牧冈垧（jiōng，远郊）间，时时扼嗌（放开喉咙。扼，拉开；嗌，音 yì，咽喉）而歌。意自适也，而牧职亦举。

一日，拾遗金一铢（zhū，古代重量单位，二十四铢才相当一两），纳衣领中。自是歌声渐歇，牛羊亦时散逸（逃跑）不扰（驯服）矣。

——《贤弈编·应谐录》

兄弟争雁

刘元卿

过去有兄弟两人。哥哥看到大雁飞翔，准备拉弓射它，口里还说道："射下这只雁便煮了吃。"他弟弟听了争执说："不飞的雁（就是鹅），应该煮着吃；飞翔的雁，应该烤着吃。"弟兄俩争吵不休，向村社的长老去告状。村社长老要他们将雁剖开，一半煮，一半烤。等他们再去找雁，雁已经高飞远走了。

现在，儒家各派争论不休，这跟弟兄两人争雁又有什么不同呢？

［导读］

故事讽刺儒家各派的门户之见。这些人没有掌握儒家学说的精髓，却热衷于争论谁是儒家的正统，这就像两兄弟还没有射到雁，就争论如何吃雁的方法一样。故事告诉我们，在关键时刻，进行无谓的争论，而停止实际努力，最终只会丧失良机。

［附原文］

昔人有睹雁翔者，将援弓射之，曰："获则烹。"其弟争曰："舒雁（行动舒缓的雁，即鹅。古代称鹅为雁）烹宜，翔雁（善飞的雁，即鸿雁）燔宜。"竞斗而讼于社（古代基层单位，方六里，二十五家）伯（长官）。社伯请剖雁，烹、燔半焉。已而索（寻找）雁，则凌空远矣。

今世儒争异同，何以异是？

——《贤弈编·应谐录》

奈何姓万

刘元卿

汝河边上有一个土财主，家财很多，但几代不认识一个字。有一年，这个财主聘请从楚地来的一个读书人教他儿子。这位先生首先叫他儿子握笔描红。写一画说："这是一字。"写两画说："这是二字。"写三画说："这是三字。"他儿子便高高兴兴地把笔一丢，跑到父亲那里说：“我已经会了，我已经会了！可以不必麻烦先生，多花费一些学费了。还是辞退了他吧。”他父亲听了很高兴，依了他的主张，准备了一些报酬把先生打发走了。

过了一段时间，那财主准备请一个姓万的亲友来喝酒，叫儿子清早起来写请帖。很久了还没写完，他父亲去催促。儿子大发脾气说：“天下的姓多得很，为什么他一定要姓万？我从清早写到现在，才写完了五百画呢。”

刚刚懂得一点道理的读书人，偶然有了一点心得，马上就沾沾自喜地骄傲起来。他们大概有点像这个富翁的儿子吧。

[导读]

故事讽刺浅尝辄止而沾沾自喜的人，也说明了机械类推是一种错误的思维方法。作者从日常写字中获得灵感，结构成这则妙处横生的故事。

[附原文]

汝（汝河，在河南境内）有田舍翁，家资殷盛，而累世（接连几代）不识“之”“乎”。一岁，聘楚士训其子。楚士始训之搦管（握笔）临朱（描红，教师写好红色楷字再叫初学儿童用墨笔填写）。书一画，训曰：“一字。”书二画，训曰：“二字。”书三画，训曰：“三字。”其子辄欣欣然掷笔，归告其父曰：“儿得矣，儿得矣！可无烦先生，重费馆谷（教学报酬，古代多用谷物作薪水）也，请谢去。”其父喜从之，具币谢遣楚士。

逾时，其父拟（打算）征召姻（亲戚）友万氏姓者饮，令子晨起治状（这里指请帖）。久之不成。父趣（通“促”，催促）之。其子恚（huì，发怒）曰：“天下姓字伙矣，奈何姓万？自晨起至今，才完五百画也。”

初机士（刚懂得一点道理的读书人）偶一解，而即诡诡（yíyí，自满的样子）自矜有得。殆类是已。

——《贤弈编·应谐录》

为猫取号

刘元卿

有一个叫作齐奄的人，家里养了一只猫，自己把它看得很了不起。对人家说："这只猫名叫虎猫。"门客对他说："虎果真是猛勇，但不如龙那么神奇变化。请你给它改名叫龙猫。"又有一个门客说："龙固然比虎更神奇，但龙飞升上天还要有云。云大概比龙高一等吧。不如叫云猫。"又一个门客说："云雾遮天蔽日，只要风一来，便迅速吹散了，看来云比不上风。我请求改名叫风猫。"又一个客人争执说："大风很猛烈地刮着，只要用墙作屏障，就足以挡住了。风怎么能对付墙？叫它作墙猫才适宜。"一个客人最后发言说："墙即使坚固，只要老鼠在上面打洞，墙便要倾塌下来。墙又怎么赶得上老鼠？就把它叫鼠猫吧！"

东里老人听了这件事，嗤笑他们说："哎呀！猫本来就是捕鼠的呀，猫就是猫啊。为什么命名要失掉了猫的本来身份呢？"

[导读]

追求虚假名声，势必离开实际，走向荒谬。作者为了揭发这种荒谬，采用的方法就是把荒谬层层推进，欲抑故扬，煞有介事，最后使荒谬显露无遗，不攻自破。这种方法叫作"循环归谬法"。这则故事，在情节组织上受到印度故事《鼠女择婚》的影响。

[附原文]

齐奄家畜一猫，自奇之。号于人曰："虎猫。"客说之曰："虎诚猛，不如龙之神也。请更名曰龙猫。”又客说之曰：“龙固神于虎也，龙升天须浮云。云其尚（同‘上’，高出一级）于龙乎？不如名曰云。”又客说之曰：“云霭蔽天，风倏（shū，急速，忽然）散之。云固不如风也。请更名曰风。”又客说之曰：“大风飙起，维（句首语助词，无具体词义）屏（屏障，挡住）以墙，斯足蔽矣。风其如墙何！名之墙猫可。”又客说之曰：“维墙虽固，维鼠穴之，墙斯圮（pǐ，倾塌）矣。墙又如鼠何！即名曰鼠猫可也。”

东里丈人嗤之曰：“噫嘻！捕鼠者故（同‘固’，本来是）猫也。猫即猫耳，胡为自失本真哉？”

——《贤弈编·应谐录》

矮坐头

《迂仙别记》

迂公家里有一张坐具，非常低矮。迂公每次坐它，一定要拿瓦片砖头来垫高它的四只脚。后来，迂公感到这样太麻烦，苦思苦想，终于想出了一个办法。他喊一个仆人将坐具搬到楼上去。等到他再去坐时，感到还是像以前一样低矮。迂公便说：“别人都说楼高，原来不过是胡乱得来的虚名罢了。”便叫手下的人拆毁这座楼。

［导读］

《迂仙别记》，张令夷编。张令夷，明朝人。这本笑话故事集，以“迂公”作为贯穿全书的愚人形象。该书有24则故事被冯梦龙所编的《古今谭概》收录。

“迂公”想采用改变位置的办法，以达到改变事物本质的目的，这是愚蠢的。

［**附原文**］

家有一坐头，绝（绝对，极）低矮。迂公每坐，必取瓦片支其四足。后不胜烦，忽思得策，呼侍者移置楼上坐。及坐时，低如故。乃曰："人言楼高，浪（胡乱地）得名耳。"遂命毁楼。

——《古今谭概·专愚部·迂仙别记》

问孔子

（明）《笑林》

有两个道学先生意见不一致。他们各自标榜自己是继承了孔子学说的真道学，攻击对方是假道学。他们争了很久，还不能断定是非，便共同去请孔子来鉴定。孔子走下阶基，弯着腰恭恭敬敬地对他们说："我们儒家的道理非常广大，何必彼此相同呢？两位老先生都是真正的道学，我孔丘素来钦佩，难道还有假吗？"两个人都高高兴兴地走了。学生们对孔子说："先生为什么这样奉承他们呢？"孔子说："这一类人把他们哄走就够了。惹他们有什么意思？"

［**导读**］

三国时代的邯郸淳编了我国第一本笑话集《笑林》，明朝又出现了这一本《笑林》，为了表示差别，人们称后者为明《笑林》。明《笑林》编者署名"浮白主人"，共收笑话145则，其中不乏诙谐寓言。王利器根据《破愁一夕话》本收入《历代笑话集》中。

顽固坚持己见的伪学者，一切自以为是的人，都是不可理喻的，因而不必理会他们。

［附原文］

两道学先生（道学先生，指信奉宋儒学说的人）议论不合。各自诧（chà，夸耀）真道学，而互诋（dǐ，毁谤，诬蔑）为假。久之不决，乃共请正于孔子。孔子下阶，鞠躬致敬而言曰：“吾道甚大，何必相同？二位老先生皆真正道学，丘素所钦仰，岂有伪哉？”两人各大喜而退。弟子曰：“子何谀之甚也？”孔子曰：“此辈人哄得他去勾（同‘够’）了。惹他什么？”

——《历代笑话集·笑林》

一毛不拔

（明）《笑林》

一只猴子死了。它去见阎王，请求托生变人。阎王说：“既然要做人，就必须将身上的毛全都拔掉。”说完，就呼唤夜叉鬼给猴子拔毛。夜叉还只拔得一根毛，猴子便忍不住痛，大叫起来。阎王笑着说：“看你一毛不拔，又怎么能做得人？”

［导读］

“一毛不拔”，一语双关，讽刺吝啬自私者没有做人的资格。成语“一毛不拔”来源于《孟子》。《孟子·尽心上》：“杨子取为我，拔一毛而利天下不为也。”孟子使用“一毛不拔”，本是批判杨朱的极端为我主义。后来“一毛不拔”演变为形容极端吝啬的人。

[附原文]

一猴死，见冥王（冥间的统治者，俗称阎王），求转人身。王曰：“既欲做人，须将毛尽拔去。”即唤夜叉（一种恶鬼）拔之。方拔一根，猴不胜痛叫。王笑曰：“看你一毛不拔，如何做人？”

——《历代笑话集·笑林》

猫吃素

（明）《笑林》

有一只猫，颈下偶然戴了一串数珠。一只年老的老鼠看到了，高兴说：“猫已经吃斋信佛了。”于是率领它的子孙走到猫前面去表示感谢。猫大叫一声，接连吞下几只老鼠。年老的老鼠赶快逃跑，幸而脱了险，伸伸舌头说：“它吃斋以后越发凶了！”

[导读]

伪装慈善者比公开作恶的人更加可怕。这则故事可能受到藏族寓言故事《猫喇嘛讲经》的影响。

[附原文]

猫项下偶带数珠（又叫“念珠”“佛珠”，吃斋念佛的人所戴的串珠）。老鼠见之，喜曰：“猫吃素矣。”率其子孙诣（yì，前往）猫言谢。猫大叫一声，连啖数鼠。老鼠急走，乃脱。伸舌曰：“他吃素后越凶了。”

——《历代笑话集·笑林》

鼠技虎名

江盈科

楚地的人，称老虎叫老虫；苏州府的人，称老鼠叫老虫。我在长洲县当官，因为办事到娄东县去，住在邮馆里。刚吹熄蜡烛上床睡觉，忽然碗碟等发出轻微的碰撞声。我问这是什么，守门的小伙子回答说："老虫。"我是楚地人，非常惊诧地说："城里面怎么会有这种野兽?"小伙子知道我弄错了，解释说："不是别的野兽，就是老鼠啊。"我又问："老鼠为什么叫老虫呢?"小伙子说是吴地的习惯叫法。

咳！老鼠冒老虎的名字，以至使我惊愕想逃跑，真值得发笑。但是，仔细一想，现在世界上冒虎名吓唬无知群众的人真不少啊。如果高踞在百姓头上的官员都是这样的人，冒着老虎一样的威名，干着老鼠一样的勾当，国家的事情就不能不使人非常担忧啊！

[导读]

江盈科（1553年—1605年），明朝万历年间进士。他与公安县的袁宏道兄弟一起，掀起了反对复古主义的诗文运动，文学史上称为"公安派"。江盈科的作品语言通俗，善于汲取民间俗文学的营养，尤其是在寓言创作方面成绩显著。作者精心创作了14则诙谐生动的寓言故事，辛辣讽刺当时的政治弊病，取名《雪涛小说》。又收辑整理诙谐故事160则，编为《雪涛谐史》，其中不乏优秀的诙谐寓言佳作。《雪涛小说》与《雪涛谐史》都收录于《雪涛阁集》。

本篇寓言从方言现象入手，借题发挥，抨击高踞在百姓头上作威作福的官僚，他们披着虎皮，却干鼠窃狗偷的事情。

［附原文］

楚（今湖北、湖南一带）人谓虎为老虫；姑苏（苏州）人谓鼠为老虫。余官长洲（县名，治所与吴县治所同在苏州城），以事至娄东（太仓），宿邮馆（古时在驿站设置的客舍，供因公出差的人歇宿）。灭烛就寝，忽碗碟砉（huā，拟声词）然有声。余问故，阍童（守门的小伙子。阍音 hūn）答曰："老虫。"余楚人也，不胜惊错（惊诧）。曰："城中安得有此兽？"童曰："非他兽，鼠也。"余曰："鼠何名老虫？"童谓吴俗相传尔耳。

嗟嗟！鼠冒老虫之名，至使余惊错欲走，良足发笑。然今天下冒虚名骇俗耳者不少矣！……夫至于挟鼠技、冒虎名、立民上者皆鼠辈，天下事不可不大忧耶！

——《雪涛阁集·雪涛小说》

不关我事

江盈科

里弄中有一个人，他脚上长了疮，痛得忍耐不住。于是对家里人说："你替我在墙壁上凿一个洞。"洞凿好了，他便将脚伸进洞中去，一直伸入邻居家里有一尺左右。家里人说："这是什么主意？"回答说："任凭它到邻居家去痛，不干我的事。"

又有一个行医的人，自称精通外科。有位副将打仗回来，被飞箭射中，深深射入骨膜里面。副将延请这位医生去治，他便拿出山西并州出产的快剪刀，剪掉了露在体外的箭杆，然后要求谢金。副将说："箭头在骨膜里面，必须赶快治疗。"医生嘟嘟哝哝地说："这是内科的事情，想不到都要求我来干！"

现在当权的诸位官员，看到事情不好办，便只管照旧敷衍，苟且偷安，把责任推给后来的人。这就好像把痛脚伸到邻家、把留在肌肉中的箭头推给内科医生一样。

[导读]

本篇原名《任事》，其主旨是讽刺推脱责任与过错的官僚主义作风。寓言由两则故事构成。两则故事的主角都具有敷衍塞责的共性，但是又各有特点，一个偏于自欺，一个偏于欺人。两者加在一起，相得益彰，加强了故事的表达力量。

[附原文]

盖闻里中有病脚疮者，痛不可忍。谓家人曰："尔为我凿壁为穴。"穴成，伸脚穴中，入邻家尺许。家人曰："此何意？"答曰："凭他去邻家痛，无与我事。"

又有医者，自称善外科。一裨将（偏将。裨音 pí）阵回，中流矢，深入膜（mó，骨膜）内。延使治。乃持并州剪（今山西太原一带古称并州，以出产锋利的剪刀著名），剪去矢管，跪而请谢（酬谢，报酬）。裨将曰："簇（cù，箭头）在膜内者须亟（通'急'）治。"医曰："此内科事，不意并责我！"

……今日当事诸公，见事之不可为，而但因循苟安，以遗来者，亦若委痛于邻家，推责于内科之意。

——《雪涛阁集 · 雪涛小说》

治驼高手

江盈科

过去有一个医生，自己介绍能治疗驼背，他吹嘘说："像弯弓一样的驼子，像虾子一样的驼子，像圆圈儿一样的驼子，只要请我治疗，早上开始治疗，到晚上就可以直得像箭一样。"有一个驼子信了他的话，请他治疗。他拿了两块木板，把一块放在地下，叫驼子睡在上面，又把一块压在身上，马上走到上面去践踏。那驼子的身体很快直了，但人也马上死了。驼子的儿子要到官府去告状。这医生说："我的职业是治疗驼背，只管把他弄直，哪管他的死活！"

唉！世上做县令的人，只管要百姓交钱交粮，全部缴纳，不管百姓的死活，与这个医生又有什么区别啊！话虽这样说，但也不能完全怪下面的官儿。如果不靠英明的皇帝亲身实行节约，向下面发布宽缓体恤的命令，即使负责催赋税的官儿不想当那个驼医，又可能吗？

[导读]

本篇原名《催科》。本篇故事的原始情节取材于三国时代邯郸淳的《笑林》，但是加强了细节渲染，赋予了新的寓意，用以猛烈抨击官府对老百姓的横征暴敛。故事末尾点明寓意，矛头甚至指向了皇帝。在盛行文字狱的极端专制的明朝，作者敢于这样说，其勇气是令人佩服的。

[附原文]

昔有医人，自媒能治背驼，曰："如弓者，如虾者，如曲环者，延吾治，可朝治而夕如矢。”一人信焉，而使治驼。乃索板二片，以一置地下，卧驼者其上，又以一压焉，而即躧（xǐ，本义是鞋子，此处作“践踏”解释）焉。驼者随直，亦复随死。其子欲鸣诸官。医人曰：“我业治驼，但管人直，那管人死？”

呜呼！世之为令，但管钱粮完，不管百姓死，何以异于此医也哉！虽然，非仗明君躬节省之政，下宽恤（xù，体察，周济）之诏（zhào，皇帝下的文告），即欲有司不为驼医，可得耶？

——《雪涛阁集·雪涛小说》

算计鸡卵

江盈科

有一个市民，很贫穷，有了早餐顾不到晚餐。有一天，他偶尔拾到一个鸡蛋，非常高兴。回家便对妻子说：“我有了家当（家产）了。”妻子问：“家当在哪里？”那人便拿出鸡蛋给她看，并说：“这便是。不过，要等十年以后，才能成功。”接着跟妻子计算起来：“我拿这个蛋借邻人正在孵蛋的母鸡去孵，等小鸡长大，我便捉一只小母鸡回来生蛋。一个月生十五只蛋，可孵出十五只鸡；两年之内，鸡生蛋，蛋生鸡，可得到三百只鸡，便能卖十两银子。用这十两银子买五头母牛，母牛生母牛，三年可得到二十五头母牛；加上出生的母牛还要生牛，三年可以得到一百五十头牛，便能卖三百两银子了。我拿这三百两银子去放债，三年内可得到五百两银子。拿其中的三分之二买田修屋，三分之一买僮仆与小老婆。那时，我跟你两人便可以悠闲幸福地度过晚年。这不是很快乐的事吗？”他妻子听说要买小老婆，勃然大怒，用手把鸡蛋砸碎说：“不要留下这祸根！”丈夫见妻子砸破这一个鸡蛋的家当，大发脾气，打了他的妻子，还到官府去告状说：“把我的家当一下败尽了的便是这恶婆子，请求杀了她。”官老爷问他：“家当在哪里？败的情况怎样？”那个人一件件地摆出来，从捡鸡蛋起，到要买小老婆止。官老爷说：“这样大的家业，被恶婆子一拳头砸坏了，真正该杀。”便命令把他的老婆烹了。他老婆哭叫着说：“我丈夫说的都是没做成的事，为什么因这点儿事便要烹我？”官老爷说：“你丈夫说买小老婆，也是没有做成的事，为什么又要妒嫉呢？”那妇人回答说：“虽然是没有做成的事，但除掉祸根要早啊。”官老爷一听，便笑了一笑，放她走了。

哎！世上在没有办事前就胡思乱想、希图非分的人，难道只有这个算计鸡蛋的人吗？

［导读］

本篇原名《妄心》，辛辣讽刺了不切实际而想入非非的人。《庄子》中有“见卵求富”的话，苏轼曾经参照佛经寓言《婆罗门踢破罐子》，写了一则叫作《瓮算》的寓言。本则寓言在主旨方面可能受到它们的影响。但是，本则寓言的故事情节完全创新，写得十分幽默，令人捧腹，具有中国民间故事的风格与气派。邓拓曾经把这则寓言改写成现代故事，叫作《一个鸡蛋的家当》，收入《燕山夜话》中。

［附原文］

一市人贫甚，朝不谋夕。偶一日拾得一鸡卵，喜而告其妻曰：“我有家当矣。”妻问：“安在？”持卵示之曰：“此是。然须十年，家当乃就。”因与妻计曰：“我持此卵，借邻人伏鸡（孵小鸡的母鸡）乳之。待彼雏成，就中取一雌者，归而生卵，一月可得十五鸡；两年之内，鸡又生鸡，可得鸡三百，堪易（交换，买卖）十金。我以十金易五牸（zì，母牛），牸复生牸，三年可得二十五牛；牸所生者又复生牸，三年可得百五十牛，堪易三百金矣。吾持金举责（通‘债’。举责，即放债，收取高利），三年间，半千金可得也。就中以三之二市田宅，以三之一市僮仆、买小妻，我乃与尔优游以终余年。不亦快乎？”妻闻欲买小妻，怫（fú，愤怒）然大怒，以手击鸡卵碎之。曰：“勿留祸种！”夫怒，挞（tà，鞭打）其妻。乃质（对质）于官，曰：“立败我家者此恶妇也，请诛之。”官司问：“家何在？败何状？”其人历数，自鸡卵起，至小妻止。官司曰：“如许大家当，坏于恶妇一拳，真可诛。”命烹之。妻号曰：“夫所言皆未然事，奈何见烹？”官司曰：“你夫言买妾，亦未然事，奈何见妒？”妇曰：“固然。第（但，只是）除祸欲早耳。”官笑而释之。

噫！世之妄意早计、希图非望者，独一算计鸡卵之人乎？

——《雪涛阁集·雪涛小说》

蜘蛛与蚕

江盈科

蜘蛛对蚕说：“你整天饱吃桑叶，一直到老。你口里吐出经线与纬线，有的金黄，有的雪白，闪闪发光，用它们把自己裹起来。养蚕的妇女拿你的茧扔进开水里，抽出长丝，于是你就丧失了生命。这样看来，你的技巧恰好是你自杀的手段，这不是愚蠢吗？”

蚕回答蜘蛛说：“我虽然自杀，但是，我所吐出的丝，就被织成花纹美丽的丝绸。天子所穿的衮龙袍，百官所穿的锦绣礼服，哪一件不是用我的丝造成的呢？你却肚子空了就用尽心机糊口，从口里吐出经线与纬线，织成罗网，你坐在那里面等待时机。蚊、虻、蜂、蝶只要从你这里经过，就都被你杀死，填饱你的肚子。你的确是有机巧，但是你多么残忍啊！”

蜘蛛说：“为别人打算的话，就应该成为你这样的人；为自己打算，宁肯成为我这样的人！”

哎！世界上愿意做蚕而不愿意做蜘蛛的人，太少了啊！

[**导读**]

“舍己为人”与“损人利己”这两种世界观是完全对立的。本篇原名《蛛蚕》。作者根据蜘蛛与蚕的生物特性，把它们拟人化，并成功地运用对话形式与对比手法，从而取得了较好的艺术效果。

[**附原文**]

蛛与蚕曰：“汝饱食终日，以至于老。口吐经纬（纵线叫‘经’，横线叫‘纬’），黄白灿然，因之自裹。蚕妇操汝入于沸汤，抽为长丝，乃丧厥（第三人称代词，活用为第二人称，相当于‘你的’）躯。然则，其巧也适以自杀，不亦愚乎？”

蚕答蛛曰：“我固自杀，我所吐者遂为文章，天子衮龙（帝王穿的龙袍），百官绂绣（有花纹的锦绣官服），孰非我为？汝乃枵（xiāo，空虚）腹而营，口吐经纬，织成罗网，坐伺（等候时机）其间。蚊、虻、蜂、蝶之见过者，无不杀之而以自饱。巧则巧矣，何其忍也！”

蛛曰：“为人谋，则为汝；为自谋，宁为我！”

嘻！世之为蚕不为蛛者，寡矣夫！

——《雪涛阁集·雪涛小说》

悭吝术

江盈科

有一个人，他已经很熟悉吝啬的秘诀，但还认为自己没有到家，想跟一个专教吝啬的老师学那秘诀。他去拜见老师时，只用纸剪了一条鱼，又装了一瓶水当酒，作为学习吝啬的见面礼。正好那吝啬大师出门去了，只有师母在家。师母知道了他的来意和见面礼物，便叫一个丫头把空杯端到他面前说："请喝茶。"其实并没有茶。然后自己用双手比画出一个圆圈，对他说："请吃大饼。"招待仅仅是这样。

那人走后，吝啬大师便回家了。妻子原原本本地讲了这件事。吝啬大师一听，变了脸说："为什么竟然花费了这么多的款待？"随即用手比画出半个圆圈说："只要这半边饼子，便足够打发他了。"

［导读］

故事用极度夸张与逐层衬托的方法，为悭吝鬼画像。风格辛辣，令人发笑。

［附原文］

一人已习悭（qiān，吝啬）术，犹谓未足。乃从悭师学其术，往见之。但用纸剪鱼，盛水一瓶，故名曰酒，为学悭贽礼（初次拜见尊长所送的见面礼。贽音 zhì）。偶值悭师外出，惟妻在家。知其来学之意并所执贽仪，乃使一婢用空盏传出曰："请茶。"实无茶也。又以两手作一圈曰："请饼。"如是而已。

学悭者既出，悭师乃归。其妻悉述其事以告。悭师作色曰："何乃费此厚款？"随用手作半圈样曰："只这半边饼，彀（通"够"）打发他！"

——《雪涛阁集·雪涛谐史》

卷地皮

赵南星

王知训在宣州当刺史，进京朝见皇帝。皇帝设宴招待。酒席间，演员们扮了一个老神仙出来。其中一个人问："你是什么人？"那老神仙回答说："我是宣州土地神。"又问："为什么到这里来？"回答说："王刺史进京朝见，把我连同宣州的地皮一起都席卷而来了。"

评赞：管理州县的官员，进京朝见，土地跟随他们进京，这是常见的事情啊。这里只讲宣州刺史，恐怕是与王知训有仇的人编造出来的吧！

[导读]

赵南星（1550年—1627年），明朝万历、天启年间的著名政治家，有《赵南星全集》。所著《笑赞》全书共收72则诙谐故事，每则故事末尾都加上幽默的评赞，故名《笑赞》。他认为利用笑话素材所创作的诙谐寓言故事，具有巨大的社会作用："可以谈名理，可以通世故"。

"卷地皮"和"刮地皮"，就是形容官员把地方上的财物搜刮得干干净净。唐朝诗人卢仝《客谢井》的诗句中已经出现"卷地皮"这个词，《新唐书》记载有唐朝军阀李固烈"刮地皮"的故事，可见贪污搜刮是官僚社会的普遍现象。本则寓言的情节取自宋朝郑文宝的《江表志》。故事后面的评赞，一方面点明贪污搜刮的普遍性，一方面故意为王知训辩护，采用反语形式以增强讽刺力度。

[附原文]

王知训帅宣州（在今安徽省）。入觐（jìn，朝见君主）。赐宴（上级对下级设宴招待）。伶人（滑稽演员或戏剧演员的旧称）戏作一神。或（有人）问："何人?"答言："吾是宣州土地（管理一个小地区的神灵）。"问："何故到此?"答言："王刺史入觐，和地皮卷来。"

赞曰：官州入觐，土地随之，此常事也。而独言宣州，此乃与王知训有仇者为之耳！

——《赵南星全集·笑赞》

隐身草

赵南星

有一个人，别人送他一根草。对他说："这就是隐身草。手里拿着它，别人就看不见你了。"这人信以为真，到街上去，拿了别人的钱便走。主人用拳头揍他。他说："随你打，只是你看不见我。"

评赞：这个人不过没有得到真隐身草罢了！若得了真的，谁又看得见？还有那些不要用隐身草，在青天白日抢夺人家财物而谁也不敢阻拦的人，那才是真法术呢。

[导读]

故事情节取自三国邯郸淳的《笑林》。故事后面的赞语，借题发挥，讽刺巧取豪夺现象。《庄子》说："窃钩者，诛；窃国者，侯。"在封建专制社会中，强权者无法无天。

［附原文］

有遇人与以一草，名隐身草。“手持此，旁人即看不见。”此人即于市上取人之钱，持之径去。钱主以拳打之。此人曰：“任你打，只是看不见我。”

赞曰：此人未得真隐身草耳！若真者，谁能见之？又有不用隐身草，白昼抢夺，无人敢拦阻者，此方是真法术也。

——《赵南星全集·笑赞》

众笑亦笑

赵南星

一个瞎子与大家坐在一起。大家看到可笑的事情，都笑了起来。那瞎子也跟着笑。大家问他说：“你看到了什么发笑？”瞎子说：“你们看到的一定不会错。”

评赞：那个瞎子的话，不是完全没有见识啊。即使终身跟随别人笑也是可以的嘛。但是，勉强地跟着别人笑总是不快乐的，做人还是不能没有眼睛。当然，自己有一双明亮的眼睛而件件事跟随别人，别人错了自己也跟着错的人，并不少呀。

［导读］

没有主见、随声附和的人，就跟瞎子一样可悲。评赞写得一波三折，抑扬顿挫。

[**附原文**]

一瞽者与众人坐。众有所见而笑，瞽者亦笑。众问之曰：“何所见而笑？”瞽者曰：“你们所见，定然不差。”

赞曰：瞽者之言不为无见，即终身随人笑可也。但强笑不乐耳，人岂可无目哉？然有目而事事随人，人差亦差者，颇亦不少！

——《赵南星全集·笑赞》

放　生

赵南星

鹞子追捕麻雀，麻雀慌忙钻进一个和尚的袖口里。和尚用手抓住它说：“阿弥陀佛，我今天可以吃块肉了。”麻雀闭住眼睛，一动也不动。和尚认为它死了，就把手张开。麻雀便乘机飞走了。和尚又说：“阿弥陀佛，我今天给你放了生。”

[**导读**]

故事讽刺伪善者，也讽刺顺水推舟做人情的人。

[**附原文**]

鹞子追雀，雀投入一僧袖中。僧以手搦（nuò，握住）定，曰：“阿弥陀佛，我今日吃一块肉。”雀闭目不动，僧只说死矣。张开手时，雀即飞去。僧曰：“阿弥陀佛，我放生（释放鱼鸟之类的动物，佛教徒把它当作一种慈善的行为）了你罢。”

——《赵南星全集·笑赞》

蝙　蝠

《笑府》

凤凰做寿，百鸟都去祝贺，只有蝙蝠不去。凤凰责备它说："你是我的部下，为什么这样高傲呢？"蝙蝠说："我有两只脚，属于兽类，祝贺你有什么用？"

有一天，麒麟做生日，蝙蝠又没有去。麒麟责备它。蝙蝠说："我有翅膀，属于飞禽，为什么要贺你呢？"

后来麒麟与凤凰相会了，谈到蝙蝠的行为，都很有感慨地叹气说："现在世界上的风习很恶劣，偏偏生出了这样不禽不兽的家伙，真个拿它没有办法！"

[导读]

冯梦龙（1574年—1646年），明朝末年著名的通俗文学家。他是著名短篇小说集"三言"的编撰者，又编了三本著名的笑话集：《笑府》《广笑府》《古今谭概》。《笑府》共收录笑话100则，用以讽刺各种社会现象；《广笑府》是《笑府》的续篇；《古今谭概》是汇编古今笑话的大型著作。

本篇故事原来的寓意是讽刺投靠宦官的知识分子中的败类，他们破坏了正直官僚与在野名流的反对宦官的联合斗争。但是，故事能够抓住蝙蝠的生理特点，成功地塑造出了一个刁钻诡辩的骑墙派的形象，使其具有比较广阔的客观寓意。后来，人们常用蝙蝠形象形容各种两面派人物。

［附原文］

凤凰（古代传说中的鸟王）寿，百鸟朝贺。惟蝙蝠不至。凤责之曰：“汝居吾下，何踞傲（高傲）乎？”蝠曰：“吾有足，属于兽，贺汝何用？”

一日，麒麟（古代传说中的瑞兽）生诞，蝠亦不至。麟亦责之。蝠曰：“吾有翼，属于禽，何以贺与？”

麟凤相会，语及蝙蝠之事，互相慨叹曰：“如今世上恶薄，偏生此等不禽不兽之徒，真个无奈他何！”

——《笑府下·杂语》

狐入鸡舍

《畸人十篇》

野外有一只狐狸，整天挨饿，身体消瘦。就到鸡舍去偷食。门关闭了，没有路进入。正在徘徊时，忽然发现一个洞穴，仅仅容得下身体。狐狸嘴馋极了，匍匐着挤了进去。过了几天，吃得十分满足了，想回去。可是，身体已经养得很肥胖，腹部鼓胀得圆滚滚的了，洞穴容纳不下。狐狸害怕主人发现自己，不得已，只好几天不进食，使身体消瘦得好像刚来的时候一样。这样，它才爬了出来。

［导读］

利玛窦（1552 年—1610 年），意大利人，耶稣会（属于天主教）的传教士。1583 年进入中国广东传教，后来到了北京、南京等地，广泛接触中国的著名人士。1610 年病逝并安葬于北京。他在传教同时，介绍欧洲的科学、哲学，是西学东渐的先行。《畸人十篇》，是他跟中国士大夫交流问答的十篇作品，1608年在北京印行。此书引用欧洲寓言以帮助宣传天主教的教义。“畸人”二字取自《庄子》，是“奇特之人”的意思。

这篇寓言原来出自《伊索寓言》。伊索的原意是：“时间能够解决困难的问题。”利玛窦引用它说明天主教教义，规劝人们应该知足，不要有非分的要求。

［附原文］

野狐旷日饥饿，身瘦臞（qú，消瘦）。就鸡栖窃食，门闭无由（道路）入。逡巡间，忽睹一穴，仅容其身。馋极，则伏而入。数日，饱饫（yù，饱饫，即“饱足”）欲归。而身已肥，腹干张甚，隙不足容。恐主人见之也，不得已，又数日不食，则身瘦臞如初入时，方出矣。

——《畸人十篇》第四篇

不复生卵

《况义》

从前，有一个寡妇。她养了一只母鸡，那鸡特别瘦，但是每天能生一个蛋，没有间断。寡妇心想：“这鸡很瘦，但每天还能生一个蛋；如果把它喂得肥壮了，必定能加倍生蛋无疑。”于是，她就把母鸡喂得饱饱的。不久，母鸡果然肥壮了。然而，从此再不生一个蛋了。寡妇叹息说：“浪费了粮食，没有了鸡蛋，败坏了我的母鸡。”

寓意是：贫穷的人，每天产生善；富豪的人，往往丧失德。

［导读］

金尼阁（1577 年—1628 年），法国人，耶稣会传教士。1610 年至中国。张赓，泉州人。他们合作翻译欧洲寓言，金尼阁口述，张赓笔录，取名《况义》，1625 年在西安出版。此书是《伊索寓言》的第一个汉语译本。此书正编收寓言 22 则，补编收寓言 16 则，正编故事绝大多数来自《伊索寓言》。《况义》的每则寓言都分两部分，前面的故事，起“比况”作用，就是寓体；后面有“义曰”，“义”就是寓意。

这篇故事原来出自《伊索寓言》，原意是批评哺育过度，批评因为贪欲而违反规律。作者是天主教的教士，他运用这则寓言宣传天主教的教义：人富了就堕落，正好像鸡肥了就不生蛋。《圣经》说过：富人要进天堂，比骆驼穿过针孔还难。

［附原文］

昔有嫠（lí，寡妇，死了丈夫的女人）妇。家养母鸡，酷瘦也，但日日卵生不辍。嫠妇意：“此鸡瘦，然而日生一卵；令得壮，必复倍生无疑。”遂厚养之。已而，果肥。然自是不复生一卵矣。嫠妇叹曰：“费食，废卵，而败我鸡哉。”

义曰：贫穷之人，善日生；富豪之人，绝其德。

——《况义》正编

狼皮疗疾

《况义》

狮子是百兽的王。有一天，它生病了，百兽都来请安。独有狐狸还没有来，狼于是进谗言说："我们都来了，只有狐狸不来，它是诚心欺侮大王。"狐狸刚好到了门外，听见了。狐狸进门请安，狮子大怒，责问狐狸为什么晚来。狐狸说："大王生病，百兽空来请安问候，对大王的病有什么帮助？我这只小小的狐狸，走遍各地寻找良方，最近才有幸寻找到。我一寻找到，就马上来了，怎么敢落后？"狮子改变态度，大喜，询问道："你找到什么药方？"狐狸说："应当活剥一张狼皮，乘热披在大王的身体上，病就立即痊愈了。"狮子就抓住狼，按照狐狸的方法使用。

寓意是：说谗言的人，谗言刚说出口，自身就立即遭到了剥皮的惨祸，可怕呀！

[导读]

这篇故事取材于《列那狐故事》中的一个情节。《列那狐故事》是欧洲中世纪动物寓言史诗，它主要描写狐狸列那（代表新兴市民）跟狼伯爵（代表封建贵族）之间的斗争。"狼皮疗疾"刻画狐狸的机智，嘲讽狼的蠢笨。其寓意是：进谗言者，一定会自食恶果。

[附原文]

狮子为百兽王。一日病，百兽来候安。独狐未至。狼遂献谗曰："我辈皆来，狐独否，诚欺王。"狐适至，闻之，遂进问。狮子大怒，诘后至者何。狐曰："大王疾，百兽徒来一候安，于大王疾何瘳（chōu，痊愈）？小狐则遍走求良方。顷幸得，即趋前，何敢后？"狮子更（改变，改变态度），大喜，询："何药也？"曰："当用生剥狼皮，乘热被大王体，立愈矣。"狮子便搏狼，如法用之。

义曰：谗人之言，甫脱于口，剥肤之惨旋罗躬。可畏哉！

——《况义》正编

佞　狐

李世熊

乌鸦栖息在树枝上啄肉吃。狐狸想夺它吃的肉，于是诡诈地奉承乌鸦说："人们都说乌鸦漆黑，这只乌鸦却白生生地好像雪，可以做百鸟的王。只是，还不知道它的声音如何?"乌鸦大喜，"哇"地叫了一声，于是口里的肉坠落，被狐狸得去了。

漂亮的野鸡遇到狐狸，叱责它说："把黑的说成是白的，你这个夺肉的强盗!"

孔雀遇到了乌鸦，讥笑它说："你吃饱了人家的奉承话，肉却离开了嘴巴。"

[导读]

李世熊（1602年—1686年），明朝末年学者，颇有民族气节。所著《物感》是我国第一部模仿《况义》而创作的寓言集。全书仅有20篇寓言，其中有19篇是拟人化的动物故事，改变了我国古代寓言主要是以人物为主角的传统。

本则是模仿《伊索寓言》中的《大鸦与狐狸》而创作的寓言。作者加进了两个评论事件的角色：野鸡与孔雀。并且通过这两个角色的口全面揭示寓意：既谴责进行诈骗的狡猾的狐狸，又批评爱奉承的愚蠢的乌鸦。

[附原文]

乌栖枝啄肉。狐欲夺肉，诡（欺诈）谀（阿谀，奉承）乌曰：

“人言黑如乌，乃濯濯而雪，是堪为百鸟王。但未闻声如何耳?”乌大喜，“嗐”然而鸣，肉下坠，狐遂得去。

文雉（野鸡）遇狐而叱之曰：“反黑为白，割肉之贼!”

孔雀遇乌而笑曰：“饱人之谀，咮（zhòu，鸟的嘴）不自濡（沾湿）。”

——《物感》

旷　猫

李世熊

猫的职务是捕捉老鼠，所以人们都珍视喂养它。有一个农家老头，痛恨老鼠伤害物品。他终于得到一只巨猫，非常高兴。他抚摩梳理猫的皮毛，用肥美的食物饲养猫。他授权给猫说：“凡是贪婪残暴、不安分、妨害我家的老鼠，你像我一样惩罚它。”猫面对他睁圆眼睛，张开牙齿，状貌非常勇武。主人更加欢喜。

过了几天，鼠害仍然如故。主人跟踪猫，只见猫坐在高高的地方悠闲地洗脸，或者傍着厨房灶台，舔舔嘴唇，或者睡大觉。

这时，大老鼠对小老鼠说：“你敏捷聪明，何不试试这只猫?”小老鼠秘密地从猫前经过，猫毫不察觉。小老鼠于是奔跑到大鼠跟前，说：“这猫不过是想填饱肚子罢了。我们只要从远处找来可口食品供给它，它的口就可以封住了。”于是老鼠们都把所得到的东西输送给猫。猫高兴地接受，对老鼠们的恶行不闻不问。

后来，老鼠的危害更加严重了。主人发怒，将要抓猫惩罚。但是，这只猫已经跑到别的主人家，不顾旧主人了。

[**导读**]

旷猫，就是玩忽职守的猫。本篇以旷猫影射明朝末年的一批无耻的官僚。这些人平日玩忽职守，养尊处优，而且贪污受贿，与坏人勾结；在国家危难时刻，则投奔新主子，毫无气节。这则寓言借鉴了《伊索寓言》的拟人化方法，但是，在情节、主旨诸方面则是完全本土化的。

[**附原文**]

猫职治鼠，故人皆珍畜之。田舍翁恶鼠之害物也，得巨猫而喜。循其毛羽，饲以膏腴。命之曰："有贪残不靖，害于予家者，汝若予治。"猫为环眼张牙，状甚武。主人益喜。

越数日，鼠害如故。主人迹之，猫则高坐唾脸，循厨灶舐唇熟睡而已。

于是，大鼠谓小鼠曰："汝便捷多智，盍（'何不'的合音词）尝试之？"小鼠密过猫前，猫不为觉。小鼠奔谓大鼠曰："此不过欲饱腹耳。吾辈远致珍馐事之，其口可钳也。"于是佥（全都）辇（车子，这里作动词用，是输送的意思）所得于猫。猫甘之，置群鼠不问。

后鼠益甚。主人怒，将执猫诛之。而猫逾他家，不顾旧主人矣。

——《物感》

秦吉了

《可如》

四川泸州南部有一户人家，养了一只秦吉了。秦吉了能够像人一样说话。有个进贡物品的外族人，用三十万钱买下这只鸟，将要带走。主人告诉秦吉了说：“吉了，我家贫穷，愿意把你卖给外族人。”吉了说：“我是汉族的禽，不愿意进入外族人手中。”主人已经收了外族人的钱，只好听任那外族人带走秦吉了。秦吉了于是绝食，几天后死去。

[导读]

《可如》是明朝末年的一本动物故事集。全书六卷，分别以禽、兽、虫、鱼为故事主角，表彰这些动物的德行，反问某些人：“可如动物否?”今仅存三卷，作者署名是“董德镛”。董德镛，字孔昭，浙江鄞县人，生平不详。根据书中内容考证，他生活于明末清初。

秦吉了是经过训练可以说话的鸟类。作者借表彰具有民族气节的鸟，讽刺明朝那些没有民族气节而投降异族的官僚。用能够说话的鸟做主角，并直接借鸟的话语突出寓意，是本则寓言的特色。

[附原文]

泸南畜有秦吉了者，能人言。贡（向朝廷进贡物品）夷（古代对外民族的称呼）将以钱三十万，鬻焉以归。主人告之曰：“吉了，我贫，愿卖汝于夷。”吉了曰：“我，汉禽也。不欲入夷。”主人业收其值矣，听其挈之行。遂绝食数日死。

——《可如》卷一

蒋里善人

唐　甄

从前，四川的蒋里，有个品德很好的人。他热爱好人好事，痛恨坏人坏事，忠诚讲信用，从不欺骗人。同乡的人都信服他。有个富人借给他千金，却不要他的借据。他拿这笔钱到陕西、河南一带经商，用他对待同乡人的态度去对待生意人，人们都不喜欢他。三年时间，便丧失掉全部资本，空手返回故乡。

[导读]

唐甄（1630 年—1704 年），清朝初年著名思想家。代表作《潜书》共七十九篇，主要讨论政治问题与学术问题，猛烈抨击封建专制。《潜书》的体裁模仿先秦诸子，往往运用寓言作为说理的重要工具。

本篇故事反映出社会经济对道德风尚的决定作用。小农山村的道德风尚，跟商业市场的交易规则，是不相同的，甚至是完全抵触的。故事告诉人们，办事应该适应不同的环境和不同的对象。

[附原文]

昔者，蜀之蒋里有善人焉。善善而恶恶，诚信而不欺人。乡人皆服之。有富者不署券（契约，借据）而与之千金。贾（做生意）于陕、洛，以其处乡里者处人，人皆不悦。三年，尽亡其赀（资财，资本）而反（通“返”）。

——《潜书·辨儒》

黑兽与虎

蒲松龄

李敬一老太公说：“某位先生在沈阳时，曾在一个山顶上大宴宾客。俯看山下，只见有一只猛虎口里含着什么东西奔来，随即用脚爪在地上打了一个洞，把那东西掩埋好就离开了。人们挖开洞穴一看，原来埋的是一只死鹿，于是取走了鹿，又照原样把洞穴覆盖。一会儿，那虎领来一只浑身乌黑的野兽，长着几寸长的毛。虎在前面开路，好像邀请高贵的客人。到了洞边，那黑兽两眼定定地看着洞穴，蹲在那里等候着。老虎打开洞穴发现丢失了死鹿，吓得浑身发抖，匍匐在地上，不敢稍微动弹一下。那黑兽见老虎欺骗它，勃然大怒，举起利爪打击老虎的前额，老虎应声倒地而死。那黑兽也径直离开了。”

异史氏说：“那黑兽，不知道叫什么名字。但是，我向当事人询问它有多大，据说并不比老虎大。可那老虎为什么甘愿伸着脖子接受死亡的处分？为什么怕得那么厉害呢？看来，世界上的万物都各有控制它的东西，这道理是说不明白的。比如，猕猴就最怕金丝猴。远远地望见金丝猴来了，它们就成百上十地结队，向它罗拜，没有一个敢偷偷逃跑的。它们全都吓得眼神呆滞，屏住呼吸。等金丝猴到了面前，就听任它用爪子揣摩自己的肥瘦。金丝猴发现了膘肥肉满的，就用一片石头放在它的头上做标志。那猕猴也就头顶石头，伏在地上，诚惶诚恐，呆若木鸡，唯恐头上石头掉下来。金丝猴揣摩标志完了，就按标志的先后一个个捉了吃，其余的猕猴才一哄而散。我曾经说：贪婪残酷的官吏多么像这金丝猴啊！可怜的老百姓俯首帖耳，任其宰割，谁也不敢喘息一声，那忠厚老实的情状也的确像这些猕猴啊！这是何等可悲啊！”

[导读]

蒲松龄（1640年—1715年），清朝初期杰出作家。所著《聊斋志异》是我国文言文短篇小说的巅峰之作。全书近500篇作品中，除了小说，还有精美的童话，也有寓意深刻的寓言。

本篇实际是由两个故事组成。一个是李敬一老人讲的老虎听任黑兽宰割的故事，一个是异史氏（蒲松龄自己）在评论中所引叙的猕猴听任金丝猴宰割的故事。两者结合，相互映衬。一方面谴责敲骨吸髓、作威作福的残暴官吏；一方面批评俯首帖耳、任人宰割的顺民，哀其不幸，怒其不争。

［附原文］

闻李太公（太公是对老年人的尊称）敬一言："某公在沈阳，宴集（宴请客人）山颠（顶）。俯瞰山下，有虎衔物来，以爪穴地，瘗（yì，掩埋）之而去。使人探所瘗，得死鹿。乃取鹿而虚掩其穴。少间，虎导一黑兽至，毛长数寸。虎前驱，若邀尊客。既至穴，兽眈眈（dān，垂目注视的样子）蹲伺（sì，观察等候）。虎探穴失鹿，战伏不敢少动。兽怒其诳，以爪击虎额，虎立毙。兽亦径去。"

异史氏曰："兽不知何名。然问其形，殊（颇）不大于虎，而何延颈受死，惧之如此其甚哉？凡物各有所制，理不可解。如猕（读作mí，同'獼'，猕猴）最畏狨（róng，金丝猴。或说即'猱'，猿猴类）。遥见之，则百十成群，罗而跪，无敢遁者。凝睛（两眼呆滞）定息（屏住呼吸），听狨至，以爪遍揣其肥瘠（瘦）。肥者，则以片石志（标志）颠顶（头顶）。猕戴石而伏，悚（sǒng，恐惧）若木鸡，惟恐堕落。狨揣志已，乃次第（按秩序，逐一）按石取食，余始哄散。余尝谓贪吏似狨，亦且揣民之肥瘠而志之，而裂食之；而民之戢耳（耷拉着耳朵。戢音jí）听（听任）食，莫敢喘息，蚩蚩（chī，老实的样子）之情，亦犹是也。可哀也夫！"

——《聊斋志异·黑兽》

大鼠与猫

蒲松龄

明朝万历年间，皇宫中有只老鼠，同猫一样大，为害激烈。朝廷派人到民间四处寻找出色的猫来制服它，每次将猫捉来，就被老鼠吃了。这时，恰好外国进贡来一只"狮猫"。浑身上下，毛白如雪，人们抱着它丢进那恶鼠横行的屋子里，关上门，躲在外面偷偷地观看。只见狮猫蹲伏在那里，一动也不动。过了好久，那老鼠才慢慢地从洞子里爬出来，它一发现猫，便大怒地向猫扑过去。猫避开它，跳上案几。老鼠也跟踪跳上去，猫又一跳而下。就这样反反复复，总不下百余次。大家都以为猫胆小害怕，是只没有能耐作为的家伙。不久，老鼠跳跃奔腾渐渐地迟缓了，挺着个大肚子一起一伏，仿佛在喘着粗气，只得匍匐在地上稍稍休息片刻。这时，狮猫就飞快跳下，伸出两只利爪狠狠揪住老鼠头顶上的毛，咬住老鼠的脑袋。那狮猫同老鼠扭成一团，猫儿“呜呜”地叫着，老鼠发出“啾啾”声。大家打开门一看，原来鼠的脑袋早已被嚼碎了。这时人们才知道狮猫避开老鼠，并不是胆怯，而是等待老鼠疲惫气馁。那老鼠奔来它就退让，那老鼠跑开它就进攻，狮猫就是用的这种智谋。

啊！那些拔剑与人争斗的莽汉，跟这横暴的老鼠又有什么不同呢！

[导读]

故事既讽刺了横行霸道、好勇斗狠的丑类，又表扬了讲究策略、除暴安良的勇士。故事描写狮猫制服大鼠的场面，细致生动，有声有色。

[附原文]

万历（明神宗年号，相当于公元1573年至1620年）间，宫中有鼠，大与猫等，为害甚剧（剧烈，厉害）。遍求民间佳猫捕制之，辄被啖（吃掉）食。适异国来贡“狮猫”，毛白如雪。抱投鼠屋，阖（hé，关合）其扉（门扇），潜（暗中）窥之。猫蹲良久，鼠逡巡（进退试探的样子）自穴中出，见猫，怒奔之。猫避登几上，鼠亦登，猫则跃下。如此往复，不啻（chì，仅）百次。众咸谓猫怯，以为是无能为者。既而鼠跳掷渐迟，硕腹似喘，蹲地上少休。猫即疾下，爪掬（jū，捧，用双爪抓住）顶毛，口龁（hé，咬）首（头）领（脖子）。辗转争持，猫声呜呜，鼠声啾啾。启扉急视，则鼠首已嚼碎矣。然后知猫之避，非怯也，待其惰（气馁，疲倦）也。彼出则归，彼归则复，用此智耳。

噫！匹夫（只凭意气的莽汉）按剑，何异鼠乎！

——《聊斋志异·大鼠》

愿换手指

石成金

有一个神仙来到人间。他采用点石成金的方法，试验人心。想寻找一个贪财少的，就度他成仙。寻遍了许多地方，都没有。即使把很大的石头点成金，人们还是嫌小。

末后遇到一个人，神仙指着石头对他说："我将这石头点成金，与你用吧。"那人摇头不要。神仙认为他嫌小，又指着一块大石头说："我将这极大的石头点成金，与你用吧。"那人也摇头不要。神仙想，这个人完全没有贪财之心，可以说是难得，应当度他成仙。因而问他说："你大小金都不要，却要什么?"那人伸出手指说："我别样都不要，只要老神仙方才点石成金的这个指头，换在我的手上，任随我到处点金，用个不计其数。"

[导读]

石成金，清朝顺治十五年（1658年）生，活了80多岁，于乾隆初年去世。所著《笑得好》是清朝早期著名的笑话集，分初集、二集，共有笑话两百则，其中的大多数笑话都是讽刺世俗的诙谐寓言。作者在本书的开场白中说："人以笑话为笑，我以笑话醒人。虽然游戏三昧，可称度世金针。"他在每则笑话结尾，大都加上评语以点明寓意。《笑得好》跟作者的其他著作百余种，都编入《传家宝》中。

本则故事的主旨是讽刺人性中的贪欲无厌的弱点。但是，我们如果变换视角，从反面看，故事的这个主角也有聪明之处，他知道获得具体的东西，不如掌握获得东西的方法。俗语说："授人以鱼，不如授人以渔。"我们应该懂得，能力的培养，比获得具体知识更加重要。

[**附原文**]

有一神仙到人间，点石成金，试验人心。寻个贪财少的，就度他成仙。遍地没有。虽指大石变金，只嫌微小。

末后遇一人，仙指石谓曰："我将此石点金，与你用罢。"其人摇头不要。仙意以为嫌小，又指一大石曰："我将此极大的石点金与你用罢。"其人也摇头不要。仙翁心想此人贪财之心全无，可为难得，就当度他成仙。因问曰："你大小金都不要，却要什么?"其人伸出手指曰："我别样总不要，只要老神仙方才点石成金的这个指头，换在我的手指上，任随我到处点金，用个不计其数。"

——《笑得好》初集

驱鬼符

石成金

有一个道士被鬼迷住了，鬼竟然将黑色的污泥涂满了道士的身体和脸。道士高喊救命。旁边有人听到了，忙来向道士脸上吐口水，救活了道士。道士感激说："贫道受您的救命大恩，我现在有一张驱鬼符，奉送给您，表示感谢。"

有人问道士："你既有此符，何不救自己呢?"道士回答说："我是顾别人而不顾自己的。"

[导读]

故事嘲笑迷信职业者，也嘲笑一切自欺欺人的人。

[附原文]

一道士被鬼迷住，竟将滋泥（黑色的污泥）涂满身面。道士高喊救命。傍人闻之，忙来啐（cuì，吐口水。传说鬼魂害怕口水）脸救活。道士感激曰：“贫道承救命大恩，今有驱鬼符（道士画的驱鬼召神的神秘符号）一道奉谢。”

或问：“既有此符，何不自救?”答曰：“我是顾人不顾己的。”

——《笑得好》初集

蜀鄙二僧

彭端淑

蜀地的偏远地区有两个和尚，其中一个穷，一个富。有一天，穷和尚对富和尚说：“我要到南海（普陀山）去朝佛，你看怎么样?”富和尚说：“你依靠什么去呢?”穷和尚说：“我只要有一只水瓶、一只饭钵就足够了。”富和尚说：“我多年来就想雇条船下南海去，还不能如愿。你又靠什么去得成呢!”

过了第二年，穷和尚竟然从南海回来了，他把经过告诉了富和尚。富和尚听了，脸上显出惭愧的神色。

[导读]

《白鹤堂诗文集》，彭端淑著。彭端淑，清朝雍正年间进士。

作者写本则故事的用意是教育子侄辈如何做学问，告诉他们如何看待做事情的难与易。故事说明：只要努力，困难的事情，就变得容易；如果不努力，容易的事情，也会变得困难。

［附原文］

蜀之鄙（边远地方）有二僧，其一贫，其一富。贫者语于富者曰："吾欲之南海（指浙江舟山群岛东南部的普陀山，是我国佛教四大名山之一，观音菩萨的道场），何如？"富者曰："子何恃而往？"曰："我一瓶一钵足矣。"富者曰："吾数年来欲买舟而下，犹未能也。子何恃而往！"

越明年（第二年），贫者自南海还。以告富者，富者有惭色。

——《白鹤堂诗文集·为学一首示子侄》

鬼有三技

袁　枚

有一个姓吕的人，是松江县的廪生。性格很豪放，自己取了个外号叫"豁达先生"。

有次，他路过泖湖西乡。天渐渐黑了。忽然看到一个妇人，搽粉画眉，急急忙忙地拿着一条绳索向前走。她望见姓吕的，便跑到树下躲起来，但所拿的绳索却丢失在地上。姓吕的拾起绳索一看，原来是条草索，闻一下，有一股阴冷腐臭的气味。他心里明白了，这是一个吊死鬼。便将草索藏到怀里，一直朝前走。

那个妇人从树荫中走出来拦路。姓吕的向左走，她就拦住左边；向右走，她就拦住右边。姓吕的心想，这便是大家常讲的"鬼打墙"，于是不顾一切，向前冲去。

鬼拦他不住，无可奈何，便大叫一声，变成披头散发、七孔流血的凶恶样子，舌头从口中伸出一尺多长，向着姓吕的跳跃。姓吕的对它说：“你开头搽粉画眉，想迷惑我；接着挡住去路，想遮拦我；现在装出这副凶样子，想吓唬我。你的三套本领都用完了，我总是不怕，想来你也没别的本领使出来了。你也该知道我向来就叫豁达先生吗?”鬼听了这番话，只得恢复原形，向他跪拜，然后急急忙忙走开了。

[导读]

袁枚（1714 年—1797 年），清朝著名诗人和诗歌理论家。所著《子不语》又名《新齐谐》，分正编、续编，共 34 卷。“子不语”三字，取自《论语》的“子不语怪力乱神”。意思是说，自己这本书记录鬼神怪异的故事，这些故事是孔子所不说的。

本篇原标题为《鬼有三技，过此，鬼道乃穷》。迷惑，阻拦，恐吓，是一切鬼魅的惯用伎俩，也是一切坏人的惯用伎俩。只要能识破这三种伎俩，就可以战胜它们。

[附原文]

吕某，松江（今上海市松江区）廪生（科举时代，成绩优异的秀才可以从官府的仓廪中领取生活费，这种人叫廪生）。性豪放，自号豁达先生。

尝过泖（mǎo）湖西乡。天渐黑，见妇人面施粉黛（dài，画眉用的颜料），贸贸然持绳索而奔。望见吕，走避大树下，而所持绳则遗坠地上。吕取观，乃一条草索；嗅之，有阴霾之气。心知为缢死鬼。取藏怀中，径向前行。

其女出树中，往前遮拦，左行则左拦，右行则右拦。吕心知俗所称“鬼打墙”是也，直冲而行。

鬼无奈何，长啸一声，变作披发流血状，伸舌尺许，向之跳跃。吕曰：“汝前之涂眉画粉，迷我也；向前阻拒，遮我也；今作此恶状，吓我也。三技毕矣，我总不怕，想无他技可施。尔亦知我素名豁达先生乎?”鬼乃复形跪地……奔趋而去。

——《子不语》卷四

狼子野心

纪　昀

有个富户，偶然获得两只小狼。主人把小狼与家里的一群狗放在一起喂养。小狼与狗也相安无事。小狼渐渐长大，也颇为驯服。主人竟然忘记了它们是狼。

有一天，主人白天在大堂上睡觉。他忽然听到家里的一群狗发出呜呜的愤怒声，吃惊起身，向四周巡视，没有发现什么人。第二次靠着枕头躺下，将要睡着，那一群狗又像先前一样发出呜呜的愤怒声。主人于是假装入睡，暗暗等候。原来是两条狼伺察主人入睡没有警觉的时候，将要咬他的咽喉，那群狗阻止狼不使它们向前咬主人。

[导读]

纪昀（1724 年—1805 年），字晓岚，乾隆时代著名学者，曾经担任《四库全书》的总纂官。所著《阅微草堂笔记》分《滦阳消夏录》《如是我闻》《槐西杂志》等 5 部分，共 24 卷，是清朝著名的文言笔记小说，曾经与《聊斋志异》齐名。

本篇故事告诫人们不要为表面现象所迷惑，对人对事都要保持一定的警惕性，不要掉以轻心。

[附原文]

有富室偶得二小狼，与家犬杂畜。亦与犬相安。稍长，亦颇驯。

竟忘其为狼。

一日，昼寝厅事（大堂）。闻群犬呜呜作怒声，惊起，周视无一人。再就枕将寐，犬又如前。乃伪睡以俟。则二狼伺其未觉，将啮其喉，犬阻之不使前也。

——《阅微草堂笔记·槐西杂志》

群神朝天

龚自珍

一群神仙，到天庭朝见天帝。天帝说："办酒席招待他们。"管理酒席的官，拿着纸笔造花名册。登记了三千年，花名册还没有造好。天帝询问原因，造册的官员说："每个神仙都有一批抬轿子的人员。"天帝说："抬轿子的人员也登记招待。"过了七千年，花名册还是没有造好。天帝再询问原因。官员于是汇报说："抬轿子的人员，他们又有为自己抬轿子的人员。"天帝沉默叹息。酒席终于没有办成。

[导读]

龚自珍（1792 年—1841 年），号定庵，著名思想家和诗人，其思想在中国近代有首开风气的意义。其作品编为《龚自珍全集》，又名《龚定庵全集》，分 11 辑。

官僚机构重叠臃肿是封建专制社会的一个根本弊端。如果官僚机构重叠臃肿，即使是微不足道的小事情也无法办好。故事运用层递与夸张手法，收到冷峻而辛辣的讽刺效果。本篇是《凉燠》一文中的故事之一。

[附原文]

群神朝于天。帝曰：“觞（牛角酒杯，这里作动词用）之。”帝之司觞（主管酒席的官员），执简记（简册）而簿（登记册，登记）之。三千秋而簿不成。帝问焉，曰：“皆有舁（抬）之舆（轿子）者。”帝曰：“舁者亦簿之。”七千秋而簿不成。帝又问焉。乃反（回报）于帝曰：“舁之舆者，又皆有其舁之者。”帝默然而息。不果觞。

——《龚自珍全集》第一辑

蚯蚓与蜈蚣

薛福成

一条蜈蚣在蚯蚓洞穴上盘旋，蚯蚓躲在洞穴中。蚯蚓忽然探头，拔去蜈蚣的一条脚。蜈蚣发怒，想进入洞穴，但是穴小不能容纳。蜈蚣正彷徨旋绕，蚯蚓又乘时机拔去蜈蚣的一条脚。蜈蚣更加发怒，却没有什么办法。蜈蚣守在洞穴口，不肯离开去。蚯蚓于是渐渐拔蜈蚣的脚。大约经过一个时辰，蜈蚣已经没有脚了。身体虽然还没有死，却不能转动，横卧在地上，像僵死的蚕一样。蚯蚓于是公然爬出洞穴，咬破蜈蚣的腹部吸食。

[导读]

薛福成（1838 年—1894 年），字叔耘，号庸庵，是清朝末年著名的洋务家与改良主义思想家。其著作编为《庸庵全集》47 卷，其中有笔记 6 卷，分为“史料”“轶闻”“述异”“幽怪”四类。

这篇故事说明以弱胜强的策略。这对当时的中国具有现实意义。

中国是弱国，受列强侵略，应该凭借地利，以守为攻，出其不意地打击入侵者。作者在1884年担任浙江宁绍道的道台时，就曾经凭借镇海的地利参加了击退法国军舰的战斗。

［**附原文**］

一蜈蚣盘旋蚓穴之上，蚓匿穴中。忽探首，拔去蜈蚣一足。蜈蚣怒，欲入穴，而穴小不能容。正彷徨旋绕，蚓复乘间拔其一足。蜈蚣益怒，而无如之何。守穴口，不肯去。蚓遂渐拔其足。阅一时许，则蜈蚣已无足。身虽未死，而不能转动，横卧于地，如僵蚕焉。蚓乃公然出穴，嚙其腹而吸食之。

——《庸庵全集·庸庵笔记》

狼施威

吴趼人

狐狸嘲笑猪说："你这个愚蠢的东西，怎么能赶上我？"猪说："你何必笑我？你也不见得能够在世上立功。"狐狸说："我的皮，能够给苍生做衣服、被褥。怎么说没有功呢？若你，就没有功了。"猪说："我的肉，能够供人果腹。怎么说没有功呢？"羊冒冒失失地走来，说："你们不必争。我能够兼有你们两个的长处，又应该如何呢？"话还没有说完，狼突如其来，把它们全部扑杀吃掉了。狼笑着说："这一班奴隶性质的畜生，动不动就说自己的功劳，只应该做我的牺牲品。"

[导读]

吴趼人（1866年—1910年），又名沃尧，清朝末年著名的谴责小说作家，曾经创作小说30多种以揭露社会的腐败与黑暗。他所著的《俏皮话》是一部具有寓言性质的笑话集，共126篇故事。

狐狸、猪、羊，受人宰割，不以为耻，反以为荣，既不幸，又不争。这是以小农经济为基础的封建专制制度长期统治所造成的奴隶劣根性。从清朝末年到“五四运动”，中国思想界的很多先驱者，都以批判国民性格的这种封建劣根性为己任。吴沃尧的《俏皮话》如此，鲁迅的寓言《古城》《聪明人、傻子与奴才》，胡适的寓言《差不多先生传》，等等，也都是如此。因为，国民劣根性不除，就不可能有民主与富强。

[附原文]

狐笑猪曰：“汝蠢然一物，焉能及我？”猪曰：“汝何必笑我？汝亦不见得能立功于世。”狐曰：“我之皮，能衣被苍生。如何言无功？若汝则无功耳。”猪曰：“我之肉，能供人果腹。如何言无功？”羊贸贸然来，曰：“汝等不必争。我能兼汝二者之长，又当如何？”语未竟，狼突如其来，尽扑杀而食之。笑曰：“这一班奴隶性质的畜生，动辄言功，只合做我的牺牲也。”

——《俏皮话》

各民族民间寓言

搬支锅石

白　族

白族有一句格言："支三脚灶，也要有人舍得搬两块石头。"

很久以前，有两个老朋友。一天，他们相约一同上山砍柴。他俩准备食物，用同一只碗量了两碗米，用同一个杯子量了两杯豆豉，又用同一把刀切了厚薄一样的两片肉。

要做午饭了，必须用三块石头支起锅烧饭。他们每人搬来了一块大小一样的石头。还差一块，怎么办？你推我，我推你，谁也不愿再去搬一块。最后，只好用两块石头支起锅烧饭。哪里知道，水还没有烧开，添柴时锅就被打翻了。两个老朋友互相埋怨，只好勒紧裤带，饿着肚子回家。

从此以后，白族民众中就留下了一句格言："支三脚灶，也要有人舍得搬两块石头。"

[导读]

白族从远古时代就生活在云南省的苍山、洱海之间。这则白族谚语故事颇似汉族中流行的谚语："一个和尚挑水吃，两个和尚抬水吃，三个和尚没水吃。"它说明：绝对平均主义，怕自己多出力的狭隘意识，只会葬送集体的福利和事业。

捧着空花盆的孩子

朝鲜族

从前，有一贤明而受人爱戴的国王。但是，他的年纪已很大了，却没有一个孩子。有一天，国王想："我要亲自在全国挑选一个诚实的孩子，作为我的继承人。"他吩咐官吏，给全国每个孩子发下一些花种子，并且宣布："如果谁能用这些种子培育出最美丽的花朵，那么他便是我的王位继承人。"

每个孩子都种下了所发的那些花种子。他们从早到晚，浇水、施肥、松土，护理得非常精心。

有个男孩，名叫雄日。他也整天用心培育花种。但是，十天过去了，半月过去了，一个月过去了……花盆里的种子依然如故，不见发芽。母亲说："你把花盆里的土换一换，看行不行。"雄日依照妈妈的意见，换了新土，在新的土壤里再播下了那些种子，但是它们仍然不发芽。

国王决定观花的日子到了。无数个种花的孩子，穿着漂亮服装，涌上街头，各自捧着盛开着鲜花的花盆。他们每个人都希望成为继承王位的太子。但是，国王从一个个孩子面前走过，察看花盆，脸上没有露出一丝高兴的影子。

国王走到一个店铺前，忽然看见了正在流泪的雄日，这个孩子端着空花盆站在那里。国王把雄日叫到自己的跟前，问他说："你为什么端着空花盆呢？"

雄日抽咽着，把花种子长期不萌芽的经过告诉给国王。

国王听完雄日的回答，高兴地拉着他的双手，大声地说："你就是我的忠实的儿子！"

"为什么您选择一个端着空花盆的孩子做接班人呢？"孩子们与围观的民众都询问国王。

国王说："子民们，我发给你们的花种子都是煮熟了的种子。"

听了国王的话，那些捧着最美丽的花朵的孩子们，个个面红耳赤，因为他们发现播下的种子不发芽，就改播了另外的种子。

［导读］

我国境内的朝鲜族主要生活在吉林省与辽宁省。这则寓言故事，美丽动人而寓意隽永。故事经过反复铺垫，造成读者的悬念和期待，最后忽然抖开包袱，使读者领悟到一个深刻的道理：诚实不欺，才能获得别人的信任。

虎王、牛王被狐吃

傣　族

傣族有这样一句谚语："虎王、牛王被狐狸战胜，是它们听了狐狸的谗言！"

远古时代，老虎在西山头为王，黄牛在东山头为王。它们各守边界，互不干扰，和和平平。

有一天，狐狸从两山之间走过。它的肚子正饿。看见西山头飘着虎王旗，东山头飘着牛王旗，于是产生了一个坏主意："要是我能吃到牛王，够吃半个月了；要是我能吃到虎王，一个月也吃不完！"

"噢！有了！有了！"

狐狸首先跑上西山头，见了虎王，装出一副关心的模样："虎王啊，我特意来报告你一个消息。刚才我从牛王山下经过，它到它骂你无能，又说西山该属于它，要把你撵出西山。威武的虎王啊！我是一片好心好意，信不信由你。不久，牛王就要下山来了，你要做好准备！"

虎王不想想：好鱼儿也有刺呀，糖里也可能有毒药。它就一口吞下了狐狸的话。谢过狐狸之后，它立刻就冲下山去教训牛王。

狐狸却绕小路偷偷溜走了。它匆匆忙忙跑到了东山头牛王那里，见了牛王，又装出一副关心的模样说："威武的牛王啊！我特意来报告你的消息：刚才我从虎王山下经过，它说东山该属于它，你又无能，一定要把你撵出东山。威武的牛王啊！你看，虎王已经下山了，请你快做准备。"牛王也不想想：好木头也有被蚂蚁吃空的时候，白米饭里有时也有石头。它也一口吞下了狐狸的话。谢了狐狸，它立刻就下山去抵御虎王的侵犯。

狐狸于是跑到山坡脚的树蓬里躲起来，观看动静。

虎王、牛王都冲下山来了，在山脚下拼死战斗，虎王的锋利牙齿咬伤了牛王，牛王的尖锐双角挑伤了虎王。一会儿，两个大王都断气了。狐狸跳出树蓬，笑嘻嘻地饱餐了一顿。

从此，傣族就流传开这句谚语："虎王、牛王被狐吃！"

[**导读**]

傣族聚居在云南省德宏等地，信仰佛教。其寓言跟印度寓言、泰国寓言有密切关系。这则寓言告诫人们，不要意气用事，不要争强斗狠，更不可听信小人的谗言而使小人坐收渔翁之利。

蝈蝈蛐蛐吹牛皮

汉　族

闲来没事出城西，我看见了一个蝈蝈斗蛐蛐。

这个蝈蝈说："在东山头我吃了两棵大柳树。"

这个蛐蛐说："在西山头我吃了两头葱白的大叫驴。"

这个蝈蝈说："在南山头我吃了两只斑斓虎。"
这个蛐蛐说："在北海我吃了两条大鲸鱼。"
扑扑的从后面过来了一只芦花大公鸡。
你说这公鸡愣不愣，它过去就把这蝈蝈吃。
蛐蛐一见心好怕，骂了一声芦花大公鸡：
"你不该南山头吃了我的亲娘舅，又不该吃了我的姑姑姨。
称四两棉花纺一纺，我蛐爷不是好惹的。"
说着恼，道着怒，扑棱扑棱翅，
抱了抱爪儿，蹬了蹬腿儿，捋了捋须，
它赌着气的也喂了鸡。

［**导读**］

这是一篇传统的鼓曲唱词，讽刺吹牛夸口、不自量力的人。风格幽默，语言明快流畅。

狸猫教虎

汉　族

高高山上一棵蒿，胆大狸猫把虎教。
穿山跳涧都学会，老虎变脸要吃猫。
狸猫一见事不好，打个箭步上树梢。
老虎跪下来哀告：
"师傅师傅你下来，再教弟子上树梢。"
狸猫听了把头摇：
"我的武艺全教你，你要变脸我往哪里逃？"

[导读]

这是一首流传于河南等省的儿歌。寓言以猫虎关系比喻旧社会的师徒关系。有的徒弟本事学好以后，往往忘恩负义，甚至夺了师傅的饭碗，所以师傅们往往“留一手”。寓言反映的便是这种不正常的社会现象。

老虎的长相跟猫相似，因而民间产生了这则寓言。它的历史至少可以追溯到宋朝。南宋诗人陆游《剑南诗稿》卷38《嘲畜猫》自注：“俗言猫为虎舅，教虎百为，唯不教上树。”

猴子下山

汉　族

有一只猴子，住在峨眉山上。有一天，猴子想下山找东西。

猴子首先到了一处苞谷地，看见满地黄灿灿的苞谷，非常欢喜，就伸手摘了一个，继续往前走。

猴子接着到了一片桃树林，看见满林红艳艳的桃子，非常欢喜，就伸手摘了一个，丢了苞谷，继续往前走。

猴子又到了一个西瓜园看见满园西瓜，又大又圆，非常欢喜，就伸手摘了一个，丢了桃子，继续往前走。

猴子抱着西瓜回家，恰巧遇见一只野兔，蹦蹦跳跳，非常可爱，就丢了西瓜，去追兔子。

兔子跑进了森林，猴子什么东西也没有得到。

［导读］

见异思迁者，将一无所得，一事无成。后来，作家们把民间故事中的猴子改成“小猴子”，更加切合儿童的心理与阅读需要，于是被编入小学语文教材，教育儿童做事要专心致志，克服注意力容易分散的毛病。

大雁排字

回　族

春天，大雁从南方飞向北方；秋天，大雁又从北方飞向南方。它们年年都是这样忙忙碌碌地飞来飞去。大雁飞行时，或者排成“一”字，或者排成“人”字。为什么呢？

老人们说，古代大雁飞行的时候，本来不排队。它们飞行一天，都很劳累，到夜晚，就栖息在河边，沙滩上啦，草丛里啦，芦苇边啦，一齐睡觉。但是，大雁们也很警觉，大家睡觉时，总要轮班留一只守夜的雁。

后来发生了一件事。一只头雁领着一群雁飞行了一天，到晚上就栖息在河边的草丛里。睡觉前，派好了守夜的雁。但是，老雁还不放心。因为老雁也跟老人一样——“老不歇心，少不歇力”呀。

老雁就嘱咐守夜的雁说：“今天轮到你守夜了，可千千万万不能打瞌睡呀！要静心地听着，要仔细地看着，一听到有脚步声，一见到有红火闪动，——这是打雁人带着引火打咱们来了！你就快点拍翅膀高叫，大伙醒了，好赶快飞走。”

守夜的雁不耐烦地说：“爷爷，你就放心去睡吧！我都知道。”

“知道是知道。你年纪轻轻的，还没经历过危险的事，多加小心啊!”

老雁叮嘱了一遍又一遍，这才跟大家一起睡觉。

这正是秋末冬初时节。北风“嗖嗖”地刮，竟然“沙沙”下起雪花来了。

守夜的雁守到半夜，又困、又冷。它自言自语地说：“真不走运——偏偏遇上这么个坏天气!”它看看天，又说：“天快亮了。这么坏的天气，打雁的能来吗？守多少回夜都没遇上打雁的，哪那么巧，这回就遇上呀？我已守了多半夜……”它嘀咕了一阵，困极了，就偎在草丛里睡着了。

打雁的猎人早有算计：守夜的雁，到天亮时最困；遇上坏天气，更加不小心。他们发现了这群雁，带着火枪埋伏在河边。等候守夜的雁一入睡，就把火枪架在高处，对准雁群，一点引火，“轰”的一声，一阵烟火冒起，雁群都被打死，只飞走了一只。

飞走的雁就是那只老雁。它飞走以后，就把这事告诉给所有的雁群：只因“一”只雁不小心，全家亲骨肉都被“人”打死了!

从此以后，大雁怕后代忘记了这件痛心的事，就在飞行的时候，或者排成“一”字，或者排成“人”字。

[导读]

回族聚居于宁夏回族自治区与西北地区，也有的散居于全国各地，信奉伊斯兰教。这则故事具有明显的劝诫特点，但又带着解释色彩。它通过大雁排“一”字与“人”字队形，巧妙地展开联想，突出训诫的主旨：个体失职，将给集体造成无法挽回的损失；应该牢记历史教训，前事不忘，后事之师。

小猫钓鱼

蒙古族

猫妈妈年纪大了，不能给小花猫捉老鼠吃。隔壁的黑猫却每天肚子饱饱的，还能吃到鲜美的鱼。小花猫闹着要吃鱼，猫妈妈没办法，就带它来到塘边钓鱼。塘里的鱼真多，而且四周的景色特别优美。

小花猫和猫妈妈把鱼钩甩到水里，等鱼上钩。这时候飞来一只蜻蜓，小花猫看见了，扔下钓鱼竿就去追。蜻蜓飞得又高又快，小花猫累出一身汗也捉不到，只好空着手回来。刚好看见猫妈妈钓上来一条大鱼，小花猫抓起就要吃，猫妈妈说："吃自己钓的鱼不是更香吗？"小花猫只好望着水上的浮漂儿，盼着鱼儿快快上钩。

过了一会儿，小猫又东张西望起来。看见一只又大又漂亮的蝴蝶，它坐不住了，就跳起来去追。花蝴蝶忽高忽低地飞，小花猫怎么也抓不住，垂头丧气地回到塘边。这时猫妈妈的鱼篮里又多了几条大鱼。

小花猫非常急："真奇怪。鱼怎么不上我的钩呢？"

猫妈妈看了一眼小猫，耐心地说："钓鱼呀，必须集中精力。你一会儿跑去追蜻蜓，一会儿又跑去捉蝴蝶，怎会知道鱼上没上钩呢？就是鱼儿上钩了，你不收竿也钓不上来啊！"

小花猫听了连连点头，把注意力都集中在钓鱼上。不用说蜻蜓、蝴蝶啦，连青蛙和小鸟在眼前跳来跳去，它都不分神。没多久，就钓上了一条又肥又大的鱼。小花猫高兴极了，猫妈妈也笑了。

[导读]

蒙古族主要生活在内蒙古自治区、东北、西北及河北、河南等地，信奉喇嘛教。蒙古族寓言历史悠久，如《成吉思汗的两匹骏马》就有

13 世纪的手抄本流传下来。

《小猫钓鱼》说明：如果不专心致志，就会一事无成；只有集中精力，才会有收获和成功。故事中的小花猫，具有儿童的心理特点。所以，这个故事成了小学的传统教材，能对儿童发挥很好的教育作用。

骆驼和羊

蒙古族

骆驼很高大，羊很矮小。有一天，一只骆驼对羊说：“身材高是最好的，你看我多么高。”羊听了说：“我认为身材矮是最好的，你看我多灵活。”它们相约一起往前走，用事实证明谁的看法正确。

它们走到一座菜园旁，园子周围筑着坚固的矮墙，墙上没有任何洞穴。骆驼站在墙外，把长颈伸入园内，享受了一顿美餐。羊连园子里的景物也看不到。骆驼说：“你该明白高比矮好了吧。”

它们继续向前走，到了另一座菜园边，园子周围筑着高高的围墙，墙脚有小的门洞。羊钻进门洞，享受了一顿美餐。骆驼既钻不进小门洞，长颈也够不着伸进高墙。羊说：“你该明白矮比高好了吧。”

它们仔细想了一阵，然后同声说：“高有高的好处，矮有矮的好处。”

[导读]

“寸有所长，尺有所短。”人们不要以己之长度人之短，更不能以己之长作为骄傲的资本。

孔雀添尾

苗　族

孔雀本来没有美丽的尾巴。

古时候，有一位仙人来到大森林，对森林里的动物们说：“你们谁觉得自己长相有缺陷，我就可以让谁变得更加美丽。”

动物们，你看看我，我看看你，谁也不愿意说自己的长相有缺陷。仙人只好点名询问。

仙人问猴子，猴子说：“我长得顶好看。”又指指马说：“就是马大哥的脸太长了，真难看。”马一听，就狠狠地踢了猴子一脚，急忙说：“我的脸不长不短。就是大象的鼻子似乎太长了。”大象用长鼻子去卷猴子，猴子急忙躲开。大象对仙人说：“我看孔雀秃着屁股，难看极了。仙人就给它操操心吧。”

仙人询问孔雀，孔雀说：“我秃着屁股，的确难看，劳您费心了。”仙人微笑着从怀里掏出一粒仙丹，对孔雀说：“谦虚的孩子，你吞下去吧！”

孔雀吞下仙丹，长出了美丽的五彩缤纷的尾巴。而猴子呢至今还是那副猴样，马呢还是那副长脸，象呢还是长鼻子。

[导读]

苗族历史悠久，居住在湖南、湖北、贵州、四川、云南、广西、海南等省区。《孔雀添尾》说明，只有正视自己的缺点，求新向上，才有美丽辉煌的前途。

买卖年龄

纳西族

从前，有一对很有钱的夫妻。他们过着花天酒地的生活。但是，岁月不留情，他们变得衰老了。他们商量：“我们不是很有钱吗？有钱能使鬼推磨。我们何不卖掉老脸老皮，买来青春妙龄，变成少男少女呢?”他们走遍丽江城的街道，又走遍了天涯海角，没有做成这笔买卖。他们抽签问卦、烧香求神，也没有做成这笔买卖。

[导读]

纳西族聚居于云南省的丽江地区和香格里拉等地，以及四川省的西昌地区。纳西族虽然人口不多，但是，文化独特，寓言作品丰富。

《买卖年龄》讽刺了违反自然规律的荒诞行为，嘲笑了“有钱能使鬼推磨”的金钱哲学。正如唐朝诗人杜牧《送隐者》诗所说的：“公道世间唯白发，贵人头上不曾饶。”

蛙兔赛跑

纳西族

骄傲的兔子看不起青蛙，约青蛙赛跑。它们商量好，三天三夜跑过九座山，并规定了口号：每到一座山，青蛙就叫“我八”，兔子叫

“我七”。

比赛开始了，兔子每跑到一座山，青蛙都早在那里叫着“我八”了，兔子拼命地跑，结果累得跑不动了。原来，青蛙早已和其他的八个青蛙联系好，一个山头藏着一个青蛙，互相响应。因此，青蛙战胜了骄傲的兔子。

［导读］

青蛙取胜的原因，是依靠团结和智慧；兔子的失败，是由于骄傲轻敌，全凭个人的蛮力。这便是故事的寓意。

美洲印第安人有一个相似的寓言故事，名叫《狐狸和青蛙赛跑》，在秘鲁国克丘亚族中流传。那个故事跟《蛙兔赛跑》情节相同，只是“狐狸”代替了“兔子”。云南有几个少数民族都以“青蛙”为图腾。

刺猬和乌鸦

维吾尔族

刺猬碰上乌鸦，
都把自己的孩子夸。
刺猬说：“乌鸦大姐啊，
有个好消息告诉你呀，
我生了两个胖娃娃。
全身都没有刺，
一团嫩肉
就像又白又软的棉花。”
乌鸦说：“我也生了两个胖娃娃。
全身雪白，

羽毛没有一根黑色
真像那又香又白的雪莲花。”

歌者的话：
经常正视自己的弱点
就能奋进发达；
经常粉饰自己的弱点，
就会变成刺猬和乌鸦。

［导读］

维吾尔族聚居于新疆维吾尔自治区及甘肃等地。寓言丰富，诗体寓言发达，11世纪就产生了著名的寓言长诗《福乐智慧》。《刺猬和乌鸦》这首短小的寓言诗，利用母亲偏爱自己孩子的心理与行为，讽刺人们缺乏自知之明而掩饰护短的表现。

金钱与正义

维吾尔族

有一回，吐母尔国王问阿凡提说：“喂，阿凡提。如果有一个人给你金钱，而另一个人给你正义，那么，你是愿意要金钱，还是愿意要正义呢？”

阿凡提恭敬地回答说：“陛下，我当然愿意要金钱哟！”

国王得意地说：“哎，阿凡提，你真太愚笨啦。要是我，一定愿意要正义，绝不要金钱。因为，金钱是随时都可以找得到的，而正义却是一生很难找寻得到的东西呀！”

阿凡提回答说：“是呀，陛下说得对！陛下王宫里堆满着金钱，可是没有正义，所以陛下愿意要正义。而我，没有金钱，却已经有了正义，所以我才愿意要金钱啊！”

［导读］

这是阿凡提故事中的一则。维吾尔族中流传着数百则幽默机智人物阿凡提的故事，其中有些是寓言。这则寓言以问答为主要表达方式，问答设计得相当巧妙。首先，国王问得突然，而阿凡提的选择出人意料而且直率。这似乎显出阿凡提贪财，实际上是很自然地引得国王进入他的圈套，并吸引读者往下看。最后阿凡提的答话收到了异常出色的一箭双雕的讽刺效果：一是讽刺国王搜刮金钱而不顾正义，二是揭露国王口是心非，言行相反。

没有乘过船的王子

维吾尔族

从前，有一个国王，他带着小儿子航海。出海不久，船颠簸起来。小王子从未出海，于是在船上放声大哭起来，并且浑身发颤。众人纷纷前来安慰，但总不见效。国王看到这个情况，十分烦恼。他要求群臣想想办法。

不久，船上有位老人走到国王面前说：“大王若是应允，我倒有一个使王子病愈的妙法。”

国王说：“你有什么办法呢？”

老人说：“只有先把王子投入大海。”

国王无计可施，只得说：“好吧，按你的办！”

于是，老人带上小王子，把他投入大海。他让小王子在海水里没顶数次，然后揪住他的头发提到船上。王子上船以后，坐在一个角落里，安然不哭，也不颤抖了。

国王不胜惊奇，便问老人说："这里面难道有什么奥妙？"

老人回答说："先前，王子未曾经历过海浪的风险，自然更不知道船上的安全。在饱汉的眼里，糕点算不了食品；饿极了的人，也不会赞叹黄金的价值。只有遭遇过患难的人，才能懂得安全和幸福。"

[导读]

忧患与安全，苦难与幸福，都是相比较而存在的，在很大程度上是比较的心理产物。这则寓言启示人们，只有接受艰难危险的考验，才能真正体会到什么是幸福安全。

波斯13世纪诗人萨迪的《蔷薇园》有一则"忧患生安乐"的故事，情节跟这个故事相似。看来，这个故事可能受到波斯故事的影响。

狐狸的礼品

乌孜别克族

狐狸吃鸡，鸡只能到处告状。

鸡首先找到熊告状。鸡说："熊大王，狐狸天天吃我们，我们实在过不下去了。请您主持公道。"熊哼了一声："这可恶的狐狸，我一定惩罚它。"晚上，狐狸去见熊说："大王，我孝敬您一个枕头。"那是用鸡毛填充的又柔软又暖和的枕头。第二天，熊对鸡说："滚开，你这个说假话的家伙，再不许你来告状。"

鸡又找到狼告状。鸡说："狼大王，狐狸天天吃我们，我们实在过不下去了。请您主持公道。"狼大叫一声："这可恶的狐狸，我一定惩罚它。"晚上，狐狸去见狼说："大王，我孝敬您一个枕头。"那是用鸡毛填充的又柔软又暖和的枕头。第二天，狼对鸡说："滚开，你这个说假话的家伙，再不许你来告状。”

鸡只好找猎狗告状。鸡说：“狗大哥，狐狸天天吃我们，我们实在过不下去了。请您主持公道。”狗把狐狸叫来。狐狸说：“狗大哥，我孝敬您一个枕头。您不要听鸡胡说八道。”狗对狐狸说：“我不喜欢你的枕头。你这个可恶的家伙，到底吃了多少鸡，才做成这么大的枕头？”猎狗惩罚了狐狸。

［**导读**］

我国境内的乌孜别克族，居住在新疆北部，信仰伊斯兰教。《狐狸的礼品》，利用动物特性类比社会现象，反映旧社会官官相护、贿赂公行的现实，而且贿赂之物正是受压迫者的生命与血泪。

喜鹊老师

瑶　族

喜鹊的窝做得挺好。

许多鸟儿都飞来向喜鹊请教怎么样做窝。喜鹊说：“做窝必须专心，不然就做不好。现在，我先来做，你们一步一步仔细看吧！”鸟儿们都静悄悄地看着。

喜鹊刚用黏泥做成一个圆圈，一只画眉鸟忽然叫起来说：“我知道怎样做窝了！取来黏泥，轻轻地拍打它，弄成一个圆饼饼，中间凹下去就成了。这不容易吗？”画眉一面说，就一面飞开，自己做窝去了。

喜鹊又取些短枝，放在泥饼的周围。看到这里，乌鸦又叫起来说：“我也知道怎样做窝了！就是在泥饼上围几根树枝。这还不能做吗？”乌鸦说着，也飞回去自己造窝了。

喜鹊再在树枝上放一层泥，用小嘴把这些泥弄得又光又滑，然后取些细长的小枝，弄得弯弯的，放进窝的周围。看到这里，麻雀也叫了起来："我学会了，我学会了。"麻雀也飞回去自己造窝了。

最后，喜鹊取来细绒绒的羽毛和干草，小心地铺垫在窝里，做成了一个漂亮的窝。只有小燕子，从头到尾细心地学喜鹊做窝。

小朋友，你们看，现在画眉的窝只有一块像圆饼饼的东西，乌鸦的窝只是个粗糙的架子，麻雀的窝里面也是毛毛糙糙的。它们做得很不好。只有小燕子做的窝，坚固耐用，特别美丽。

［**导读**］

瑶族聚居于广西以及湖南、云南、贵州、广东的山区。《喜鹊老师》利用几种鸟类垒窝的特点，表达富有教益的寓意。它又符合儿童心理特点，所以多次被选入小学教材与儿童读物。它教育儿童（当然也可以教育成人），学习要虚心、细心、耐心，不可骄傲自满，不可浅尝辄止，不可半途而废。

蛐蛐造房

彝　族

蛐蛐没有房子。

一到寒冷的黑夜，蛐蛐冻得直哆嗦："唧唧唧，唧唧唧！盖房子，盖房子！"天亮了，阳光照耀大地，草丛里暖暖和和的，蛐蛐想："唧唧唧，唧唧唧！明天盖房子！"于是就懒洋洋地呼呼大睡起来。

黑夜又降临了，蛐蛐又冻得直哆嗦："唧唧唧，唧唧唧！盖房子，盖房子！"天又亮了，阳光照耀大地，草丛里又暖暖和和的，蛐蛐想："唧唧唧，唧唧唧！等明天，盖房子！"于是又懒洋洋地呼呼大睡起来。

夜复一夜，日复一日，蛐蛐一直没有动手。每到夜晚就叫："唧唧唧，唧唧唧！盖房子，盖房子！”

［导读］

彝族聚居于四川、贵州、云南、广西等地。蛐蛐造房的故事告诉我们：要改变生存质量，关键在于行动；人们应该居安思危，不要得过且过。

遗嘱给风

藏　族

从前，有个聪明人不幸被敌人抓住了。

敌人要杀死他。他说：“请允许我留下遗嘱罢。”敌人问他：“你把遗嘱留给谁？”他说：“我只能把遗嘱托付给风。”敌人杀了他，觉得他把遗嘱托付给风，非常荒唐可笑，就把这事作为笑谈。

这事终于传到了他的亲属的耳朵里，他们找到仇人，为他报了仇。

［导读］

藏族居住在西藏自治区，以及四川、青海、云南、甘肃等地。藏族寓言历史悠久，在公元2世纪就产生了。佛教传入以后，解释佛经的著作就记录了不少的寓言。

“遗嘱给风”的故事在11世纪就被名僧西博多哇的《喻法宝聚》所记载，西博多哇所赋予的寓意是：宣传佛法要方法巧妙，借助众人的口广泛传播，使信仰者领悟。故事的客观意义可以从不同角度分析：从被害者一方看，说明即使处于绝境，也要想出巧妙的办法；从对立的一方看，说明应该警惕对手的出人意外的言行。

猫喇嘛讲经

藏　族

从前，有一只猫，年轻力壮时被老鼠们称为“猫阎王”，没有哪一只老鼠能逃脱它的捕杀。后来，它老了，追不上老鼠了，就来到一个寺院，披上袈裟，当了喇嘛，讲起经来。众老鼠见“猫阎王”成了“猫喇嘛”，还是害怕，不敢走进寺院听它讲经。猫喇嘛就敲着佛鼓大声念道：

亲爱的老鼠听我言，
请你仔细看我一眼。
我过去是残暴的猫阎王，
陷入深渊，苦海无边。
我吃过无数的小老鼠，
这种行为太凶残。
我决心忏悔离红尘，
专心念经进寺院。

老鼠们听了，从远处逐渐小心翼翼地靠近。见猫不再抓它们，就越来越近，并且被猫喇嘛的转恶为善所感动，陆续地赶来寺院听猫喇嘛讲经。

于是，猫对听讲经的老鼠们宣布了三条规矩：“第一，听经要集中注意力，一字一句全要弄明白；第二，听经要有真心和诚意，对喇嘛要尊敬和忠实；第三，听完经回家，要整齐地排成一队，双目向前看，不要左顾和右盼。”

猫喇嘛讲的经，句句劝人为善，老鼠们都十分感动和佩服。讲经结束，老鼠们都依规矩排成一行长队回家，眼睛只望着前头。

这时猫喇嘛就悄悄拿住最后一只老鼠，叫它留下。老鼠已完全信任了喇嘛，也就不叫不喊地被喇嘛关在了寺院中。猫喇嘛把老鼠捉到供桌上，敲一阵佛鼓，吃掉老鼠的四条腿、尾巴和耳朵；再敲一阵佛鼓，就划开老鼠的肚皮，吃尽老鼠的血和肉。外面只听到佛鼓响，却听不到受害者的惨叫，还以为喇嘛又在念经呢。

这样，每讲一次经就少一只老鼠。每天都有成批的外地老鼠慕名来听猫讲经。讲经的次数越多，消失的老鼠也就越多了……

后来，老鼠们终于醒悟，当场揭发老猫，剥掉了它的袈裟，惩罚了它。

［**导读**］

“喇嘛”原意是“上师”，指慈善、德行高尚的名僧。恶猫化装成喇嘛，比喻坏人化装成好人，这种坏人比明火执仗的强盗更要凶险十倍；老猫被揭发，说明伪装总不会长久，“要想人不知，除非己莫为”。

“咕咚”

藏族

从前有一个湖，湖边有一片木瓜林，木瓜林里住着六只兔子。

有一次，一个木瓜熟了，从高高的树上落进湖水里，“咕咚”的一声。兔子们听见响声，不知道是什么，吓得连忙就跑。一只狐狸看见它们跑，就问：“你们跑什么？”兔子答道：“咕咚来了！”狐狸听了，也连忙就跑。猴子看见狐狸跑，就问：“你们跑什么？”狐狸答道：“咕咚来了！”猴子听了，也连忙就跑。

这样一个传一个：鹿、猪、水牛、狗熊、马熊、豹子、老虎、狮子、犀牛、大象……一个跟着一个，都跑起来了。

［导读］

《“咕咚”》是一则驰名世界的寓言。它通过一出令人发笑的百兽大逃亡的喜剧，讽刺了社会盲从心理，揭示了一条心理传感规律：个体心理极易同化于群体心理，趋同意识往往感染和淹没独立意识。故事告诫人们：要注重调查研究，才能处变不惊。

美洲印第安人也有一个相似的寓言故事，名叫《胆小鬼》。

蜗牛和它的硬壳屋

壮　族

老人们说，很久很久以前，从前的蜗牛，并不把它的硬壳屋时时扛着，走路非常轻快。

从前，蜗牛的屋子比现在大，蜗牛的性格也大方，它经常离开屋子到外边跑动，还经常让没有屋子的蜻蜓、蚂蚁到自己屋子里避雨、乘凉。后来，蜗牛把自己的屋子精心整修，刻上美丽的花纹，在阳光下金光灿灿的。蜻蜓、蚂蚁见了，都赞叹说：“多么美的屋子啊！”

可是，从此以后，蜗牛再不让过去的朋友进它的屋子，自己也不到外面跑动，只担心屋子被别人偷空了占了去。蜗牛不得不走动时就把屋子背在身上，一丝一丝地爬，累得气喘吁吁也不放下。不管到什么地方，也不管晴天雨天，都是这样。日子久了，身上的肌肉就跟屋子粘在一起了。

现在的蜗牛，一辈子扛着沉重的硬壳屋，半天爬不出一寸路。这苦是它自己招来的。

［导读］

壮族是我国人口最多的少数民族，聚居在广西壮族自治区。《蜗牛和它的硬壳屋》是一则解释性寓言，又包含深刻的哲理。仗义疏财，慷慨待人，轻视“硬壳屋”般的财利，就会生活得自由愉快，昔日的蜗牛便是这样；自私悭吝，防人如贼，对财利只愿独享而不与他人分享，财利便成为枷锁，生活无自由轻松可言，现在的蜗牛就是如此。

这篇寓言还有更深的意义，它揭示了一个深刻的人生悲剧：不少人一生就像蜗牛，辛辛苦苦地劳动，处心积虑地创造，获得了财富，取得了成就，赢得了荣誉，但不能正确对待，这就等于建造了一个跟世界隔绝的“硬壳屋”。

大鹏与龙虾

壮　族

无边无际的大海中间，有一个岛屿。岛中央有一个湖，名叫“东海”。岛里还住着一只大鹏鸟。

有一次，大鹏鸟飞到东海湖边，一口气把湖水喝了一半。从此，大鹏鸟便骄傲起来了，常常向别的鸟夸耀说：“天下再没有像我这样大的动物了！”大鹏鸟决定到各地去游逛，显显自己的威风。

大鹏鸟在大海上飞啊，飞啊，飞得有些累了，忽然发现有两条粗大的黑柱露在海面上。于是，它飞到那里，轻轻地停在黑柱上休息。忽然，黑柱底下发出了叫声：“你是什么东西？敢在我须上停歇！”大鹏鸟吓了一跳，忙向下一望——原来是只大龙虾，自己正好停在大龙虾的须上。大鹏鸟慌忙飞起，惊讶地说：“天啊！我总以为天下最大的是我，谁知龙虾的一条须就比我大得多呢！”接着，就无精打采地飞回原处去了。

龙虾从此骄傲起来："连最大的大鹏鸟都比不过我，还有什么比我更大的呢！"于是，龙虾在大海里到处逛游，想显显自己的威风。游啊，游啊，游得有些累了，忽然发现有个黑森森的洞。龙虾马上钻进去休息。龙虾在洞里面伸拳缩脚，只听得"阿嚏"一声，直把龙虾喷到泰山顶上，把脊椎骨也摔断了。原来这洞是一条鲸鱼的鼻孔。龙虾在里面伸拳缩脚，就把鲸鱼触痒了。鲸鱼"阿嚏"一声，就把龙虾的脊椎骨摔断了。从此，龙虾就成了驼背了。

[导读]

这则寓言讽刺了"老子天下第一"的自大狂。正如列夫·托尔斯泰所说的那样："一个人就好像一个分数，他的实际才能好比分子，而他对自己的估价好比分母，分母愈大则分数值愈小。"大鹏、龙虾，体型本不算小，但自我一吹嘘，便显得渺小了。寓言结尾，写龙虾碰弯了腰，成了驼背，很富有喜剧性。

日本国有一则寓言，叫作《鹳鸟、龙虾和鲸鱼》，情节完全相似，只是"大鹏"换成了"鹳鸟"。

［附录］

寓言常识问答八题

一、什么叫寓言？寓言有什么特征？

文体特征是从作品抽象而成的。中国最著名的寓言是《庄子》寓言。西方最著名的是《伊索寓言》。且看下面的两篇作品：

春秋时越国著名的美女，叫作西施。她患了心口痛的疾病，双手捧着胸口，皱着眉头，在村里走过。同村的一个丑陋不堪的女人看见了，觉得西施那样子挺漂亮。回去后，也学着西施的模样，双手捧着胸口，皱着眉头，在村子里走来走去。村里的富人，见了这怪模怪样，紧紧地关着大门，不愿再出来。穷人见了这丑样子，带着老婆孩子离开她跑了。

那个丑女人，只看到西施皱眉的样子美，却不晓得西施皱眉为什么美。

母蟹对小蟹说："孩子。你为什么横着走路？要直着走才合适。"可是，那母蟹不会直着走，于是孩子说她笨。

劝别人做容易，自己做难。

第一篇寓言叫作《东施效颦》，出自《庄子》。第二篇寓言叫作《母蟹与小蟹》，出自《伊索寓言》。它们都由两个部分组成，前面的部分是故事；后面的部分是故事给人的启示。这就反映出寓言具有双重结构的特点：结构的表层是一个故事，我们把它叫作“寓体”；结构的里层是作者所寄托的另外的意旨。总之，寓言具有两个要素——“故事性”和“寄托性”，两者缺一不可。当然，有些寓言，作者不一定直接说出寓意，而是让读者自己去体会寄托在故事中的寓意，但是并不是没有另外的寓意。因此，我们就可以给寓言作出如下的定义：

“寓言是作者另有寄托的故事。”

中国的“寓言”一词，最早出现于《庄子》的《寓言》篇和《天下》篇。《庄子》寓言是中国最著名的寓言。西方对不同的寓言有不同的称谓，而没有概括的称谓。且以英语为例。英语中的 fable，parable，allegory，都可以称呼寓言。morality plays，也具有寓言的含义。欧洲寓言最流行的是 fable 型寓言，其特征是篇幅简短，主要以拟人化动植物为主角，常常通过拟人化的生物或无生物之间的矛盾斗争，用类比、象征的方法来表达某一普遍道德观念或崇高真理。古希腊的《伊索寓言》是其典范。parable 型寓言的特征是大多数以人物为主角，寓意具有宗教性。代表作品是古希伯来《圣经》中的故事。allegory 型寓言，是长篇的另有寄托的故事。如：班扬《天路历程》（长篇小说），斯宾塞《仙女王》（35000 行长诗）。欧洲的 morality play（道德剧），也往往具有寄托性，可以包容在“寓言”的范畴之中。1902 年，中国的著名翻译家林纾和严璩（严复的儿子）合译的《伊索寓言》（Aesop's Fables）出版，把 fable 翻译为“寓言”。从此以后，学术界往往把《庄子》所说的“寓言”和欧洲的“fable”当作同一种文体。其实，欧洲的 fable 与在中国的“寓言”是一种交叉的意义关系。一方面，中国的“寓言”一词，可以包括欧洲的各种寓言，另一方面，fable，还可以指寓言以外的神话、童话。因此，我曾经提出兼顾中外的“大寓言”概念。即用“寓言”代表大寓言的范畴，包括英语中的 fable，parable，allegory，以及 morality plays，如果翻译为英语，应该翻译为 allegoric tales，它们都是“作者另有寄托的故事”；而用“寓话”代表 fable 型寓言。而且，现代出现了许多寓言小说与戏剧。严文井说：“我有一个偏见，就是：近代好的文学作品，无论是什么样式，都越来越具有寓言的色彩”（《略谈寓言》）。这些作品，只有用大寓言的概念才能概括。

二、寓言跟其他文体有什么区别与联系？

寓言必须既有“故事性”，又有“寄托性”，这是确定寓言的必要条件，也是区别寓言跟其他文体的标准。只有寄托性而没有故事性的作品，就不是叙事作品，而是纯粹抒情或说理的作品，例如哲理诗、歇后语之类。没有寄托性只有故事性的作品，它就是一般的叙事作品，包括没有寄托性的小说、叙事诗、神话、传说、民间故事等。

寓言跟其他文体的关系十分复杂。

（1）寓言与神话、童话的关系

神话是初民解释自然、崇拜自然并幻想利用自然的产物，是人类最早的精神文化成果。神话故事充满幻想，其基本观念是“万物有灵”观念。寓言是理性思维的产物。早期寓言继承了神话的故事外壳，但突破“万物有灵”观念，而自觉地讲究理性寓意。如：《伊索寓言》中以神话人物为主角的故事，约占故事总数的10%。《庄子》的第一个寓言“鲲鹏变化”也是脱胎于远古神话的。童话是适合儿童阅读的幻想故事，把神话的“万物有灵”变成一种表现手段，它不必讲究理性寓意。

（2）寓言与笑话、谜语、谚语、成语的关系

嘲笑与讽刺相通，寓言与笑话都具有喜剧性的风格。有寓意的笑话就是寓言。如：“揠苗助长”（《孟子》）、“郑人买鞋”（《韩非子》）、“长竿入城”（《笑林》）。诙谐寓言，则是寓言与笑话紧密结合的产物，在明清时代非常流行。谜语的谜面与谜底，颇似寓言的寓体与寓意。如果谜语具有故事情节与深刻的意蕴，那就是寓言。如：古希腊著名的“斯芬克斯之谜”，具有深刻的有关人类与人生的寓意。寓言可以概括为谚语、成语，如：中国古代许多著名寓言，欧洲的伊索寓言都概括出了不少的谚语、成语。另一方面，谚语、成语也可以发展为寓言，如：《史记》中成语“胶柱鼓瑟”，在三国时代的《笑林》中发展为一则寓言。

寓言跟其他文体的区分具有相对性。特别是童话与寓言。少数作品，有人认为是寓言，而有人认为是别的文体。文体间的交叉，几乎是不可避免的。例如：小学语文课文《小马过河》（彭文席）《小蝌蚪找妈妈》（方惠珍等），从想象丰富、情节曲折，并以小动物为主角看，是优美的童话，从寄托的意义看，是一则寓言。茅盾先生就指出《小蝌蚪找妈妈》的寓意是："只缘执一体，再三认错娘。"这类作品，可以叫作寓言式的童话，或者童话式的寓言。其实，世界上任何事物的划分都具有相对性，鸟类与兽类之间就存在鸭嘴兽。

寓言跟其他文体又是互相渗透的。寓言可以用不同的体式写作，包括散文体寓言、诗体寓言、寓言小说、寓言戏剧。散文小故事具有寄托性，就是一般寓言。如：《伊索寓言》的"狼和小羊"。古罗马的菲德鲁斯把伊索寓言改写成诗歌，而且加强了文学形象的描写，就叫作诗体寓言。某些作家把小说的故事写得荒诞，以寄托另外的意旨，就是寓言小说。如：古罗马的《金驴记》（阿普列尤斯），17 世纪英国的《天路历程》（班扬），中国明朝的《后西游记》（梅子和），韩国的《鼠狱说》（林悌）。戏剧与小说一样，只要具有了寄托性，就是寓言戏剧。如：15 世纪中国的杂剧《中山狼》（康海），19 世纪比利时的《青鸟》（梅特林克），德国布莱希特的"寓意剧"。

三、世界寓言是怎样起源与发展传播的?

寓言是一种历史悠久而生命力强大的影响广泛的文体。寓言产生于人类告别蒙昧社会而进入文明社会的历史阶段，理性思维的发展与社会分工的出现，是寓言产生的必备条件。寓言的产生时间仅仅晚于神话与原始歌谣；但是，在科技昌明的近现代，神话早已经失去了产生的土壤，而寓言创作却仍然兴旺蓬勃。寓言的足迹遍布五大洲的各个国家。任何一个发展到了文明社会阶段的民族，它可能没有其他文体品种，而不可能没有寓言。

从公元前 3000 年的苏美尔寓言算起，寓言已经有了 5000 年的历史。在世界文明古国中产生寓言最早的国家是幼发拉底、底格里斯两河流域的苏美尔（早于巴比伦）。在公元前 3200 年已经创作了《狐狸求角》《十狼打猎》等寓言。但是，苏美尔人建立的国家被灭亡得太早了。只有中国、印度、希腊的文明与寓言，以不同方式发展、传播着，形成了世界三大文明体系与三大寓言体系。一、以印度为起点的东南亚－中东寓言体系。古印度创作了《佛本生故事》《五卷书》等寓言。如："瞎子摸象""猴子捞月""乌龟飞天"等。印度寓言南传东南亚各国，北传中东各国，形成了印度东南亚－中东寓言体系。印度东南亚－中东寓言的特点是幻想丰富，往往具有神秘的宗教色彩或哲理色彩。如：佛经寓言故事都渗透着佛教教义，中东地区的寓言往往渗透着伊斯兰教的教义。印度、中东的寓言作家，往往采用散文与诗体交错的形式写作寓言。印度寓言对欧洲寓言、亚洲寓言都有巨大影响。二、以古希腊与古希伯来为源头的欧洲寓言体系。源头是古希腊的《伊索寓言》，古希伯来的《圣经》寓言。到古罗马时代两者合流，产生了菲德鲁斯寓言和寓言小说《金驴记》。中世纪的代表作是《列那狐传奇》，文艺复兴时期的代表作是意大利的达芬奇寓言，17世纪有法国的拉封丹寓言，18世纪有德国的莱辛寓言，19世纪有俄国的克雷洛夫寓言，20世纪有美国的瑟伯寓言，等等。还有大量的寓言小说与戏剧。欧洲寓言的特色是：拟人化发展充分，诗体比较多，形态丰富，不断求新。三、以中国为核心的东亚寓言体系。中国古代寓言可分两大支：一是以汉族著作为代表的古代寓言，一是各民族民间寓言。中国古代作家寓言有几个突出的特点，思想上政治伦理色彩浓重，题材上以人物故事为主，体裁上以散文为主。日本、朝鲜、越南等国的寓言创作，都受到中国古代寓言的启迪。

四、中国古代寓言的发展可以划分几个阶段?

中国古代寓言是东亚寓言体系的核心，它的发展可以划分为七个大的阶段。

第一阶段是远古创始时期（战国以前）。中国在夏商时代，已经进入文明社会，从社会发展水平与思维水平看，都具备了产生寓言的条件。但是，从现有书面材料看，夏商时代没有流传到今天的寓言。西周时代，《周易》中的卦爻辞，《诗经》中的咏物诗或禽言诗，虽然以此寓彼，却没有完整的故事情节，也不能算是成熟的寓言。直到春秋时期，才有了具备雏形的寓言流传下来。如《左传》中记载的"内外蛇斗""蹊田夺牛""雄鸡断尾"等。它们是公元前6世纪的作品。

第二阶段是战国争鸣时期。战国时代，社会发生激烈变革，诸子百家应运而生，提出不同的社会主张。诸子百家大都喜欢采用寓言作为阐述并宣传自己学说的有力工具，于是推动了寓言创作的进步与繁荣。《墨子》宣传“兼爱”，《孟子》宣传“仁政”，开其风气；《庄子》《列子》宣传道家见解，《韩非子》系统宣传法家学说，《吕氏春秋》综合百家，《战国策》记录纵横家言论，它们把寓言发扬光大，把中国寓言创作推向黄金时代。这个时期的寓言思想深刻、风格多样，数量达到约2000则，其成就比古希腊寓言、古印度寓言有过之而无不及。

第三阶段是两汉沿袭时期。暴秦历史短，既无文学，也无寓言。汉王朝建立后，继承先秦文化遗产，寻找长治久安之策，汉初奉行黄老之道，汉武帝开始独尊儒术。故两汉寓言以沿袭先秦寓言的题材与主题为主，主要劝诫人们遵守社会道德规范，适应社会的要求。代表作品，一是宣传黄老之道的《淮南子》，二是宣传儒家思想的《说苑》《新序》。

第四阶段是六朝转折时期。六朝是一个动乱的时代，也是一个思想活跃的时代。人们突破汉儒的范畴，玄学、佛学相继兴起。这个时期的寓言有三个特点：一是反映时代主流思想的变化，寓言从劝戒转为嘲讽，以《笑林》为代表的讽刺诙谐寓言，开了后代讽刺寓言与诙谐寓言的先河；二是印度佛经寓言的传入，为中国寓言注入了新鲜血液；三是诗体寓言开始成熟，如曹植的《鹞雀赋》。

第五阶段是唐宋融汇时期。唐宋时期，是中国文化融汇印度与西域文化的时期，是中国封建社会的鼎盛时期。唐宋古文革新运动，对寓言创作影响巨大。古文运动的领袖人物韩愈、柳宗元、苏轼，都对寓言发展有杰出的贡献。柳宗元的讽刺寓言，深刻反映了社会现实；苏轼的寓言，风格诙谐，影响特别深远。唐诗的繁荣促进了寓言诗的繁荣，以白居易、刘禹锡的成就最突出。寓言体小说也在唐宋时期成熟了。

第六阶段是元明世俗化时期。这个时期是中国封建社会发展到极端专制并走向没落的时期，作家们往往运用寓言作为对社会冷嘲热讽的工具，因此吸收笑话题材的诙谐寓言占据了寓言创作的主流。这个时期的重要寓言作家有刘基、宋濂、刘元卿、江盈科、赵南星、冯梦龙等。元明又是中国通俗文学崛起的时期，寓言深受通俗文学的影响，寓言戏剧与长篇寓言小说也因此繁荣。

第七阶段是开始于明末的变革时期。明朝末年，西学开始传入中国，西方寓言也随之传入。当时出版了《伊索寓言》的最早汉语译本《况义》，接着又产生了模仿《况义》而创作的《物感》。于是，寓言创作走向了中西结合的道路。鸦片战争以后，救亡图存、改革开放，成为中国的时代主旋律，也成为近现代寓言的思想主旋律。从晚清到“五四”运动时期，吴趼人、鲁迅、胡适等的寓言创作，都具有这个思想特点。近现代寓言不仅在思想上受到欧洲寓言的影响，主题和价值观念发生了明显的变化，具有新的时代特色，而且，在艺术表现上也明显受到欧洲寓言的影响，中西合璧，其突出表现是广泛使用拟人化的手法，以拟人化的动植物作为寓言主角。

当代，文学形式多样化，寓言只成为百花园中的一朵小花，但是，并没有沉寂。仅中国寓言文学研究会有几百名会员，搞理论的只有几个人，主要是寓言作家。其中，金江、黄瑞云、刘征等成就尤为突出。新时期还出现了大批寓言小说与寓言戏剧。

读者朋友如果想了解世界寓言和中国寓言的比较详细的历史，可以参考拙著《世界寓言通论》《中国古代寓言史》《中国现代寓言史纲》。

五、中国各民族寓言的发展概况如何?

中华民族是由56个民族共同组成的大家庭，各个民族都对中国寓言文学做出了自己的贡献。因此，一部真正的中国寓言史，必须包括各民族的民间寓言与作家寓言。但是，由于复杂的历史原因，各民族寓言发展并不平衡，有些少数民族只有口头流传的故事。就整理发表的情况看，成就突出的有藏族、维吾尔族、蒙古族、傣族、壮族、乌孜别克族、哈萨克族、纳西族等。汉族民间寓言也丰富多彩。

藏族寓言有悠久历史。据藏族史书记载，大约公元2世纪前后，就有尸语故事流行。这些故事来源于印度的《僵尸鬼故事》，但经过近两千年的流传加工，已经藏族化了。11世纪到15世纪，出现了四部注释佛教著作的重要故事书，用寓言宣扬佛理。如《喻法宝聚》中的

“蓝皮狐狸当兽王”“遗嘱风”“母猴丢爱子”“猴子捞月”,《萨加格言注释》中的“小兔杀狮”“国王抢宝井”“驴蒙豹皮”“聪明人和傻子”“大鹏骄傲成坐骑”“蓝皮狐狸”“蝙蝠被逐”“婆罗门丢羊”“公鸽误杀妻”,《甘丹格言注释》中的“檀香烧炭”“乌龟自夸落地”“猴子笑人无尾巴”“挂鹿尾卖驴肉”“众鸟选猫头鹰为王”,《益世格言注释》中的“井底之蛙”“落井人恩将仇报”“猫喇嘛讲经”,等等。还有许多著名的民间寓言,如:“咕咚”“猫喇嘛讲经”。19 世纪,藏族出现了一批寓言故事,著名的有“猴鸟故事”“白公鸡”“茶酒夸功”“牦牛、绵华、山羊和猪的故事”“莲苑歌舞”等。“猴鸟故事”用韵散夹杂体写作,作者有多种说法,有人认为是多仁·丹增班觉写的。它写猴子入侵,鸟类据理力争,终于迫使猴子就范,和平解决争端。有人认为这个故事是影射 18 世纪末西藏人民在祖国大力支持下挫败廓尔喀入侵西藏的事件。

维吾尔族是回纥的后裔,其寓言历史悠久。11 世纪,著名诗人玉素甫创作了寓言长诗《福乐智慧》,这是突厥语诸民族最早的古典文学名著。这首诗用双行体写成,长达 13000 多行。长诗塑造了四个主要形象:国王“日出”,代表公正;大臣“月圆”,代表幸运;月圆之子“贤明”,代表智慧;大臣族人修道士“觉醒”,代表知足与来世。长诗通过四人对话,勾画出了作者的政治理想:国君应公正,以法治国,重学任贤,爱护民众,并为来世而广积善德。著名寓言长诗还有《七星阁》《爱苦相依》《玫瑰与夜莺》等。维吾尔族寓言与中东各国寓言关系密切。如:维吾尔族民间广泛流传机智人物阿凡提的故事,约 400 则,跟土耳其“霍加·纳斯列丁笑话”同出一源,但是具有维吾尔族自己的特点。

蒙古族寓言的历史可以追溯到元朝开国以前。如:“两匹骏马”的故事,写成吉思汗的两匹骏马本领超群,因为没有受到成吉思汗的夸奖而负气出走,在悬崖峭壁间生活了四年;后来醒悟回乡,在南征北战中立下功劳,被封为神马。这个故事有 13、14 世纪流传下来的几种手抄本。蒙古族民间流传许多著名寓言。如:“瞎子和瘸子”“小骆驼的遭遇”“骆驼和羊”“空心树”“水獭和鸿雁”“小猫钓鱼”等。

壮族是中国人口最多的少数民族,是古代“百越”人的一支,创造了很多古老的神话和寓言故事。早期寓言多为解释性动物故事，如："老虎身上为什么满处斑痕""猫教老虎爬树""杜鹃鸟的来历""狗为什么咬羊""穿山甲让蚂蚁上当"等。后来，又产生了富于道德教训的寓言，如："骄傲的公鸡""公鸡和鸭子""大鹏、龙虾和鲸鱼""蜗牛和它的硬壳屋""莫笑邻居起火""妈勒访天边"等。

苗族、傣族、瑶族、彝族、白族、哈萨克族、乌孜别克族、柯尔克孜族、侗族、鄂伦春族、纳西族等等，寓言也很古老而丰富。如：纳西族虽然人口不多，但是，古老的《东巴经》（528卷）中保存了很多古老的寓言，民间口头寓言也丰富有趣，如"富偷穷家羊""买卖年龄""青蛙和兔子赛跑""五马换六羊"等。

汉族民间寓言也相当丰富，而且和古代作家寓言可以相互补充。它不仅有散文故事，也有各种韵文故事；不仅有人物故事，也有不少动植物故事。如曲艺唱词中的"蝈蝈和蛐蛐""马大嫂回娘家""要酒菜""贪功的猫""二猴看桃""跳蚤"，儿歌中的"你咋不杀那口猪""懒汉种庄稼""狸猫教虎""狼外婆"，等等，都是富于教益的寓言诗，而且语言明快流畅，幽默风趣。

六、寓言在文化史上的地位怎样？

寓言这种文体是一个大千世界，它的容量不小，可以容纳许多东西。中国寓言作家严文井先生把它比作魔袋。用佛教的话说就是："纳须弥于芥子。""一花一世界，一叶一乾坤。"寓言在人类文明发展历史上曾经发挥四个方面的巨大作用。

（1）促进人类文化发展的启蒙与桥梁作用

寓言的寓体是拟人化的故事，它属于形象思维，故事中的各种生物甚至无生物都能思考和说话，带有原始思维（"万物有灵"观念）的特点；寓言的寓意，属于理性思维。寓体连接着神话思维，寓意连接着理性思维，因此寓言能在两种思维间起到桥梁作用。寓言的这种特点，对人类有两大启蒙作用：对人类群体而言，它引导初民从原始的形象思维，走向理性思维，从而迈进文明社会的大门；对人类个体而言，它引导每个人从形象思维发达而理性思维较弱的童年、少年时代，逐步迈进理性思维成熟的成年时代。一则优美深刻的寓言一旦跟你交上朋友，它将陪伴你终身，时时充当你的生活顾问。正如著名翻译家叶君健先生说的那样："寓言是一种不容忽视的文学品种。它的持久力比其他任何文学品种要强，在人的灵魂中所起的作用，也能从童年时代一直继续到人生的结束。"

（2）传承人类各类文化成果的载体作用

寓言的故事性有利于各种思想的传承。庄子说："以天下为沉浊，不可与庄语，以卮言为曼衍，以重言为真，以寓言为广。"英国大思想家培根专门写了一本书，叫《古人的智慧》。他认为，把思想寄托在寓言故事中，是"打开通向人类理解力的容易的和熟悉的通道"。他还说："当人们的心灵仍然很原始，对于敏锐的思辨的事情未熟悉甚至无耐性时，在某种意义上，是不可去接受那些不能直接刺激感官的事物的。"

人类历史上，很多第一流的优秀的宗教家、哲学家、政治家、教育家、文学家，都喜欢采用寓言作为载体来表述自己的主张和体验。各类宗教典籍都有寓言。如：《佛本行集经》中的"虬与猕猴"的故事说，从前大海中有一条大虬龙（大鳄鱼之类的动物），岸边树上有一只大猕猴。那虬龙的妻子怀孕，忽然想吃猕猴的心。雄虬龙就从海里出来，对猕猴说：我想跟你做好朋友。这棵树果子很少。你如果希望快乐，就跟随我渡海到彼岸，那里花果丰饶。猕猴说："海水又深又宽广，很难渡越。"那虬龙回答猕猴说："我背负你，携带你渡到彼岸。"游到海中，虬龙忽然带着猕猴沉没到水里，并且说明了本意。猕猴想：我必须自救。于是对虬龙说：仁慈的好朋友啊，我的心留寄在优昙婆罗树上，没有带着它走路。好朋友，现在我们只好返回，放我去取心，取了心再回来。它们一起返回海岸，猕猴就努力迅速跳跃，爬上了大树。作者讲完故事后说，猕猴是释迦牟尼的前身，虬是魔界之王波旬的前身。故事的本意是说，魔总是破坏佛，但是，最终魔不能胜佛。故事还说明了佛教最基本的"四圣谛"教义。猴子堕入茫茫苦海，是由于贪欲，由于无明，从而以空幻为实在，这就是"苦""集"二谛；猴子急中生智，摆脱贪欲无明，终于脱离苦海而获救，这就是"灭""道"二谛。

中国的先秦诸子，特别是庄子、列子、孟子、韩非子，欧洲的柏拉图、亚里斯多德、培根、伏尔泰、尼采、叔本华、罗素，都对寓言表现出极大的兴趣或关注。如：《庄子》用“望洋兴叹”“丽姬悔泣”“庄周梦蝶”等故事表现“齐物”观念。《孟子》用“日攘一鸡”“拔苗助长”等宣传儒家的仁政与修养方法。《韩非子》用“自相矛盾”“守株待兔”等宣扬法家的理论。所以，笔者曾经在《中国古代寓言史》中说：“读先秦寓言，等于在读先秦思想史；读中国古代寓言，等于在读中国古代思想史。”西方也有相同的情况。如：德国哲学家叔本华用“冬天的豪猪”，表达其具有悲观色彩的社会思想。培根引用《伊索寓言》“农夫和他的孩子们”的故事，说明中世纪的炼金术促进了化学的发展。

寓言是迅速反映时代政治风云的晴雨计，古今中外概莫能外。如：《郁离子》的“狙公失狙”，反映元朝末年的现实，预示一场巨大的社会变动。俄国克雷洛夫的“狼落狗舍”，及时反映了俄罗斯1812年反抗拿破仑入侵的卫国战争。又如《战国策》寓言“千金买骨”“邹忌窥镜”“鹬蚌相争”“南辕北辙”“百发百中”“画蛇添足”等，还在内政或外交方面发挥了巨大的促进作用。

寓言的渗透性很强。诗歌、戏剧、小说等，往往借鉴寓言而增强作品的意蕴。欧洲的四大古典名著（《荷马史诗》《神曲》《哈姆雷特》《浮士德》），其中《神曲》《浮士德》两部具有明显的寓言色彩。欧洲现代主义文学的巨擘卡夫卡，其代表作《变形记》《城堡》等都是寓言。现代那些获得诺贝尔文学奖的作品，也往往是寓言或寓言色彩浓烈的作品。

（3）展示不同民族文化特征的橱窗作用

一则短小的寓言往往可以展示出一个民族特有的风采，包括该民族的思维特色、价值观念、文化心理等等。如：《列子·汤问》中的著名寓言“愚公移山”，以智叟衬托愚公，说明智者办不到的事情，愚人可以办得到。它体现的观念是道家的“绝圣弃智”的主张。晋朝人张湛注解这则故事说：“世俗所说的愚蠢未必不是智慧。”“世俗所说的智慧未必不是愚蠢。”这个故事写老翁弱子可以移走两座高万仞的大山，还体现了道家的朴素的辩证法思想，认为事物的大小、强弱都可以转化。张湛注解说：“只要不停止地做下去，不期望一朝一夕就成功，那么，任何微小的东西都可以积累成巨大的东西，任何巨大的东西都可以把它削弱变小。”这便是原作的寓意。人们通过这则寓言，可以了解到中国古代道家的哲学思想。后来，人们逐渐从积极有为方面来理解这则寓言：认为只要意志坚定，持之以恒，便可战胜困难，创造奇迹。这种理解曾经形成了新的思维定式。中国有个在美国留学的人员，有一次向美国小朋友讲这个寓言故事，美国小朋友听了，提出疑问说：“愚公为什么这样愚蠢？搬家不比搬山容易得多吗？”小朋友提出的疑问，表现出中国与美国的文化差异。美国小朋友不仅不能理解原作中的道家观念，也不能理解故事中所反映的小农经济所形成的安土重迁的心理定式。又如：《圣经》福音书的“十锭银子”，反映出古代希伯来民族的重商意识，主张奖优惩劣，俗称“马太效应”。公元前8世纪古希腊诗人赫西奥德《工作与时日》中的寓言故事“鹞子的回答”，鹞子欺凌夜鹰竟然还振振有词，表现了希腊贵族压迫奴隶和平民，并向海外掠夺的海盗精神。

（4）辅助国际文化交流的轻骑作用

在世界文化交流史上，寓言往往先于其他精神产品而到达异国的土地，并且迅速在那里生根、开花、结果。

印度传到中国的最早的作品是寓言。如：公元前2年就传入了《浮屠经》寓言，493年就翻译了《百喻经》寓言，而印度的戏剧、史诗到20世纪才翻译为中文。西方最早传入中国的文学作品也是寓言。6世纪中国梁元帝著《金楼子》，其中的“富者求羊”故事，明显吸收了《圣经·旧约·撒母耳记下》中的“富户取羊”故事。明朝末年，意大利耶稣会传教士利玛窦到中国传播基督教，他在1608年使用文言文写作《畸人十篇》，其中就引用了好几则《伊索寓言》的故事，如“狐狸腹胀”等。1625年，法国传教士金尼阁口授的《伊索寓言》汉语选译本《况义》在西安刊行，共收“水中肉影”等22则故事。而西方小说、戏剧、史诗等被翻译成汉语出版，直到19世纪末至20世纪初才开始。

中国传到西方的最早的作品也是寓言。杨宪益先生在《译余偶拾》中曾经揭示一段中西文化的因缘。他指出，19世纪丹麦著名童话家安徒生的著名童话《皇帝的新衣》，是受到了中国6世纪佛教史著作

《高僧传》中的寓言《虚空细缕》的影响。

印度与欧洲文学作品交流的情况，也是如此。《伊索寓言》与《佛本生故事》，有许多篇作品相似，就是寓言作品率先到达的证明。

为什么寓言总是早于其他文学作品率先到达异国的土地，寓言成为各民族文化交流的轻骑呢？其原因大概是：第一，寓言是世界大多数民族具备的文体。所以，各民族都具有接受外来寓言的机制。第二，寓言一般短小精悍而思想隽永，既以形象感染人，又以道理启发人。所以，人们乐于接受寓言，能够比较容易地记忆寓言，传播寓言。即使是文化程度不高的商旅或者是远征的士兵，也可以成为寓言传播的中介力量。第三，寓言是一种渗透性很强的边缘文体，渗透到宗教、哲学、教育、政治等各个领域。所以，无论哪一方面的文化交流活动，寓言往往介入其中。例如，佛教徒与基督教传教士在传教过程中都充分利用了寓言故事。

七、我们可以怎样分析与鉴赏寓言？

寓言是一种形象性与理论性相结合的边缘文体。寓言的故事形象具有极大的概括力与传神性，即负载能指能力。寓言的寓意往往深藏不露，既要作者点化、诱导，又要读者类比、联想，才能够领会其言外之旨，品尝其味外之味。

（1）如何分析寓体

寓言鉴赏，要紧扣寓言故事的文本，包括其情节、形象、风格、语言等。

①寓言情节：应该出人意表，却在人意中。

寓言的情节虽然并不一定复杂，但应该奇特，出人意表而在人意中。好奇心是人类的天性，只有出人意表，才能唤起读者的好奇心，引导他们阅读和探索；好奇心的本质是对事物本来面目的探索，只有在人意中，才能使读者觉得本质的真实，引导他们浮想联翩，获得教益。《伊索寓言》中的“龟兔赛跑”，写缓慢爬行的乌龟竟然跟奔跑似箭的兔子比赛，而且居然获胜，可谓出人意表，但它隐含的道理却在人意中，主观努力往往比客观条件更能决定事情的成败；“北风和太阳”写两个无生命的自然现象（北风连形体也没有）展开竞争，可谓异想天开，但太阳给人以温暖，北风使人畏寒，却是人们习见的事情，“说服强于压服”更是被无数次实践所证明了的真理。《庄子》好用“荒唐之言”来表现深刻的寓意，“荒唐之言”就是出人意表的故事。如“鲲鹏变化”“秋水河伯”“匠石运斤”“触蛮战争”等都是这样。

②寓言形象：应该形神兼备。

寓言的形象是类型性与传神性的结合，成功的寓言形象必须神形兼备。只有对形描绘逼真，才能唤起读者的生活经验，使他们觉得真实亲切；只有传神，才能突出事物的特征，激发读者展开联想，使他们对寓意心领神会。如佛经中的“瞎子摸象”，写每个瞎子都摸到了大象身体的一部分，并且都把局部当作大象的全体，都只相信自己的感觉而批评别人胡说八道，争吵不休。它逼真地写出了盲人的特点，巧妙地运用了大象这种庞大而温驯的动物，使人觉得真实、亲切；它又传神地写出了盲人的争吵，从而引导读者在认识上升华一步，悟出其中的哲理。《战国策》中的“狐假虎威”“鹬蚌相争”，柳宗元的“三戒”“鞭贾”，苏轼的“日喻”，等等，一切优秀寓言几乎都是神形兼备的。

③寓言风格：往往寓庄于谐，优秀寓言往往风格独特。

寓言作为一种文体，最突出的风格特征是寓庄于谐。这是因为，寓言的主题往往偏重于讽刺嘲笑不合理的社会现象，故事轻松幽默而思想严肃。所以，人们说寓言是带刺的玫瑰，是穿上华丽外衣的真理。如苏东坡的“蛤蟆夜哭”：

> 艾子在海上航行，晚上停泊在一个岛屿的附近。半夜时分，听到水底下有人发出哭泣的声音，又似乎是有人在说话，也就认真地听了下去。其中一个说的话是：“昨天龙王下了命令，水中的动物，凡是有尾巴的都必须斩首。我是鼍龙，有尾，所以害怕遭到杀戮，便哭了起来。你是蛤蟆，没有尾巴，为什么也哭？”又听到另一个声音说：“我现在幸而没有尾巴。但是，我害怕会追究到我蝌蚪时代的事上去，因为那时我是有尾巴的。”

这篇寓言故事情节诙谐，而寓意庄重，轻松中透露出血泪，表现出苏轼“嬉笑怒骂皆为文章”的特色。

风格，是一个作者成熟的标志；风格，也是一篇寓言成功的标志。一则优秀寓言往往有独特的艺术风格。先秦寓言中，“乞食坟间”体现出孟子文章的犀利辛辣，“望洋兴叹”体现出庄子文章的汪洋恣肆，“扁鹊见蔡桓公”体现出韩非子的严谨峭刻，“鹬蚌相争”“南辕北辙”表现出策士们的机警过人。外国寓言也是一样。

(2) 如何开掘寓意

寓言形象具有极大的可塑性，一则优秀的寓言往往具有丰富的可供开掘的寓意。中国古人说：“仁者见仁，智者见智”，“诗无达诂”。接受美学认为，文学作品文本只是给读者提供一个多层次多角度的结构框架。因此，在寓言形象所提供的范畴之内，人们可以驰骋想象，多角度、多层次地开掘其寓意，而不必为原意所拘。

①多层次开掘。

优秀的寓言往往具有多层次的寓意，包括表层寓意、中层寓意与深层寓意。表层寓意是作者所类比的具体事件，它往往是触发作者创作某篇寓言的契机；中层寓意是表层寓意的概括升华，反映了某一历史时期特有的精神现象，作者可能自觉意识到了，也可能没有意识到；深层寓意是进一步的概括升华，表现为深刻的哲学意蕴，往往反映了全民族乃至全人类共同的思维积淀，它需要读者（包括评论家）的开掘。表层寓意是个别的，往往时过境迁，转瞬即逝，但它是创作和理解的基础；中层寓意是特殊的，具有特殊历史价值；深层寓意是一般的，包含着人生的精义，往往经久而弥新。且以《庄子·徐无鬼》“匠石运斤”这个寓言为例。故事是这样写的：

庄子给亲友送葬，从惠施的墓边经过。庄子感慨万分。他回过头来，对跟随的人说了下面的故事：

楚国的国都郢城，有一个泥水匠。他粉刷时，有一点白泥偶然飞溅在他的鼻尖上，那白泥又薄又小，薄得就好像苍蝇的翅膀一样。他请一个名叫石的木匠削掉他鼻尖上的白泥。石木匠迅速地挥动手中的大斧，快得好像一股旋风，随随便便地砍去，削尽了鼻尖上的白泥，却没有伤着鼻子；那郢人稳稳当当地站着，脸不变色心不跳。

宋元君知道这件事情以后，便把石木匠找去，对他说：“你试着做一次给我看看。”石木匠说：“小人的确是曾经为人削过鼻尖上的白泥。不过，现在不行了。小人的那个对手早已死了，再也不能找到那样的对手了。”

庄子讲完故事后说：“自从我的朋友惠施死了之后，我也没有对手了。现在，已经没有能够与我进行论辩的人了。”

故事写得十分夸张，大概是从当时的杂技表演吸取了灵感。故事的寓意是什么呢？惠子即惠施，是名家学派代表人物，庄子是道家学派代表人物，他们观点不同，常常辩论，甚至互相讽刺。但是，这种争辩，对彼此的学术进步是有益的。所以，惠子去世以后，庄子十分怀念这个朋友与对手。故事的浅层寓意就是悼亡，怀念能够砥砺学问的朋友与经常辩论的对手。战国时代，百家争鸣，各派学说虽然对立，但又互相促进，相生相灭，相反相成，促进了学术的繁荣。这就是故事的中层寓意。故事的深层寓意是其中蕴涵的哲理：任何事物都是相反而相成的，一切事物都是以对立面的存在作为自己存在的前提，矛盾的对立统一是事物发展的一条普遍规律。

当然，层次是相对而言的，深浅是相对而言的，也不是每个寓言都有这三个层次的寓意。只有那些非常优秀的寓言杰作，才具有核心意蕴，向无数个世代的人们提供人生精义。

②多角度分析。

多角度进行分析，就是变换分析的立脚点和角度，从横的方面分析出不同的寓意。如著名的佛经寓言“猴子和鳄鱼”的故事。如果从猴子的角度总结教训，寓意便是，人们只有不受贪欲的引诱，及时觉悟，才可以摆脱烦恼和灾难，汉译佛经《佛本行集经》《六度集经》，巴利文佛经《佛本生故事》等便是这样总结的；佛经还假托这是释加牟尼前生的故事，在故事结尾处佛对门徒说：“彼时大猕猴者，我身是也；彼时虬（指鳄鱼）者，魔波旬是也。于时犹尚诳惑于我，而不能得，今复欲将世间自在五欲之事来诱我，岂能动我此之坐处？”那么，寓意便是佛法无边，魔不胜佛了。但是，这个故事还有不同的版本，可以总结出不同的寓意。如果从鳄鱼的角度总结教训，寓意便是“不可愚蠢疏忽而丧失已经到手的东西”，印度《五卷书》便是这样总结的，并把它作为第四卷的主干故事。如果从一般道德评价的角度分析，便可得出“骗人者反而受骗上当”的寓意，印尼民间寓言便是这样点明寓意的。

据此，这个故事可以列出下面的四种寓意：

寓意之一：摆脱贪欲才可摆脱烦恼和灾难（佛经）。

寓意之二：魔不胜佛（佛经）。

寓意之三：不可因愚蠢而丧失到手之物（《五卷书》）。

寓意之四：骗人者反而受骗上当（印尼民间寓言）。

又如《韩非子》的“守株待兔”，可以分析出四个方面的寓意：甲、复古守旧则一无所得（作者原意）；乙、只凭经验而不知变通则一事无成；丙、不想努力而侥幸则常常失败；丁、把偶然当成必然则荒唐可笑（哲学意蕴）。

读者理解寓意不必受原意限制，自己广泛展开联想，甚至可以从反面理解。如石成金《笑得好》中的寓言“愿换手指”：

> 有一个神仙来到人间。他采用点石成金的方法，试验人心。想寻找一个贪财少的，就度他成仙。寻遍了许多地方，都没有。即使把很大的石头点成金，人们还是嫌小。
>
> 末后遇到一个人，神仙指着石头对他说：“我将这石头点成金，与你用吧。”那人摇头不要。神仙认为他嫌小，又指着一块大石头说：“我将这极大的石头点成金，与你用吧。”那人也摇头不要。神仙想，这个人完全没有贪财之心，可以说是难得，应当度他成仙。因而问他说：“你大小金都不要，却要什么？”那人伸出手指说：“我别样都不要，只要老神仙方才点石成金的这个指头，换在我的手上，任随我到处点金，用个不计其数。”

这篇寓言本为讽刺世人贪得无厌，却可反其意而用之，引申出“获得能力比接受成果更重要”的寓意。那么，这种多角度分析，便包括逆向思维。逆向思维是一种重要的创造性思维。一切天才人物，一切有发明创造的人物，往往有偏离文化常规的倾向，他们敢于逆向思维，提出大胆的假设。

寓言的鉴赏研究应该不拘一格，兼收并蓄地采用各种方法。至于你主要采用何种方法，则取决于客体（作品）和主体两方面的条件：既要根据作品特点，又要估量自己的主观优势。寓言的鉴赏研究能力提高了，对其他文学作品的鉴赏研究能力也就相应提高了。很多理论家都认为，寓言中包含着抒情诗、叙事诗和戏剧的种子。“如果了解研究者是怎样解释寓言的，也就很容易了解他的一般艺术观。”（维戈茨基《艺术心理学》第五章“寓言的分析”）很多文学作品，特别是现代派的作品，都喜欢用寓言手法来显示哲理，引人深思。如《神曲》《浮士德》《恶之花》《青鸟》《老人与海》《城堡》等等，如果用寓言的眼光去鉴赏，某些疑难将会涣然冰释。《水浒》中的误走妖魔，《西游记》中的心猿意马，《红楼梦》中的补天还泪、太虚幻境、风月宝鉴，这一类的情节，如果用寓言的眼光去鉴赏，也会有豁然开朗的感觉。

八、寓言跟教育的关系怎样？我们能够从寓言中获得什么教益？

寓言跟教育的关系一直很密切。古希腊用伊索寓言作为学校教材，低年级用它启迪智能，高年级用它培养雄辩能力。欧洲从古罗马到现代一直继承这个传统。俄国大文豪托尔斯泰亲自为儿童编成《启蒙课本》(1872 年)，并说这是他自己最好的著作，“是我一生唯一的重要事业”。中国到 19 世纪末，学习欧洲经验，1900 年出现了供儿童阅读的寓言故事集《中西异闻益智录》，1901 年寓言进入启蒙课本。到了现当代，寓言在小学与初中的语文课本中占的比例非常大。内地当代小学语文教材，前后所收中外寓言累计约 60—70 则。

寓言的教育作用是多方面的，可以涵养道德情操，可以培养观察想象，可以训练思维素质，可以提高语言文字表达能力。特别是在训练思维与语言方面，具有其他文体难以比拟的优势。

教育的根本目的是提高全民素质，促进社会的和谐与发展。人的智力素质中，最关键的素质是思维素质。寓言在提高人的思维素质方面，有其他文章所不能替代的重要作用。德国民族文学的奠基人莱辛有一组《论寓言》的著名文章，《论寓言在学校中的功用》是其中的一篇。该文有一段精彩论述："我现在直截了当所解释的功用，可以称作寓言的启迪功用。为什么在一切艺术、科学领域如此缺乏发明家和富有自我思维能力的人呢？这个问题最好用另外一个问题回答：为什么我们不能受到更好的教育呢？上帝赐予我们灵魂，可是天才，我们只有通过教育才能获得。对一个小孩子，我们要尽可能地持续不断地用同样的方式培养和增强他的整个精神力量。我们要使他养成习惯，使他尽快把今天学到的新知识与昨天已经掌握的知识加以比较。我们要经常使他能够从一种科学看到另一种科学：我们要好好教他，使他能够轻而易举地完成从特殊上升为一般、又从一般回到特殊这一认识过程。这样做，这个小孩子就会成为天才，不然就会成为人世间的蠢材。"

语言能力，包括阅读能力与表达能力，而表达能力又包括口头表达能力和书面表达能力。先谈谈寓言对阅读能力与口头表达能力的训练作用。寓言一般短小精悍，故事生动，语言简洁，又有角色之间的对话，最适合训练阅读能力、朗读能力和复述能力。四十年前，我到小学听课，老师和小朋友们朗读寓言《狼和小羊》，绘声绘色，我至今记忆犹新。又，中国古代寓言大多数用文言文写成，可以用来训练文言文阅读能力，这比枯燥地学习文言文知识更加有效。而且，各类考试文言文阅读能力的考试题，喜欢选择古代寓言作为翻译材料。

寓言对训练书面表达能力的作用是非常显著的。写作教学收效缓慢一直是困扰语文教学的一个严重问题。写作能力，从根本上看，一是记叙能力，二是说理能力，两者都要求思路清晰。寓言可以把发展思维能力与提高写作能力相结合。寓言的寓体是生动简明的故事，可以用来培养记述能力；寓言的本体是抽象的理论，可以用来培养说理能力。小学阶段，作文应该以培养记述能力为主。小孩子喜欢听故事，寓言正好适合他们的心理特点；小孩子开笔写作，只能模仿写短小的文章，寓言故事一般短小明晰，容易模仿学习。小学教材寓言又多，我们正好利用它作为儿童学习写作的向导。1921 年，郑振铎先生主编《儿童世界》，发表了大量的寓言和童话，其中就有小朋友们自己的作品，培养了一批小作者。当代很多的儿童报刊，仍然继承了这个好做法。湖南凤凰县箭道坪小学，有个滕昭蓉老师，曾经创造“童话引路”的作文训练经验。她从一年级二学期开始，就训练学生听童话、写童话；二年级看图写童话，三年级采用多种形式（包括模仿课文、观察事物、根据提供的材料）写童话，四年级把写童话与写其他记述文相结合。滕老师所引路的童话，包括童话和寓言两类作品。我个人也有这样的感受。我的外孙女喜欢看故事，小学一年级时就在《小学生导刊》上发表过作品；小孙女，三岁时就能够有声有色地讲童话和寓言故事，现在也在省内外小学生刊物上发表了作品。中学阶段，要训练学生写论说文的能力。写论说文的关键，必须把形象思维与抽象思维结合。寓言的故事连接着形象思维，寓意连接着抽象思维，正好适应这个要求。开始训练写论说文，可以从读后感入手。读了某个故事，写篇读后感；看到某种现象，写篇观感。这都跟寓言由此及彼的思维联想方式有关。再进一步写一般的论说文，也可以在其中穿插寓言，增加文章的说服力与生动性。

寓言还可以丰富青少年的词汇。中国的许多典故成语都是寓言故事。如：揠苗助长、专心致志、鹏程万里、得心应手、游刃有余、朝三暮四、望洋兴叹、井底之蛙、呆若木鸡、杞人忧天、滥竽充数、刻舟求剑、掩耳盗铃、画蛇添足、惊弓之鸟、螳臂当车、塞翁失马、叶公好龙、螳螂捕蝉、对牛弹琴、杯弓蛇影、黔驴技穷、囫囵吞枣等等。据说欧洲的典故与成语的主要来源也是《圣经》与《伊索寓言》。如：The crab and its mother（母蟹与小蟹），比喻说话容易做来难；The grapes are sour（葡萄是酸的），比喻不服输而找借口。它们都来源于《伊索寓言》。

寓言跟各类语文考试的关系也很密切。文言文今译的试题，作文试题，都往往借助寓言。从 1978 年以来，全国命题中提供寓言与准寓言式的作文材料，约占命题总数的三分之一。如：1979 年的高考试题，就是阅读刘基《郁离子》中的寓言《中山猫》，并写一篇读后感。1981 年的作文题是《读〈毁树容易种树难〉》，而《毁树容易种树难》是《韩非子》里的一则寓言。1990 年所给的阅读材料是“玫瑰园观花”。一对孪生小姐妹在母亲引导下到玫瑰园观花。一个小姑娘说：“这里是个坏地方，因为这里的每朵花下面都有刺。”另一个说：“这里是个好地方，因为这里的每丛刺上面都有花”。这个故事实际上是一则寓言。命题者要求考生描写两个小姑娘的表情、动作和肖像；再联系生活实际写一篇600字的议论文。1995年所给的作文材料是寓言诗《鸟的评说》，要求考生阅读后，写一篇200字的鸟的对话片段，再写一篇600字的议论文。2003年高考作文题是阅读《韩非子》寓言《智子疑邻》，就“感情亲疏和对事物的认知”这个话题写一篇文章。高考所提供的寓言，不仅有中国古代寓言，也有中国现代寓言与外国寓言，还有寓言式的漫画。如：1983年作文题材料是一幅漫画。画面是：一个掘井人，掘了五口或深或浅的井，都没有发现水，于是拖着铁锹离开，并且说：“这下面没有水，再换个地方。”其实，地下正流淌着丰富的水源。试题要求学生观察漫画，写一段300字以内的说明文，写一篇800字以内的议论文。这幅漫画，完全是一幅寓言画。它启发人们做任何事情，都不能浅尝辄止，都要深入调查，不可浮在表面。这种题，可以考考生的观察力、想象力，特别是由此及彼的分析思维能力。2007年作文题材料也是一幅漫画：“摔了一跤”，一个小孩摔了一跤，代表家庭、学校、社会三方面的成人异口同声地说：“又出事了！”这个题目具有由此及彼的特点，可以广泛展开联想，从教育、成才、做事业等方面入手，分析这一切跟社会环境的关系。

最后，谈谈寓言教学问题。中小学寓言教学已积累了多年的经验，老师们大体上都能做到：深入领会教材，以情节为出发点，以形象为媒体，紧扣语言，帮助学生领悟故事中的显示的道理（寓意）。我只强调三点意见，供大家参考：第一、应该紧扣语言，重视朗读。文学作品都是语言艺术，寓言形象的塑造与寓意的开掘都离不开语言。加强表情朗读是把握语言、学习语言的一种好方法。第二、应该注意对象，量体裁衣。年级低的学生，应该以学习语言、把握形象为主。高年级的学生，应该注意发展创造性的思维能力。第三、应该由表及里，善于启发。教师应该利用寓言的特点，从形象入手深入开掘寓意，发展学生的分析思维能力。20世纪90年代以前，人们对寓意的理解比较单纯，一般都局限于原作的寓意或局限于教材与参考资料所提示的寓意。20世纪90年代以后，人们对寓言的看法比过去深化了许多。本人曾经提出应该多角度多层次地鉴赏寓言，在教学中应引导学生从多方面思考寓言故事的意义，这样才能提高学生的创造思维能力。我有个学生在湖南岳云中学教书，他教《列子》中的寓言《薛谭学讴》时，启发学生运用多向思维去思考，紧扣形象与情节，共获得3个方面的8点寓意：

甲、从薛谭形象分析：①“未穷青之枝，自谓尽之。”——说明学海无涯，不可浅尝辄止，不可骄傲自满。②“乃谢求反”。——说明知过能改，虚心好学。③“终身不敢言归”。——A. 从正面解释，说明人贵有自知之明，反映了尊师重道的观念。B. 从逆向理解，说明弟子没有超过师长的雄心，说明我们传统文化具有守旧性。

乙、从秦青形象分析：①“声振林木，响遏行云。”——说明以艺服人，说明教育者的威信在于自身的才德。②“弗止”——说明要讲究教育方法，身教重于言教。

丙、从薛秦关联分析：①知己知彼，才有好的教学效果。②教学相长，名师出高徒。

这就由原来的单向思维方式，转向多向思维方式，由简单的类比，走向辐射式的思考。《薛谭学讴》全文仅有51个字，却可以挖掘出这么多内涵，难怪严文井先生说寓言是一个神奇的魔袋。